集英社文庫

君《きみ》に舞《ま》い降《お》りる白《しろ》

2007年９月25日　第１刷

定価はカバーに表示してあります。

著　者　関口《せきぐち》　尚《ひさし》

発行者　加藤　潤

発行所　株式会社　集英社

東京都千代田区一ツ橋2-5-10　〒101-8050

電話　03-3230-6095（編集）

03-3230-6393（販売）

03-3230-6080（読者係）

印　刷　凸版印刷株式会社

製　本　凸版印刷株式会社

フォーマットデザイン　アリヤマデザインストア　　マークデザイン　居山浩二

ISBN978-4-08-746213-5 C0193

集英社文庫　目録（日本文学）

君に舞い降りる白

関口　尚

集英社文庫

この作品は二〇〇四年八月、集英社より刊行されました『あなたの石』を、
文庫化にあたり改題したものです。

目次

君に舞い降りる白

第一章　さよならの水晶

1

　その女の子がうちの店にやってきたのは、冬真っ只中《ただなか》の二月のことだ。なぜなら、けっして美人というタイプではなかったが、ついついぼくは見とれてしまった。なぜなら、彼女の肌が透き通るほど白かったからだ。

　大学入学とともに東北に移り住んで二年が経《た》つ。そのあいだ、こっち特有の色白の女性はたくさん見てきたけれど、彼女ほど肌の白い女性に出会ったことはなかった。そして、彼女を見て初めて知ったことがある。肌はあまりにも白いと、青い陰影を帯びるのだ。

　彼女は黒いものだけを身につけていたので、白い肌とコントラストをなしていた。黒いベロアのジャケットを着て、黒いニットを中に着込み、やや色褪《いろあ》せた黒いジーンズをはいている。

　ふと思った。白い服を着ている彼女を見てみたい、と。小柄であどけない表情をしている彼女には、黒よりも白がきっと似合う。

あまりじろじろと見てはいけないと思い、窓の外の雪景色を見るふりをして、横目で彼女を追いかけた。彼女は壁際の展示棚へと歩いていく。展示棚には売り物の石が所狭しと置いてある。ぼくは石を売るアルバイトをしているのだ。

アルバイトとして働いている佐川《さがわ》ミネラル社は、石の展示販売会を開く有限会社だ。ワゴン車で東北全域のデパートやスーパーに出張し、催事場を借りて展示販売会を開く。会社そのものは盛岡市にある。そして、そのアンテナショップが、いまぼくが店番をしているこの店だ。その名も石の花という。

石の花は盛岡市役所から川をはさんで東に位置する紺屋町《こんやちょう》にある。紺屋町は城下町の情緒を残していて、石の花はその趣きのある街並みに埋もれるように、ひっそりと建っている。石といっても、雑誌の広告で見られるようないかがわしい開運の石を売っているわけではない。鉱物を売っているのだ。中学生の理科の時間に、

「鉱物とは火成岩などの岩石を作るひとつひとつの粒です」

なんていうふうに習うあの鉱物だ。だから、石の花の店内には、ぎっしりと鉱物が並んでいる。水晶《すいしょう》や翡翠《ひすい》など名の知れたものはもちろん、ちょっとマニアックな輝安鉱《きあんこう》や緑鉛鉱《りょくえんこう》にかんらん石《せき》などもそろっている。種類としては常時二百種くらい、個数は二千個近い。石たちはみんな色とりどりで、店内を見渡すと、まるで石でできた花畑のようだ。

肌の白い女の子は、展示棚をひとつひとつ覗《のぞ》いて回った。そして、ときどきちらちらとぼ

くのほうを窺《うかが》い見る。その視線が、ぼくを異性として意識しているように感じられて、ちょっと緊張する。気づかぬふりをして、外の雪景色に視線を移した。

店内はちょっと薄暗い。これには二十年前に遡《さかのぼ》る理由がある。石の花の店舗は、社長がもともと開いていたコーヒー喫茶を、鉱物ショップとして改装したものなのだ。そして、二十年経ったいまでも、天井から吊るされたムーディーなペンダントライトを使っているために薄暗い。

また、喫茶店の名残として、キッチンやカウンターや止まり木もそのまま残っている。窓際にはひと組のテーブルセットが置いてあり、馴染《なじ》みの客がくつろいでいくこともあるし、客が誰もいなければぼくやほかのアルバイトがくつろいだりもする。

初めて石の花を訪れた人は誰もが驚くようだ。店の外観は喫茶店そのものなのに、中は喫茶店を無理やり理科室にしたような不思議な雰囲気があるからだ。

「石、お好きなんですか」

とぼくのほうから声をかけてみた。展示棚を見ていた彼女は、つと顔を上げてぼくを見た。

その瞬間、ぼくは思わずたじろいだ。

なぜなら、彼女はなんともいとおしそうにぼくを見つめてきたからだ。ひと目惚《ぼ》れなんて生易しいものではない。手を差し伸べれば、すぐにでも抱きついてきそうだった。

彼女は色素が薄いに違いない。明るい琥珀《こはく》色の瞳をしていた。そして、その琥珀色の瞳を潤ませて、いつまでもぼくを見つめている。不可解さに包まれる。彼女とどこかで会ったことがあるのだろうか。

「あの……」

と彼女ははっと我に返ったかのような顔をしてから、恥ずかしそうにうつむいた。

「ショーケースを開けて、どんどん石を出してもいいですよ」

ぼくは首をひねりながら、ショーケースを開けるためにしゃがんだ。すると、彼女も隣にしゃがみ込んだ。そばで見る彼女の手の甲は真っ白だった。雪を欺《あざむ》くとか、白魚のようなとか、白い肌を形容する言葉がぐるぐると頭を駆け巡る。

ガラスの引き戸を開け、

「どうぞ」

とうながした。

「それじゃ」

と彼女は無色透明の水晶が入った小箱に手を伸ばした。尖《とが》った先端を持つ六角柱をした水晶だ。長さはだいたい五センチくらいで、ちょうど掌 中《しょうちゅう》に収まる。

「水晶に直接触れてもいいですか」

「どうぞ」

彼女は嬉《うれ》しそうに微笑《ほほえ》みかけてきた。初対面とは思えないほど親しみが込められた微笑みだ。

「きれい」

水晶を手にした彼女はため息をもらすように言った。

「知ってます？　昔のギリシャ人は水晶を氷の化石だって信じていたんですよ」

そう話しかけると、彼女は興味深げに頷《うなず》いた。そして、なぜかちょっと懐かしそうな顔をする。

「氷の化石ですか……。でも、そう信じちゃう気持ちはよくわかります。こんなきれいなものが石だなんて思えないですよね」

「いかがですか」

「ちょっと高いかな」

と彼女は笑った。正直な感想だと思う。この水晶は一万五千円もするのだ。気軽に買いますとは言えない値段だ。

「お金に余裕ができたら絶対に買いに来ますね」

彼女は「絶対に」という言葉をかなり強調して話してから、名残惜しそうに水晶を渡してくる。そして、小さく会釈《えしゃく》すると、ドアへと向かった。

「ちょっと待ってください」

「はい？」

彼女は振り返る。

「もしよかったら、住所と名前を教えてくれませんか」

「住所と名前ですか」

彼女はあからさまにいやな顔をした。それでも、ぼくは彼女の名前を知りたくて言葉を続けた。

「うちの社長がいまツーソンに新しい石を仕入れに行ってるんですよ。それで、社長が帰ってきたら品評会を開きますから、案内状を送らせてもらいたいんです」

「ツーソン？」

「アリゾナ州ってわかりますか。アメリカの左下のほうにある州なんですけど」

「グランドキャニオンがあるところですね」

「そうです。そのアリゾナ州の南の端《はし》にある町がツーソンなんです。そこでいまミネラルショーが開かれてるんですよ」

「ミネラルショー？」

「世界中の石のディーラーが集まる展示販売会です。うちみたいな鉱物を扱っている店はもちろん、宝石商とか卸売業者とか加工業者とかもたくさん集まってくるんですよ。それで、ツーソンのミネラルショーは世界でいちばん規模が大きいショーなんです。石の商売をしている人なら、知らない人はいないくらい有名ですね」

「へえ」

「社長は石を見る目がいいし、買うべきかどうかの勘もよく働く人だから、質のいい石を買いつけてくるんですよ。ぼくもけっこう楽しみなんです。どんな石を持ち帰ってくるのかなって」

「このお店の石は、そういうミネラルショーで仕入れてきたものなんですか」

「だいたいそうですね。社長が自分で海外に行って買いつけてくるんです。アメリカだったらほかにもコロラド州のデンバーにも行きますし、ドイツだったらミュンヘン、フランスだったらアルザスとか」

「すごいですね」

「どうですか、品評会」

と顧客名簿とボールペンを差し出す。彼女は頷いてから受け取った。

〈藤沢《ふじさわ》雪衣〉

と丁寧な文字で名前を書いた。住所は盛岡市の北部に位置する住宅街だった。年齢の欄には十九とあり、ぼくといっしょだったが、生年月日を見ると学年はひとつ下だった。

「雪衣って書いてユキイと読むんですよ。ユキエじゃないんです」

「ユキイですか」

「そうなんです。変わってますよね」

「ええ」

「実は、わたしのおじいちゃんが間違えて役所に届けちゃったんですよ」

「間違えた？」

「本当はユキエだったんです。けれど、おじいちゃんがユキイで届けちゃったんです。わたしのおじいちゃんて、すごく訛《なま》っていて、イとエの発音が曖昧《あいまい》なんです。そのおじいちゃんが出生届を書いたから、エと書くところをイって書いちゃったらしくて」

「なるほど」

と名簿に書かれた彼女の名前の上に、ユキイと振り仮名を振った。

雪衣ちゃんか、と心の中でつぶやく。白い肌をした彼女によく似合った名前だ。

入口まで見送って、ドアを開けてやった。ドアには喫茶店のころの名残である、真鍮《しんちゅう》のドアベルがついている。彼女は軽やかに鳴ったドアベルを見上げて微笑んだ。

外はあいかわらずの雪だ。彼女は雪空を見上げ、黒い傘を開いた。ぼくもいつ降り終わるとも知れない空を見渡した。

「アルバイトさんなんですか」

彼女がおもむろに訊《き》いてきた。彼女の視線は、エプロンについているネームバッヂに注がれている。桜井修二《さくらいしゅうじ》というぼくの名前の上に、小さくアルバイトと書き添えられているのだ。

「ええ。普段は大学に通ってるんですけど」

「桜井さんとおっしゃるんですね。わかりました」

わかりました？　何がわかったというのだろう。首をひねりかけると彼女は言った。

「また来ます。必ず」

「あ、はい。ありがとうございました。またお越しください」

慌《あわ》てて言うと、彼女は再びいとおしげにぼくを見てから、胸の前で小さく手を振った。手を振り返すと、彼女はとても嬉しそうに微笑んで帰っていった。

変わった女の子だ。けれども、かわいらしい子だった。しかも、いとおしげにぼくを見つめてくれたことで、少しだけ期待してしまった。また女の子を好きになれるんじゃないだろうか、なんて期待をだ。もう二度と恋などしないと誓ったはずなのに。

「惚れたろ、桜井」

と背後から男の声がした。さんざん聞き慣れた声だ。振り返ってみると、やはり類家《るいけ》さんが立っていた。キッチンの中にいて腕組みをしている。石の花のキッチンの奥にはドアがあり、裏に隣接する佐川ミネラル社の事務所に出られるのだ。

「あんなロリコン系の女の子に惚れるはずないじゃないですか」

とさっきの子をけなした。

「そうか？」

と類家さんは疑わしげな視線をよこしてくる。

類家さんは同じ大学の一年先輩だ。

「いつからそこにいたんですか」

「さっきの女の子がドアを出ていくあたりからさ」

「それなら、ちらっとしか見てないってことですよね」

「まあな」

「じゃあ、惚れたろ、なんて言わないでくださいよ」

「何言ってるんだよ。あの子の後ろ姿を未練がましそうに見てたじゃないか」

「未練がましそう？」

「そう」

「そんなことないですよ」

「思ったんだけれどさ、少しは桜井も期待していいんじゃないのか。さっきの子、桜井のことを気に入ってるみたいだったじゃないか」

「勘弁してくださいよ」

「そう無下《むげ》に否定するなよ。肌も白くてかわいらしかったけどな」

類家さんはレジに置かれている業務連絡用ノートを見たあと、顧客名簿に目を通した。

「藤沢雪衣ってさっきの子か」

「そうです」

「雪衣ちゃんか。かわいらしい名前だな。雪衣ちゃんか。雪衣ちゃんねえ。いい名前だ。あの子に似合っているよ。雪衣ちゃん」

「雪衣ちゃん、雪衣ちゃんて、そんなに名前を繰り返さないでくださいよ」

「社長がツーソンから帰ってくるのが楽しみだな。品評会の案内状を出すんだろ。そうしたら、会えるもんな。まあ、その前に雪衣ちゃんに出す案内状に、個人的に誘いの文句を入れてみるっていうのもいいな。ぼく、お店以外でも雪衣ちゃんに会いたいんです、なんてな」

「いいかげんにしてくださいよ。類家さんこそあの子に惚れたんじゃないですか」

類家さんは鼻で笑った。

「いや、おれはそういう横恋慕《よこれんぼ》はしないよ」

「あの子とはなんの関係もないんですから、横恋慕なんて言いかた、やめてください」

「そんなことはない。きっと桜井は雪衣ちゃんとうまくやれるさ」

「何を根拠に言ってるんですか」

「おれには未来が見えるんだ」

と類家さんは目を閉じて天井を仰ぐ。

「それは妄想です」

「妄想なくして新たな恋は生まれないよ」

「何わけのわからないことを……」

大きくため息をつくと、目を開けた類家さんは急にやさしい声になって言った。

「桜井がまた女の子を好きになれるんだったら、それはそれでいいことだと思うんだけれどな」

返事に詰まる。類家さんにはくだらない冗談のあいだにやさしい言葉を忍ばせる癖《くせ》がある。

「まあ、そのうちにね」

ぼくの過去に対する類家さんのやさしさに感謝しつつ、わざと淡々と返した。

そのうち、ちゃんと人を好きになれるだろう。いまはそう期待するしかないのだ。

店のドアが勢いよく開いた。ドアベルがけたたましく響く。その乱暴なドアの開けかたで、ベテランアルバイトの金田《かねだ》が来たとすぐにわかる。

「おはようございます」

もう夕暮れどきなのだが、そうお決まりの挨拶《あいさつ》をした。しかし、金田はじろりとぼくを睨《にら》んだだけで、挨拶を返してくれなかった。そのままコート掛けに向かい、無言でコートを脱ぐ。無精ひげはおととい会ったときよりもさらに伸びていた。ひげくらいきちんと剃《そ》ってくればいいのに。

「寒いですね」

と類家さんが声をかける。返事をしないと不自然なほどの大きな声だ。金田も無視することができなかったらしく、

「ああ」

と不承不承返してきた。

類家さんが、扱いにくいとばかりに苦笑いを浮かべてぼくを見る。

金田はぼくや類家さんと同じ大学の学生なのだが、年齢はずっと上だ。大学二年生のぼくが十九、三年生の類家さんが二十一、金田は四年生なのだが一浪三留で二十六歳なのだ。つまり、大学は実質七年目ということになる。

以前、金田の修得単位数を小耳にはさんだことがある。去年のことだけれども、もうその時点でぼくの修得単位数のほうが多かった。

きっと金田は大学を卒業できないだろう。だから、要領よく講義をサボってアルバイトに来るぼくと類家さんを、金田は面白く思っていないようだった。それに加えて、ぼくに対し

て、とある理由から特に冷淡なのだ。

「おい。桜井」

コートを掛けた金田が、声をかけてくる。

「はい」

「今回の出張用リスト間違ってたぞ」

「間違ってましたか」

「いいかげんにしろよ、おまえ。昨日確認したけどよ、テルルの名前が書いてあったぞ」

「いや、テルルはあるんですよ」

テルルとはテルル石《せき》のことであって、レモン色をさらに淡くしたような色合いをしている。

「テルルだぞ。ほんとにあるのかよ」

「ほら」

展示棚からテルル石の入った小箱を持ってきて金田に見せた。ほんの数ミリほどの板状結晶が、白い石英質に埋もれている。まるで、砂糖をまぶしたレモンキャンディーのかけらのようで、美しくてかわいらしい。

「おととい入荷したんですよ」

「あほ。ちゃんと宅配便で届いたんなら、業務用ノートに書いておけ。おまえはすぐ忘れるんだから」

出張用リストが綴じられている厚型ファイルの角でいきなり頭を叩《たた》かれた。

「すいません」

「いまは社長が留守なんだから、しっかりやれって言っただろ」

実は佐川ミネラル社の社員は、佐川社長本人しかいない。あとはぼくら三人のアルバイトが運営を支えているのだ。そして、大学にも行かず六年間ここで働き詰めの金田は、準社員という立場であって、時として責任から来る苛立《いらだ》ちをあらわにするのだ。

「まあまあ、待ってくださいよ、金田さん。誰だってついつい忘れてしまうことはあるじゃないですか」

と類家さんがかばってくれる。金田はぼくに鋭い一瞥《いちべつ》を向けてから舌打ちをする。類家さんが口をはさむと、金田はどうしても黙らざるをえない。

金田と類家さんの関係も微妙なものだ。それは、去年の忘年会での事件に端《たん》を発している。忘年会の席上、酔った金田がぼくにつかみかかってきた。しかし、それを類家さんがかばってくれた。逆上した金田は類家さんに矛先を変えて殴りかかったのだが、たった一発のパンチであえなく撃沈されてしまった。類家さんは高校時代ボクシング部に所属していたのだ。

類家さんは金田が出したパンチをスウェイしてよけたあと、左ジャブを出した。あの日の類家さんはすまなそうにこんなことを言っていた。

「ボクシングは防御と攻撃が表裏一体で、どうしてもよけたときに手が出ちゃうんですよね」

こめかみを打ち抜かれて失神するという醜態をさらしてしまった金田は、それ以来、類家さんに対して腰が引けているのだ。

「じゃあ、出張の準備を始めるぞ。ちゃっちゃと取りかかれ。桜井は、ぼんやりしてつまんないミスをするなよ」

金田はそう命令すると、聞こえよがしに舌打ちしてから展示棚に向かった。ぼくと類家さんはうんざりした表情を見せ合ってから、出張の準備に取りかかった。

段ボール箱の底に新聞紙を丸めて敷き、商品リストに従って石を置いていく。石を入れたあとは緩衝用のチップ状発泡スチロールをやさしくかぶせて梱包《こんぽう》する。石たちはとても脆《もろ》くて繊細だ。車で運搬しているあいだのかすかな振動でも、崩れたり傷ついたりしてしまう。だから、取り扱うのには細心の注意が必要なのだ。

今回の青森への出張は五日間の予定だ。青森駅近くのデパートの催事場を借り、そこで展示販売会を開く。

出張の五日間、大学の講義はもちろんサボることになる。最近ではすっかりサボる要領が身についてきた。

段ボール箱の梱包が終わったので、箱を店の前に停めたワゴン車に積んでいく。

「金田とふたりきりで大変だろうけど、頑張れよ」

段ボール箱を抱えた類家さんが、ぼくとすれ違いざまに囁《ささや》いた。類家さんはサボれない専門課程の講義やゼミが続くために、今回の出張には行かないのだ。

「頑張れませんよ」

と囁き返す。

「ツーソンから帰ってくる社長と合流するまでの辛抱じゃないか」

「社長は三日目から合流だって聞きましたよ。それまで保《も》つかどうか」

「三日目？　社長はもっと遅くなるらしいぞ」

「最悪ですね。絶対、なんかでもめますね」

「我慢できなかったらガツンとやってやれよ。いつも教えてやってるだろ」

ぼくは類家さんのアパートで、パンチの打ちかたを教わっているのだ。

「言ってることがおかしいですよ。けんかに使うなっていつも言ってるのは類家さんでしょ？」

「そうだっけ？　じゃあ、気持ちくらいは負けんなよ」

「気持ちを強く持ったら、手が出ちゃうじゃないですか」

以前に類家さんが金田を殴ったときは、百パーセント金田が悪かった。それに、その現場に社長も居合わせたため、類家さんへのお咎《とが》めはなしだったのだ。しかし、社長も類家さんもいない場所でぼくと金田がもめれば、きっと彼はあることないこと社長に報告して、ぼくをクビにしようとするだろう。

「こら、おまえら。喋《しゃべ》ってないで手を動かせ」

金田がこちらを向いて言う。視線はぼくばかりに向けられている。やれやれ、と思う。

荷造りがすべて終わって石の花を出たときには、夜の九時を過ぎていた。おとといから降り続いていた雪がやんでいた。雪に覆《おお》われて真っ白な街並みが、しんと静まり返っている。

「寒いなあ」

と類家さんが言う。その言葉とともに吐き出された息は真っ白だった。なかなか闇にとけていかない。

店に留まって明日の準備をしていくという金田に、

「お先に失礼します」

と告げる。まだ金田に叩かれたときの不愉快な気持ちが残っていて、やや乱暴にドアを閉めた。やっと金田から離れられる。そう思うと、安堵《あんど》のため息が出た。ぼくの息も真っ白だった。

「あいつもいいかげんにしろってな」

と類家さんが抑え気味ながら息巻く。

「まったくですよ」

「ねちねちとしつっこい」

「でも、まあしかたないですけどね」

「まだ勘違いしてるんだろうな。桜井と彩名《あやな》さんのこと」

類家さんはおそるおそるというふうに、彩名の名前を出した。

「もう別れて一年近く経つというのにね」

「もう彩名さんはアルバイトをやめちまったっていうのにな」

ぼくと類家さんは苦い笑みを交換し合った。ぼくは彩名と別れたあと類家さんのアパートで号泣してしまったことがある。だから、別れた理由は告げていなくても、いい別れではなかったとわかってくれているのだ。

寒さに首をすくめながら、中津川《なかつがわ》沿いを歩く。盛岡の市街地には二本の川が流れている。一本は仙台まで続く一級河川の北上川《きたかみがわ》で、もう一本がその北上川の横腹に注ぐ中津川だ。そして、石の花からの帰りはいつも中津川に架かる上ノ橋《かみのはし》を渡る。

上ノ橋は木造の橋で、欄干《らんかん》に青銅の擬宝珠《ぎぼし》が並んでいる。盛岡城が築城されたときに架けられた橋であるらしく、擬宝珠には慶長十四年（一六〇九年）の銘がある。江戸時代に入ってすぐのころのものらしい。橋には車道が敷かれていてやや興をそがれるが、橋としての役割をいまだに果たしていることに感銘を受けてしまう。そして、この二年間、街中でたくさんの美しい景観を発見したけれど、上ノ橋から眺める雪景色がどこよりも好きだ。

橋を渡り終えると、類家さんが両拳を握り、ボクシングの構えをした。

「なあ、桜井。ちょっと寄っていくか」

アパートでパンチの練習をしていかないか、と誘っているのだ。

「当分のあいだ類家さんとお別れになりますからね。おさらいの意味で、ちょっとやっていきますか」

「よし、決まりだな」

類家さんのアパートは、上ノ橋から十分ほど歩いたところにある。ちょっとさびれた二階建てのアパートで、一階のいちばん奥が類家さんの部屋だ。

玄関のドアを開けるとすぐにキッチンになっているのだが、そこはとても散らかっていて足の踏み場もない。爪先立ちで居間に進むと、そちらもまたひどく散らかっている。CDが散乱し、エロ雑誌が投げ出されていて、その上に読みさしの坂口安吾が置かれていたりする。しかし、テーブルの上だけはきれいに整頓されている。類家さんがテーブルの上で公務員試験の勉強をしているためだ。

類家さんは隣県である青森の出身だ。そして、地元の市役所の採用を目指して、大学一年生のときから公務員試験の勉強をしているのだ。

テーブルの上の問題集をぱらぱらとめくってみた。一般教養ならわかりそうな問題もあったが、専門の経済原論などといったものとなると、まるでちんぷんかんぷんだった。

「よくこんな難しい問題を一年生のときからやってましたね」

「まあな。でも、おれの場合なんとか公務員になって、母ちゃんを安心させてやりたいと思ってたからさ」

類家さんはお決まりのセリフを言う。類家さんは高校一年のときに父親を亡くしている。かつて死因を、

「あだり」

と教えてもらった。津軽の方言で脳溢血《のういっけつ》のことを指すらしい。

父親亡きあと、祖父母も兄弟もいない類家さんは母親とふたり暮らしとなった。しかし、それが仲睦《むつ》まじい生活にはならなかった。

父親が亡くなってまもなく、類家さんは母親から秘密を打ち明けられた。それは、母親と類家さんには血の繋《つな》がりがないというものだった。実母だと思っていた母親は父親の再婚相手であって、産みの母親は類家さんが物心つく前に、病気でこの世を去っていたというのだ。類家さんの両親のあいだでは、このことは墓まで持っていく秘密のはずだったらしいのだが、夫を亡くして気弱になっていた母親は打ち明けてしまったらしい。

かつて、類家さんはそのころの気持ちをこんなふうに言っていた。

「母ちゃんを本気で恨《うら》んだよ。父ちゃんが死んでから言われたってどうにもならないだろ？　だってさ、父ちゃんは家族の中で唯一血が繋がってた人間だったんだよ。その父ちゃんが生きてるうちに、言って欲しかった」

類家さんは母親を遠ざけて、高校三年間ほとんど口を利かなかったそうだ。しかし、大学進学のために家を出ることになったとき、誰もいなくなる家にひとり残る母親を見て、ひどく後悔したそうなのだ。

「母ちゃんを恨んでみたところで何も変わらないって、やっとわかったんだよ……。すごい反省した。何はどうあれ、大きくなるまで育ててくれたのはまぎれもなくあの母ちゃんなんだからさ。いまでは血の繋がりにこだわった自分にひどく失望してるよ。あのころの自分なんか誰かに一発殴ってもらって忘れたいくらいさ」

類家さんは母親に詫《わ》びて、ずっと見守ると約束したのだという。そして、地元に戻って最も安定した職業と言えば、やはり公務員となる。

「偉いですよねえ、類家さんは」

「そんなことないよ」

「いや、なかなかできない選択ですよ。それに、実際に一年のときから受験勉強をしているなんて頭が下がりますよ」

ぼくはいまだに自分の将来をまともに考えたことがない。岩手の大学にやってきたのも、入れる大学を探すうちに流れ着いた結果なのだ。だから、確固とした目標を掲げて邁進《まいしん》する類家さんに、尊敬の念を抱かずにいられない。

「じゃあ、そろそろ始めるか」

と類家さんは寝間《ねま》になっている隣の六畳に移る。そして、敷かれていた布団をたたんで窓際に押しやった。

拳にバンデージを巻いてもらう。薬局とかで売っているガーゼ包帯を、わざと一度洗って布目をつまらせておいたものだ。そのほうがしっくり巻くことができるらしい。巻きかたは、手首からナックルのほうへとぎゅっと巻いていくトーマス・ハーンズふうを類家さんは好んでいる。

次に、ボクシンググローブをはめてもらう。手首をマジックテープで止めるタイプのものだ。牛革の十二オンスだという。グローブに鼻を近づけると革の匂いがした。

「さあ、いいぞ」

と類家さんがパンチングミットを構えて言う。

類家さんは無骨な顔立ちをしていて、日本史の資料集で見た幕末の志士を思い起こさせる。もし資料集の写真に類家さんの顔が合成されて写っていたとしても、まったく違和感はないだろう。しかし、そんな類家さんも、ぼくにパンチの指導をするときは、まるで子供のような無邪気な笑みを浮かべる。見ているこっちまで楽しくなってしまうような、嬉々《きき》とした笑みなのだ。

先ず、両拳を構える。右の拳は顎《あご》の横に置き、左の拳は目の高さで顔よりもちょっと前に出す。脇は開けない。手首は曲げない。それから左足を前に出し、そちらに多めに重心をかけ、その重心を崩さないようにしながら、ステップを踏む。畳がみしみしと音をたてた。

「はい、ジャブ」

と類家さんが言う。言われた通り、左の拳を突き出した。しかし、ナックルの部分がうまくミットに当たらない。

「肘《ひじ》が上がってるよ。それに、手を出したらすぐに引く」

と類家さんに怒られる。ジャブは打ったあとすぐに拳を元の位置に戻さなくてはならないのだが、それが遅くなってしまう。

「リズムよく」

「脇を締めろ」

「腰を入れて」

「もっと速く打って」

「殴る瞬間まで力を抜け」

「休むな」

とたくさんの注文を出されながら拳を突き出す。

一年もこんなことをしているが、本物のボクサーのように小気味よくパンチを打つことはなかなかできない。

テレビでボクシングを観戦しながら、なんで手を出さないんだ、なんでボクサーに野次を飛ばしていたけれど、技術に裏打ちされた正確なパンチを出すことは難しいと知った。ボクサーたちはとても高いレベルで闘っているのだ。

「もっと速く。テンポよく」

類家さんの指示が飛ぶ。ジャブはスピードが命なんだそうだ。そして、リズミカルであること。

ジャブがうまくなれば相手をコントロールできると類家さんは言う。ジャブで距離をとったり、目線を切ったり、防御にもなったりするのだそうだ。殴って倒すためだけのものではないらしい。しかし、ぼくのジャブはまだまだそこまでのレベルに達していない。フォームの崩れを気にするだけで精一杯だ。本当にボクシングは難しい。

類家さんの指示に従って一心不乱にパンチングミットを打つ。疲労が溜《た》まり、自分のグローブが重たく感じられてくる。しかし、充実感に体が満たされていく。類家さんが構えてくれているパンチングミットを打っているあいだは、鬱屈《うっくつ》とした思いや悲しい思い出を、忘れていられるのだ。

「いいよ、悪くない」

三分が経つころ、類家さんが言ってくれた。

類家さんは青森のそれなりの進学校を出ているのだが、その高校には少数精鋭としかモットーを掲げられない弱小ボクシング部があったそうで、そこで毎日ボクシングに明け暮れていたのだという。

本来、インターハイに出場できる選手は、私立高校や商業高校、工業高校などの強いボクシング部出身と相場が決まっているらしい。しかし、類家さんはその一角に食い込んだことがあるそうだ。

「はい、ワン・ツー」

類家さんがミットをかざしながら言う。ぼくは左でジャブを打ったあと、体重を乗せながら左足を一歩踏み出し、右でストレートを打った。

トレーナーになってみたかった。

一年前、ふたりで酒を飲んでいたときに、類家さんから冗談まじりに打ち明けられたのだ。そのとき、ふざけてぼくからパンチの教えを請うたのが、こうしたボクシング教室の始まりだった。

「もっと膝《ひざ》をやわらかく使わなくちゃいかんな」

と類家さんが渋い顔をしてミットを下げる。

「膝をやわらかくですか」

「そう。下半身をちゃんと使わないと、伸びのあるパンチが打てないんだよ」

「下半身ですか……」

「桜井の体にはバネがあるんだよな。だから、もっとうまく下半身を使わないと」

「足腰には自身がありますよ。中学も高校も陸上をやってたんですから」

「よく走り込んであるってわけか」

「早くからボクシングを始めて基本をおぼえていたら、いいスラッガーになったのにな。おれはとにかく下半身が弱くて、パンチ力がなくて苦しんだからさ。だから、桜井のバネはうらやましいよ」

類家さんに褒《ほ》められて、ちょっと得意な気持ちになった。しかし、類家さんは言った。

「でも、残念だな」

「何が残念なんですか」

「何せ桜井にはセンスがない。不器用なんだ」

類家さんは笑みを浮かべつつ肩をすくめた。そして、

「ボクシングだけじゃなくて、人とのつき合いかたも恋愛もな」

とつけ加えた。

「まったく。またそっちの話ですか。ほっといてくださいよ」

そう言った瞬間、ぼくは不意打ちの左ジャブを放った。類家さんの左頬《ほお》を狙《ねら》う。軽く当てて脅《おど》かしてやるつもりだった。

しかし、類家さんはいともたやすくぼくの左ジャブをよけた。それはよけるというよりも、人に呼ばれて横を向くほどのわずかな所作だった。類家さんの上体はまったく動いていない。唖然《あぜん》とする。絶対に当たると思ったのに。

「駄目だよ、そんなんじゃ。桜井はパンチを打つときのモーションが大きすぎるんだ。理想はノーモーションだ。桜井のジャブはテレフォン・パンチになってるんだよ」

「テレフォン・パンチ？」

「これから行くぜ、と電話をかけてから行くような、見え見えのパンチということさ」

「そんなつもりはないんですけどねえ」

「いいかい」

類家さんはパンチングミットを外した。ぼくに向かって軽く拳を握る。左足を前に出す右構えのオーソドックススタイルだ。

「で」

と類家さんが言った瞬間だ。電光石火の速さで、類家さんの左拳がぼくの頬すれすれに放たれていた。あまりの速さに、その踏み込みも、腰の回転も、突き出された拳も、すべてあとから理解した。モーションのまったく読み取れないジャブだった。

「わかりませんでした」

それまで流していた汗に、冷や汗がまじる。

「だろう？　まあ、おれももう錆《さ》びついちゃっているけれど、こんな感じだよ」

「もう一度打たせてくださいよ。いまのイメージが消えないうちに」

と類家さんを急《せ》かす。

「そう慌てるなよ」

と再びパンチングミットをはめる類家さんの口元に、楽しそうな笑みが浮かんでいた。

2

滝川《たきがわ》彩名。彼女はぼくよりふたつ年上の、大学の先輩であって、佐川ミネラル社でも先輩にあたる人だった。そして、ぼくが生まれて初めて抱いた人だった。

「いい？　水晶の素《もと》はね、ガラスと同じケイサンブンというものなのよ」

石の花のテーブルセットに彩名と向かい合って座ると、彼女はそう切り出した。

「ケイサンブン、ですか」

彩名は新人アルバイトであるぼくの教育係として、丁寧に指導してくれた。大学入学後すぐに佐川ミネラル社でアルバイトを始めたまではよかったが、ぼくは鉱物についての知識がまったくなかったのだ。佐川ミネラル社のミネラルという語が、英語の鉱物や鉱物質といった意味であることさえ知らなかった。

「そうよ。ケイサンブン」

彩名はメモ紙にボールペンで、さらさらと書きつけてから見せてくれた。

〈珪酸分〉

とあった。

「珪酸分が水晶の素なんですね」

「そう」

「水晶の素は珪酸分、水晶の素は珪酸分、水晶の素は珪酸分」

おぼえるために三度唱えてみた。すると、彩名は微笑ましいとばかりに笑みを向けてくる。艶《つや》っぽい大人の女の笑みだ。薄桃色の唇《くちびる》に魅了される。そして、その唇の左端近くにある小さなほくろが魅惑的だ。

「珪酸分は、温泉とかの地下を流れる熱水に溶け込んでるの。でも、熱水の温度が下がったり、圧力が下がったりすると、溶け込んでいられなくなって結晶になって出てきちゃうのよ。それで、その結晶が成長して水晶になるの」

「へえ」

水晶のできかたをすらすらと説明できる彩名に、尊敬の念を抱く。

「ねえ。桜井君がいちばん好きな水晶はどれ？」

彩名は立ち上がり、ショーケースへと歩いていった。漆黒のロングヘアがきれいな光沢を帯びている。ぼくも慌てて椅子から立ち上がって彼女についていき、ショーケースに飾られたひとつの水晶を指差した。

「これです」

それは無色透明の水晶で、尖端《せんたん》を持つ六角柱状のものだ。見つめていると心がしんと静まり返るほど透明度が高い。

お目が高い。彩名にそう褒めてもらえる、と思った。しかし、彼女は無言で首を横に振った。

「まだまだね」

「まだまだですか」

「まあ、まだうちに入ってから一週間だもんね」

まったくの子供扱いだ。

「すいません」

「別に謝らなくてもいいのよ。それに、桜井君が選んだ透明度の高い水晶は、わたしも好きよ。でも、石の本当の美しさに気づいてほしくてね」

「本当の石の美しさ？」

「そうよ。見た目とは異なる美しさを、石は持ってるのよ」

ぼくは首を傾《かし》げてみせた。彩名の言っていることがよく呑《の》み込めなかった。

本当の人の美しさというものならば、まだ話はわかる。外見だけではなくて、心や生き方が美しいということだろう。しかし、石は見た目がすべてなのではないだろうか。

「まあ、これを見て」

と彩名は標本棚からひとつの水晶を取り出してきた。そして、ぼくの目の前にかざす。

その水晶は、ぼくが選んだ水晶と形も大きさも変わりがないものだった。異なる点を挙げるとすれば、透明度が低くて白く濁っていることだ。まるで磨《す》りガラスのようだと思った。

「この水晶がどうかしたんですか」

彩名が濁った水晶を選んだ理由がわからなくて、憮然として訊いた。

「ほら。よく水晶の中を覗いてみて。内側に何が見える？」

「内側？」

目を凝《こ》らしてみた。

「あ」

思わず声がもれる。

「見えた？」

「はい」

驚いた。水晶の中には、ひと回り小さい水晶が入っていたのだ。白く霞《かすみ》がかったような水晶だ。たとえるなら、ガラスのコップの中に、同じ形のひと回り小さいコップを入れたような具合だ。

「水晶が入っているんですね」

「もうちょっとよく見てみて」

「あ」

「ね」

「ええ」

水晶の中に内包されている水晶はひとつだけではなかった。水晶の中の水晶に、さらに小さな水晶が入っている。ロシアの民芸品であるマトリョーシカを思い出す。女の子の人形の中に、さらに小さな女の子の人形が入っていて、その中にはさらに小さな人形が入っているという、あの入れ子構造の民芸品だ。

「内側に入っている水晶の先端が、山の峰みたいに見えるでしょう」

「見えます」

「だからこの水晶の名前はこう呼ばれているのよ」

彩名は水晶の底に張られているシール式のラベルを見せてくれた。

〈山入《やまいり》水晶〉

と書かれていた。

「山入水晶ですか」

「そうよ」

「山の峰が白いから、なんだかまるで雪山みたいですね」

そう言うと、彩名はぼくの言い回しに気をよくしたのか、満足げに頷いた。

「山入水晶はね、できあがるまでに何度も成長が中断した水晶なのよ。というよりも、成長が中断したから、こんなふうに入れ子構造になって見えるの」

「どういうことですか」

「ひとつの水晶ができあがるまでに、何千年、何万年という歳月がかかるの。そのあいだ、水晶の素である珪酸分が溶けている熱水が、途絶えてしまうことがあるのよ。そうしたら、当然水晶の成長も途絶えてしまうわよね？　でも、またなんらかの原因で熱水が復活すれば、きちんと水晶は成長するのよ。それが山入水晶なの」

「つまり、断続的に成長した水晶ってことですね」

「そう。それで、山入水晶の中に見えるひと回り小さい水晶は、かつて熱水が途絶えて成長が中断していたときの姿なのよ。白く雪山のように見えるのは、成長が中断しているあいだに石灰質がその水晶の輪郭を包んだからよ」

「ということは、山入水晶は過去の自分の姿を宿した水晶なんですね。木の年輪みたいだ」

「そうね」

「それが何千年、何万年もかかってのものだなんて、壮大なドラマですね」

「すごいでしょ」

彩名は得意げに胸を張った。そして、ゆっくりと諭《さと》すように言った。

「桜井君が選んだような透明度の高い水晶はたしかに美しいわ。けれども、山入水晶には克服の美しさがあると思わない？　一度成長が止まったあと、再び透明に結晶した克服の美よ」

石の本当の美しさが、少しだけ理解できたように思えた。見た目だけではない美しさが、石にはあるのだ。それはまるで人間の心の美しさや、生きかたの美しさに似ているように。克服の美か。ぼくはガラスのショーケースの上に置かれてまばゆく輝く山入水晶をじっと見入った。そして、ぼくの気づかなかった美しさを水晶から見て取れる彩名に、急速に心惹《ひ》かれるのがわかった。もっと石に詳しくなって、彼女ともっと高い次元で石の話がしたいと思った。

その日から、ぼくは彩名にくっついて遊ぶようになった。彼女もぼくのことを新人アルバイトとしてかわいがってくれた。彼女のほうからよく携帯電話に連絡をくれたし、メールのやり取りも頻繁にやった。しかし、それは男女の関係としてではなく、石を通じての師弟の関係としてのものだった。だから、石の師匠である彩名から、

「ちょっとお酒を飲みたいから、いまから桜井君のアパートに行ってもいい？」

と電話があれば、夜中でもスクーターを飛ばして酒を用意した。それから、

「鉱物採取に出かけたいけれど、桜井君の予定は空いてる？」

と訊かれれば、どんな予定もキャンセルしてどこまでもお供した。

そうした日々のなか、当然、彩名への思いは募っていった。しかし、それをあらわにすることは懸命に避けた。思いをあらわにして避けられたり、嫌われたりするのはいやだった。石の師弟という関係に、ぼくは自ら甘んじたのだ。それに、たとえ師弟関係であっても、彼

女といっしょに過ごす時間は充分に素晴らしいものだった。

しかし、盛岡で暮らし始めてから一ヶ月が過ぎるころ、彩名との関係に変化をもたらす出来事が起きた。

「もし暇があったら観に来てね」

アルバイト帰りの別れ際、彩名から演劇のチケットを差し出された。彼女が地元の中学校、高校を通じて演劇部だったことは聞いていた。そして、盛岡の大学に入ってからは、より高いレベルを求めて、大学の演劇部ではなくて市民劇団に入ったとも聞いていた。

「例の劇団のやつですね」

「そう。来週公演があるの」

「彩名さんはどんな役なんですか」

「役なんてないわよ」

「そんなはずないでしょう」

きれいな彩名のことだ。何かしらいい役をもらっているに違いない。

「わたし、今回の本編に出ないの。だから、役がないの。ただ、本編前のスキットには上がるけど」

「スキット？」

「寸劇のことよ」

彩名はどことなくさびしげな表情で言った。だから、それ以上配役について尋ねることはできなかった。

公演当日、客席の最前列に陣取り、配られたパンフレットを開いてみると、彩名が言っていた通り、彼女は本編に参加していなかった。彼女の名前はスキットの出演者として、

〈通行人A　滝川彩名〉

とあるだけだった。役名もないのだ。

演劇の世界というものはきっととても厳しいのだろう。彩名ほどきれいな容姿をしていても、本編に出られないのだから。何も事情を知らなかったぼくはそう思い込んだ。

しかし、なぜ彩名が本編に出られなかったのか、スキットを観てすぐにわかった。

「このまままっすぐ行けば、劇場に行けますよね」

これが彩名の唯一のセリフだった。子供だってできる短いものだ。ところが、彼女はそれをこなすことができなかったのだ。

舞台に現れた彩名をひと目見ただけで、様子がおかしいのはわかった。ひどく緊張しているらしく、いまにも泣き出しそうな顔をしていたのだ。

彩名はぎこちない足取りで舞台の中央に向かって歩いていく。石の花でいつもぼくに石の講釈を垂れている彩名とは別人だった。

通行人Aである彩名は、おどおどとした態度で警官役の青年に声をかけた。

「このまま」

と先ずは勢いよくセリフを話し始めた。

「まっすぐ行けば」

と言ったとき、声はビブラートがかかったかのように震えていた。

「劇場に行けますよね」

というところは声がほとんど出ていなかった。

ぼくは最前列に座っていたからかろうじて聞こえたようなものの、後ろの席に座っている観客にはまったく聞こえなかっただろう。

警官役の青年は取り繕《つくろ》うように、

「はあい、その通りです。劇場はこのまままっすぐ行ってくださいね」

と明るい声で答えた。しかし、彩名は微笑み返すこともできず、硬直した表情のまま下手へとはけていった。そして、彼女がいなくなったあとの舞台には、なんとも重苦しい空気が漂っていた。ぼくは見てはいけないものを見てしまったように思えて、さびしいような悲しいような気分のままそのあとの本編を観た。

その日の晩、ぼくは早々にベッドに潜り込んだ。けれど、うまくいかなかった彩名の舞台が思い出されて寝つくことができなかった。そして、午前零時を回ったころのことだ。枕元に置いておいた携帯電話が鳴った。着信メロディーで彩名からの連絡だとすぐにわかる。出ると、彩名は挨拶もなしに話し出した。

「いまね、舞台の打ち上げが終わって解散したところなの。劇場のすぐそばの居酒屋を出てね、それで電話してるのよ」

呂律《ろれつ》が回っていない。かなり酔っているようだった。

「これから二次会に移動ですか」

明るい口調で訊いてみた。彩名は何も答えない。沈黙が耳に染みる。

「どうしたんですか」

心配になって訊いてみた。原因は昼間のスキットに違いなかった。すると彩名はぼくの質問には答えず、ぼそぼそと言った。

「ねえ、桜井君。ちょっとだけつき合ってくれるかな」

「いいですよ。迎えに行きますよ」

「ううん。迎えはいらないわ。自分で桜井君のアパートに行くから」

「タクシーですか」

「歩いてく」

「やっぱり迎えに行きますよ。いまどこですか」

「さっき石の花の前を通りすぎて、もうちょっとで上ノ橋」

「じゃあ、上ノ橋で待っててください。スクーターですぐに行きますから」

電話を切って、すぐに家を飛び出す。暖気もそこそこにスクーターを発進させ、彩名の待つ上ノ橋を目指した。

五月といってもまだまだ肌寒い。盛岡の桜の開花時期は四月の末からゴールデンウィークにかけてであって、東京と比べると一ヶ月の遅れがある。つまり、春は一ヶ月遅れてくる。

五月の花冷えだ。

彩名は上ノ橋のちょうど半ばで待っていた。誰か彩名につき添っていると思っていたのだが、彼女はひとりで欄干に背中を預けて立っていた。スクーターを彼女の前に停める。

「さあ行きましょう。後ろに乗ってください」

そう声をかけたが、彩名は顔を上げなかった。

「どうしたんですか」

スクーターを降りて、彩名に近づいた。

「風邪ひいちゃいますよ」

「別にいいのよ」

彩名はぼそりと言った。やはり、舞台がうまくいかなかったことで気落ちしているのだろう。

「何言ってるんですか。風邪ひいて声が出なくなったら、芝居に差し支えますよ」

気づかないふうを装って明るく話しかける。

「だから、もう別にいいんだってば」

彩名はやっと顔を上げた。投げ遣《や》りな笑みを浮かべていた。目は笑っていない。彼女がきれいな分だけ、そうした笑みは痛ましく見えた。

「わたし、もうやめたの」

「え?」

「だから、劇団をやめてきたの。もう芝居はやらないわ。終わりよ、終わり」

昼間の様子を見ていただけに、なぜですか、とは問えなかった。

「わたしね、自分では演技の才能があるってずっと思ってたのよ。中学や高校じゃいつも主役を張ってきたしね。女優って天職なんじゃないかってずっと思ってたのよ。でも、甘かった」

「甘かった?」

「井の中の蛙《かわず》ってやつだった。田舎の中学や高校で天狗《てんぐ》になってたけど、盛岡に出てきて劇団に入ってみたら、演技のうまい人なんていくらでもいてね……。すごいとまどった。おどおどするようになっちゃって、芝居の流れを壊してばかりだった。早い話が、盛岡に来てから初めて演技の壁にぶつかったのよね。そうしたら緊張するようになっちゃって」

「そうだったんですか」

「最初は舞台に上がって声が震えるくらいだったのに、稽古《けいこ》をするだけでも緊張するようになっちゃってね。普段冗談を言い合っている人が相手でも、いざ稽古を始めると頭が真っ白になっちゃうの。おぼえたはずのセリフが頭にちらちらと思い浮かぶんだけど、それが間違っているような気がしちゃうのよ」

「アガリ症なんですね」

「そんな軽いもんじゃないわ。きっとおかしいのよ、わたし」

「そんな……」

「今日の舞台でのセリフは、いままでわたしがもらったセリフの中でいちばん短いものだったの。もうこれができないんなら、やめるって覚悟もあった。実はね、桜井君にチケットを渡したのは、自分を追い込む意味もあったのよ。でも、やっぱり駄目だった」

「そのうちちゃんとセリフが言えるようになりますよ。きっと心が少し躓《つまず》いているだけなんですよ」

「気休めはもういいのよ。そういう慰めは、いままでもたくさんしてもらってきたの。それに、いっしょに芝居をやってくれていた劇団のみんなに、もう迷惑をかけたくないのよ」

彩名は橋の下流に続く夜景を見やった。そして、洟《はな》を啜《すす》って空を見上げた。その頬には涙が伝っていた。

「あのさ」

と彩名がつぶやく。涙声だった。

「なんですか」

「わたし、彼氏とも別れちゃった」

彼氏がいたのか。しかし、それは当然と言えば当然だった。彩名ほどの容姿をしていれば彼氏のひとりもいるだろう。

「いっしょに舞台に立っていた警官役の人をおぼえてる?」

「おぼえてます」

「あの人が彼」

警官の制服は印象に残っているが、顔はおぼえていない。

「彼は本編の役が決まってたんだけど、スキットでわたしの相手を務めるために、本編の役を降りてくれたのよ。けれど、わたしは期待に応えられなかった。それでね……」

と彩名は口ごもった。

「それで？」

「打ち上げのとき、劇団をやめるってわたしからみんなに言ったんだけれど、その最中、彼はなんだかほっとした顔をしてた。わたしが芝居を壊すことを、彼もみんなから責められていたのはわかってた。だけど、ちょっとは引き留めてくれるかと思ってた。でもね、彼は引き留めるどころか、わたしと目を合わせようともしなかった。それが、とっても悲しかったし、腹が立ったし、さびしかった。わたしが駄目だから退団することになったんだけど、せめて彼にはかばって欲しかったのよ。だから、そのあとけんかになって」

彩名は悄然《しょうぜん》と肩を落とした。

「行きましょうか」

と被《かぶ》ってきたヘルメットを差し出すと、彩名は小さく頷いた。

スクーターにふたり乗りをして走り出す。風になぶられる耳が冷えて痛い。頭の毛穴にまで寒さが染み入ってくるかのようだ。そして、ぼくの胴に回された彩名の腕が、振り落とされないようにしがみついているだけではなくて、もっとほかの何かを求めているように感じられる。心がざわめくけれど、不安のほうが大きい。石の師匠ではない、女としての彩名とふたりっきりになる不安だ。

ぼくのアパートに着いてからは、いつものように酒を飲んだ。しかし、会話はまったく弾まなかった。冷蔵庫のサーモスタットの音がやけに大きく聞こえた。

「もう何もかもいやになっちゃった」

彩名は水割りのグラスをテーブルの上に置いた。

「芝居をやめるのを、考え直してみましょうよ。それに繕うような演技をやめたら、緊張しなくなるんじゃないですかね。舞台の上でありのままに振る舞うんですよ」

「わたしも演技に関することはいろいろ考えたわ。役を演じるんじゃなくて、役として存在すればいいんじゃないかって。でも、もう芝居をやって三年よ。それでもセリフをひと言もこなせないんだから、観念的な話は意味がないのよ。演技以前の問題なのよ」

「彩名さんが緊張するのは、きれいな人だからなんですよ。きれいな人として、きれいな演技をしようとするから、きっと緊張するんです」

「慰めてくれてるの？　それとも、褒めてくれてるの？」

彩名の真っ黒な瞳に見つめられる。恥ずかしくなって、

「お世辞ですよ」

と冗談にした。彩名は笑みを浮かべた。しかし、その笑みはすぐに唇から消えた。

「好きなことで苦しむのは、もういやなのよ」

彩名は両膝を抱えて座りなおした。両膝のあいだに顔をはさみ込むようにしてうつむく。彼女の髪がその顔を覆った。とまどっていると、小さな嗚咽《おえつ》が聞こえてきた。悲しくて、悔しくて、しかたないのだろう。

「ねえ」

と彩名が顔も上げずに言った。

「はい」

「桜井君は好きな人がいる？」

予期せぬ言葉に胸を突かれた。

「いいえ」

「お願いがあるの」

心臓が痛いほど鼓動する。

「そばに来て」

ぼくは無言で彩名の隣に腰を下ろした。

「抱きしめてくれる？」

ゆっくりと頷いた。

出会ってから一ヶ月が経つ。何度かいっしょにスクーターに乗って、彩名のほうから腕を回されることはあったけれど、ぼくのほうから彼女の体に腕を回したことはない。何よりも、ぼくには人を抱きしめた経験がなかった。

こわごわと彩名の体に腕を回す。どのくらい力を入れていいのかわからなくて、そっと抱きしめる。彼女の体はとてもやわらかくて、温かかった。アルコールの匂いと、嗅《か》ぎ慣れない女性独特の甘い匂いで、頭がくらくらする。普段は気にも留めない目覚し時計の針の音や、蛍光灯のたてるかすかな音まで、耳に突き刺さるように入ってくる。自分が興奮しているのか、冷静なのかもよくわからない。しかし、混乱する頭の中で、彩名との関係を石の師匠と弟子というものに留めておけなくなるのを感じた。欲しいものが腕の中にある。自分をごまかしきれなくなりそうだ。

思いを伝えよう。そう心に決めたときだ。彩名がおもむろに意味不明の言葉を語り始めた。どうしたんですか、と問いかけようとして、口をつぐむ。彩名が語り続ける言葉に聞きおぼえがあった。それは、昼間観た演劇の、本編のセリフだったのだ。

驚いたことに、彩名は登場人物すべてのセリフを暗記していた。声色《こわいろ》を使いながらひとりで何役もこなし、舞台を再現してみせる。さらに彼女が諳《そら》んじるセリフはまったく滞《とどこお》ることなく、すべて完璧だった。ぼくは昼間の劇をまざまざと思い出すことができた。

延々とひとりでセリフを吐き続ける彩名の横顔をそっと窺う。その瞳は恍惚《こうこつ》としていて、彼女がいかにあの舞台に立ちたかったかが窺い知れた。そして、彼女が抱いている報われない憧れを思って、胸が痛くなった。

それから一時間半、そっと息をひそめたまま、彩名ひとりによる演劇の再現に聞き入った。

そして、終幕を迎えたとき、彩名ははらはらと涙を流し始めた。彼女の体が嗚咽で震える。

その震えが腕の内側にじかに伝わる。少しだけ腕の力を強めて抱きしめた。年上の彩名が、年齢差を超えて、ただのかよわい女性に思えた。ぼくが救ってあげられるんじゃないかと思った。しかし、いったいどうすれば救ってあげられるのかわからない。だから、ただただ抱きしめた。彩名は腕の中で萎《しお》れるようにうつむく。しばらくすると静かになった。泣きながら寝入ってしまったようだった。

そのまま、朝まで彩名を抱きしめた。抱きしめることしかできなかった。


何もしないでただただ抱きしめていたことが、かえって彩名に好印象を与えたらしい。ぼくと彼女は急速に親密になっていった。そして、ストーブが必要なほど寒い東北の梅雨が明けたころ、ぼくは彼女を抱いた。夕暮れどき、ぼくのアパートで、ぼくから誘った。あのときの記憶はやけに鮮明だ。

部屋は二階にあり、その窓は西と東に面してふたつある。そのどちらにも粗い格子《こうし》の障子戸がはめてあって、夕暮れどきに障子戸を閉め切ると、部屋の中は障子紙に濾過《ろか》された弱々しい西日に満たされる。まるで提灯《ちょうちん》の中に入ったかのようなほんのりと明るい部屋で、彩名は裸になってぼくの前に立ってみせた。

美しい裸だった。四肢がすっきりと伸びて、裸の彫像を見るかのようだった。それでいて胸と腰には女性らしい充分な肉感がある。思わず気圧《けお》された。

手を差し伸べて抱き寄せる。血が通ってるんだな、なんて彩名の手の温《ぬく》もりを感じながら考えた。お互いに寄り添うようにしてベッドに横たわり、気が遠くなるほど長いキスをした。十八年間という短い人生だけれど、いままで心に溜め込んできたさびしさや迷いが、ことごとく消えていく。

唇をゆっくりと彩名の下唇から下へとずらしていった。顎先を伝い、石鹸《せっけん》の匂いがする首を這《は》い、鎖骨をなぞった。ためらいながら彼女の白い脇腹まで唇で辿《たど》る。ぼくの唇は隆起に出会うたびに震えてしまった。緊張して大きく息を吸い込む。彩名が少し微笑む。

素《す》に戻って恥ずかしくなると、彼女は唇の動きだけでぼくに何かを伝えようとしてきた。キスをするかのように一度唇をすぼめ、そのあとにその唇を軽く閉じてみせる。

「十九？」

と訊かれているように思えた。ぼくのキスが拙《つたな》いために年齢を問われているのだろうか。

彩名は首を振り、ないしょめかした笑みを浮かべた。そして、当ててみて、というふうに先ほどと同じように唇を動かす。やはり「十九」にしか見えない。ぼくは観念して首を振った。すると、彼女はその唇の動きをゆっくりと何度か繰り返してみせた。かすかに囁きが聞こえた。世界でいちばん小さな囁きだと思った。

「シュウ君」

と彩名は言っていた。

「シュウ君？」

「そう。修二君だから、シュウ君と呼ぶことにしたの」

そう言って、彩名は目を閉じた。ぼくの視線を恥じらっているように見えた。彼女が恥じらいを押し隠そうとしている。そう思うと、体がほぐれるのを感じた。そして、それと同時にシュウ君と呼ばれていた幼いころを思い出し、郷愁に駆られもした。

それから、恭《うやうや》しささえ感じながら、彩名の体の隅々にまでキスをした。唇で人肌の質感を何度も何度も確かめた。

3

青森への出発は午後六時を予定している。青森のデパートが閉店する時間を見計らって盛岡を発《た》つのだ。閉店後でないと、展示販売会の準備をすることができない。

早めに石の花へ行き、出張の準備に抜かりがないか点検した。今回の出張は金田とふたりきりだ。もし忘れ物でもあったら、出張中ずっとねちねちと文句を言われるに違いない。

ドアベルが鳴り響いた。ドアには、

〈閉店中〉

のプレートをかけてある。だから、客のはずがない。金田だろうか。しかし、金田にしてはやけにやさしくドアを開けたものだ。そう思ってドアを見た。入口に立っていたのは金田ではなくて、藤沢雪衣だった。

「あの、閉店の札は見たんですけれど、どうしても昨日見せてもらった水晶が欲しくなっちやって……。それで、明かりが点《つ》いているのが見えたから、大丈夫かなって思って」

「どうぞ」

と彼女を中に招き入れる。

「大丈夫ですか」

「ええ」

「昨日の水晶ですね」

「はい」

彼女は今日もまた黒で統一された装いだった。黒い細身のダッフルコートに黒いスカートをはいている。白い肌と黒い服。まるでオセロの駒みたいだ。

ショーケースを開けて、水晶を取り出した。そして、箱ごと渡してやる。

「やっぱりきれいですね。よかった。今日来て」

と彼女は微笑む。

「わたし、昨日家に帰ってから、どうしてもこの水晶のことを思い出しちゃって。不思議なんですよ。目を閉じると自然に思い浮かんでくるんです」

「巡り合わせですね」

「巡り合わせ？」

「人と人のあいだに巡り合わせがあるように、人と石にも巡り合わせがあるんです。見た瞬間、ぎゅっと心を鷲《わし》づかみされるような」

ぼくの言葉に、彼女は何度も頷いた。

「不思議ですね。人と無機物の石に巡り合わせがあるなんて」

「そうですね。でも、石が生きているんじゃないかって思うことはよくありますよ」

「石が生きている？」

「この店で一日中石に囲まれて店番していると、いま自分を取り巻いている二千個ほどの石が、本当は話すことができるのにわざと沈黙しているんじゃないかって思うときがあるんです」

彼女は感じ入ったような顔をして、石の花の店内をぐるりと見渡した。

「桜井さんはどうして石を好きなんですか」

かつて好きだった人が石を好きだったから、と答えられるはずもない。ぼくはちょっと考えてから言った。

「石を眺めてると、自然界の持つ美しさが、そのまま結晶化して現れたみたいだって思いませんか。地球が本来持っている崇高美みたいなものが凝縮されて、水晶の形を取って目の前に現れてくれたんじゃないか、なんて」

「なるほど」

と彼女は感心げに深く頷いた。素直に感心してもらえて、なんだか嬉しくなる。石を通してだけれども、気持ちを共有できたような喜びがある。

水晶を箱に詰め、紙袋に入れる。レジで勘定してから紙袋を渡した。彼女は紙袋を大切そ

うに両手で抱え、

「また、来ますね」

と言った。

「それなら、うちの店は明日から五日間は閉まってるので気をつけてください」

「連休なんですか」

「まあ、そうなんですけれど、出張なんですよ」

「出張？」

「車で出かけて展示販売会を開くんです。東北六県ならばどこまでも行きますよ」

「明日からはどこへ行くんですか」

「青森です」

「いいですね。いろんなところに行けて」

「なかなか楽しいですよ」

「じゃあ、青森のあとの出張の日程を教えてもらっていいですか」

「再来週の月曜日から十日間ですね」

「十日間も？」

「山形の酒田《さかた》と福島の小名浜《おなはま》に五日間ずつ行くんです」

「すごいですね。あと、桜井さんが店番している日も教えてくれますか」

思わぬことを訊く。

「店番の日ですか」

と訊き返すと、彼女はためらいながら言った。

「わたし、もっと石に詳しくなりたいんです。だから、いろいろと教えてもらいたいんです。駄目ですか」

「もちろんいいですよ」

「嬉しい」

わざわざぼくが店番をしているときに来るというのだろうか。気を持たせるようなことを言う。彼女は石について学びたいのだ、と自分に言い聞かせるが、やはりどうしても期待感に心がくすぐられてしまう。

「基本的に火曜、土曜、日曜に店番に入ってます」

「火曜、土曜、日曜の三日ですね」

雪衣は指を折りながら復唱する。

「なんでも訊いてください。石のことなら」

と言うと、彼女は、

「よろしくお願いします。いい弟子になります」

と頭を下げた。弟子という表現に、ついぼくは笑ってしまった。しかし、彩名と石の師弟関係であったことを思い出し、さびしくもなった。そして、彩名との別れを思い出し、胸に暗い陰が差した。

「お願いがあるんですけど」

悲しみにうつむきかかると、彼女に引き戻された。

「なんでしょう？」

と返事をする。すると、今度は彼女がうつむいた。言い出しにくいことなのだろうか。

「お願いってなんですか」

うながすと、彼女は途切れ途切れに言った。

「あの、名前を、呼んで欲しいんです」

「名前？」

「雪衣、と呼んでくれませんか」

「はい？」

呆気《あっけ》に取られて声の調子が外れた。何を望んでそんなことを言うのだろう。

「一度だけでもいいんです」

彼女の口調からは切迫したものを感じた。

「ねえ、ちょっと待って。まだどんな人かも知らないのに、名前を呼ぶのはどうかと思うんだけど」

店員と客という関係を忘れて、敬語もなしに言った。

「……そうですよね」

消え入りそうな声で彼女は言う。断られて傷ついたのか、見ているこちらの胸が痛くなるほど、ぎこちない笑みを浮かべた。

「いや、別に嫌ってるとかそういうことじゃないんだよ」

慌てて慰める。しかし、彼女は口を真一文字に結んだままうつむいた。

「あのさ、それならもうちょっとお互いのことを話そうよ。学生なの？　もしかして同じ大学？　それとも、働いてるの？」

会話の糸口を探して質問した。ところが、奇妙なことに彼女は床を睨《にら》んだまま黙った。

「たしか十九だったよね。ということは、浪人生ということもありえるわけだ」

もしかしたら、話しにくい境遇なのかもしれない、と気を回して訊いてみた。しかし、彼女は黙り続ける。

「市内の出身だよね？　それなら、どこの高校通ってたの？　弟子を望むというのなら、それくらい教えてもらいたいところだよねえ」

と明るく話を振る。だが、それも無駄なようだった。彼女は質問に答えるどころか、微動だにしない。そして、床を睨む彼女の瞳からは、素性《すじょう》を訊くぼくに対するあからさまな拒みを感じた。彼女の沈黙は、きっとぼくへの抗議なのだ。

なんだかこわくなる。ぼくが素性を訊き出そうとする限り、彼女は永遠に黙り続けそうに思えた。

不可解さにぼくも黙ると、店内はこめかみが痛くなるような静寂に満ちた。石たちの呼吸が聞こえてきそうなくらいの静けさだ。

小さくため息をついた。静けさの中でため息はやけに大きく聞こえた。すると、彼女はため息を合図とするかのように、店の入口へと足早に向かった。

このまま帰したら、二度とやって来ないかもしれない。

「待って」

と呼び止める。彼女の背中がさびしそうで頼りないものに見えた。

「ねえ、もしかして、自分のこと話したくない理由でもあるの？」

彼女は不安げに振り返った。そして、ゆっくりと目を伏せる。それは、ぼくの質問に対する頷きと受け取れた。

今度は彼女に気づかれぬように、もっと小さなため息をつく。

しかたがない。誰にだって話したくないことはある。ぼくにだってある。彩名と別れた理由を、ぼくはいまだに誰にも話していない。

別れの日、彩名はぼくに泣きじゃくりながら訴えてきた。

「誰にも言わないで」

と。まぬけにもぼくはその言葉をいまも守っている。そして、一生別れの真相を話すことはないだろう。

「名前を呼んで欲しいんだよね？」

と彼女に確認する。彼女はかすかに頷いた。

なぜ彼女がそうしたことを望むのか、さっぱりわからない。しかし、ひとつ息を吸ってから試みた。

「雪衣」

雪衣はまばたきをしてから、すまなそうにぼくを見た。

「これでいい？」

と訊くと、雪衣は唇の端を動かす。はにかんだようにみえた。何かいじらしいものを感じた。

ドアが乱暴に開かれて、ドアベルが悲鳴をあげた。

「お客さん？」

金田が不機嫌な顔で入ってきた。なぜ閉店している店に客を入れるんだ、とその目は怒っていた。

「昨日、予約を入れていただいたんですよ」

とっさに嘘《うそ》をついた。金田は平気で客をあしらうようなやつなのだ。特に石に詳しくない客には冷淡で、客から社長へのクレームも多かった。

「そうですか。ありがとうございます」

と金田は雪衣のほうを見もせずに言った。言葉は丁寧だったが、歓迎されていないことは雪衣にも充分伝わっただろう。彼女は、

「それじゃ、また来ます」

と小さく言って外へ出た。

引き留めるのも決まりが悪くて、小さく手を振る。雪衣はドアが閉まりきるまで、いとおしげにぼくを見ていた。

「知り合いか」

「いいえ」

「なんだか仲よさそうだったじゃねえか」

「ただのお客さんですよ」

「まあ、別にいいけれどな。よし、出かけるぞ。戸締りしろよ」

と金田はまるで犬の散歩に出かける主人のような態度で、ぼくに告げる。いけすかない野郎だ。

佐川ミネラル社のワゴン車に乗り込み、盛岡のインターチェンジから東北自動車道をひたすら北へと目指す。日が落ちた高速道路を慎重に走る。運転はぼくの役目だ。どこに出張するときでもぼくがドライバーになる。

盛岡から青森までは約百七十キロだ。その道程を、繊細な石を積んでいるためにゆっくりと走る。軽く二時間はかかってしまう。そのあいだ、助手席の金田とふたりきりというのはなんとも居心地が悪かった。

「誰なんだ？　さっきの女の子は」

金田は岩手と青森の県境を過ぎたころ訊いてきた。

「だから、昨日初めて来た客ですよ」

「へえ」

金田はまったく信用していない。

「もしかして桜井の新しい女か。彩名と別れて一年も経ってないだろ」

「やめてくださいよ」

少し語気を強めて言った。金田は黙る。しかし、その沈黙にはぼくへの疑いと抗議が濃密に込められている。

金田は、ぼくが彩名とつき合う以前から、彼女のことを好きだったらしい。だから、彩名と別れたいまとなっても、ぼくの存在を面白く思っていないのだ。

青森市の夜空は鬱々とした灰色の雪雲に覆われていた。青森出身の類家さんはかつて、

「青森の空にはブルースがよく似合う」

なんて言っていた。ロバート・ジョンソンとかジョン・リー・フッカーなんていう人を類家さんに聴かされただけで、ブルースのことはよくわからない。けれど、雲が垂れ込めて、これっぽっちも星が見えない夜空には、ブルースが似合うような気がした。

駅からすぐのビジネスホテルにチェックインし、夕食をとってからデパートに移動した。今回の展示販売会は、デパートが主催する企画展の一環として開かれることになっている。

会場となるデパートの催事場は、小学校の教室ほどの広さがあった。そこに展示用の台を並べ、白い布製のテーブルクロスをかけていく。それから、展示用のトレイを置いて、石を

並べていくのだ。

いつもならば社長や類家さんがいるので、会場セッティングは一時間あまりで終わる。社長の音頭に従って動いていればすむ。しかし、今回はぼくと金田のふたりきりで、そのうえ協力もし合わないので、仕事の効率は悪かった。おかげで、セッティングがすべて終わったときには、すでに十一時となっていた。

へとへとだった。しかし、おかげですぐに眠れた。金田も疲れていたのだろう、金田と相部屋という最悪の状態だったけれど、相手をする暇もなく寝入ることができた。


初日、土曜日ということもあってなかなかの盛況ぶりだった。石の展示販売会において、いちばん多い客層は子供であって、その次が老人だ。それには理由がある。

子供たちがたくさんやってくる理由は、展示販売会でアンモナイトや三葉虫《さんようちゅう》の化石を扱っているためだ。化石類はどこでも子供たちに好評を博した。販売会の開催期間中、毎日やってくる子供までいた。幼稚園や小学生の子供たちが、自分の顔よりも大きな直径五十センチほどのアンモナイトの前で、

「すげえ」

なんて声をあげる。その様子は、見ていて微笑ましい。

また、老人が多くやってくる理由は、展示販売会で水石《すいせき》を扱っているからだ。水石とは賞玩用の自然石のことをいう。石に山水の美の妙を見ようとする高尚な趣味であって、盆栽の

石版と言ったらいいだろうか。

佐川ミネラル社では三十万もする加茂川《かもがわ》石や安倍川《あべかわ》石を扱っている。けっして安い値段ではない。しかし、愛石家のじいさんたちはけっこう気軽に十万円単位の石を買っていく。今日の午前中も、五十万円の菊花石《きっかせき》が売れた。

菊花石は岩肌に白い方解石《ほうかいせき》が放射状に結晶していて、まるで菊の文様のように見える美しい石だ。神が凝らした意匠という感じがする。けれども、やはり五十万円は高い。

「おい。桜井」

と金田に呼ばれる。

「はい」

「レジに行けよ」

レジを見ると、会計を待つお客さんが立っていた。しかし、ぼくはちょうど五人の小学生くらいの男の子を相手に、水晶とガラスの見分けかたについて教えているところだった。

金田に向かって首を振る。いま忙しくて行けません、とジェスチャーで伝えた。手の空いている金田が自分でレジに行けばいい話なのだ。

レジに背を向け、子供たちに説明を続ける。子供たちの手には一個五百円の安い水晶を握らせてある。

「いいかい。もし水晶玉とガラス玉を見分けられないときはね、いちばん簡単な方法として、水晶玉とガラス玉の両方を握ってみればいいんだよ。水晶のほうが冷たいはずだから」

「どうして？」

と疑問の声があがる。

「水晶のほうが熱の伝導率がいいから、握っても手の温かさをすぐに逃がしちゃうんだよ。だから水晶のほうが冷たく感じるんだ」

「よくわからない。難しい」

すぐそばに立つ男の子が顔をしかめる。

「そうか、そうだよね。だから、やさしく言うと、水晶とガラスを温めると、水晶のほうが冷めやすいんだよ。だから、ガラスと水晶ならば、水晶のほうが冷たく感じられるんだ」

「ふうん」

という声が口々にもれた。でも、あまり納得していないようだ。

困ったな、と思っていると後ろから後頭部をはたかれた。振り向くと、金田が血走った目をして立っていた。レジにはもう客の姿は見えない。金田が自分でレジをすませたようだ。

「桜井。おまえな、ガキの相手をしている暇があったら、ちゃんと言われた通りレジに行けよ」

子供たちは金田の形相《ぎょうそう》を見て危険を察知したらしい。手にしていた水晶を放り出して蜘《く》蛛《も》の子を散らすように去っていった。

「ちょっと待って」

と言ったが、時すでに遅し、というやつだ。

「ガキなんかにかまうなよ」

「いや、でもさっきの子供たちもれっきとしたお客さんですよ」

「何言ってるんだよ。レジに待っている客が見えなかったのか」

「見えてましたよ。でも」

「でも、じゃねえよ」

「レジにいたお客さんは何を買っていったんですか」

「は？　黄鉄鉱《おうてっこう》だよ」

黄鉄鉱とは輝く金茶色をした鉱物だ。立方体の結晶を取るものは、まるで黄金色のサイコロみたいに見える。

「その黄鉄鉱、いくらだったんですか」

「何？」

「いくらの黄鉄鉱が売れたんですか」

「二千円だよ。それがなんだってんだよ」

「さっきぼくが相手していた子供たちは、一個五百円の水晶を持ってたんですよ。だから、子供たちが買ってくれれば二千五百円の売り上げがあったのに、金田さんが邪魔したんですよ」

「口答えするなよ」

金田は苛立ちを嚙《か》み殺して囁いた。そして、催事場の客たちに気づかれぬようにぼくの爪先を踏みつけてくる。彼の陰険さにはらわたが煮えくり返って、思わず突き飛ばしそうになる。きっと彼も突き飛ばされることを望んでいるに違いない。面倒が起きればぼくをクビにすることができる。

しかし、ぼくはぐっとこらえて金田を睨み返した。このくらいのことでいちいち腹を立ててたまるか。ぼくはもっとつらい屈辱に耐えたことがある。それに何より、ぼくは石が好きなのだ。石を売るアルバイトをやめたくないのだ。

「馬鹿野郎が」

金田は何もやり返さないぼくに張り合いをなくしたらしく、そう吐き捨てるように言って立ち去った。

夜、金田と同じ部屋にいることが苦痛でしかたなくて、夕食をとったあとホテルのラウンジでコートにくるまって少し眠った。そして、目を覚ましてからホテルを出た。できるだけ外を歩き回り、金田と顔を突き合わせる時間を減らそうと思った。

市街から海はすぐそこだ。かつて青函《せいかん》連絡船が出ていた港も目と鼻の先にある。そのために、夜風は冷たく、ひとたび風が吹くと、肌を剝《む》かれるようなぴりぴりとした痛みを感じる。

類家さんからかつて聞かされた青森の四季の話を思い出す。

青森はねぶたが終われば秋が来て、雪が降ったら冬なんだそうだ。つまり、お盆が終わればもう秋で、十一月には冬が来る。そこから、五月に桜が咲くまでの六ヶ月、長い長い冬が続くことになる。

ぶらぶらと歩いたが、どの店もシャッターが閉められている。人影はまばらだ。ときどきすれ違う人たちは、誰もが寒さに背中を丸めている。

角を曲がると、

「お兄さん、遊んでぐ？」

と客引きの女性に声をかけられた。カ行の鼻濁音《びだくおん》を耳にしても違和感を抱かなくなったのは、盛岡に二年住んだおかげだと思う。声をかけてきた女性は、五十代くらいだった。黙って通りすぎようとすると、

「学生さん？」

と訊かれた。無言で頷くと、彼女はあからさまにあきらめの表情を見せた。

そのあとさびしい夜の街をしばらくうろついたが、もう客引きの人間にしか出会わなかった。そして、自分がそうした店を目的に歩く、もの欲しそうな人間に見られるのがいやで、ホテルに戻ることにした。

気づくと、はらはらと雪が降り始めていた。東北の雪は本当にさらさらとしている。寒さが厳しいために、雪の結晶が硬いのかもしれない。だから、東京の雪のように水っぽくなく、簡単にとけることがない。肩に落ちた雪を手で払うと、簡単に落とせる。濡れもしないのだ。

ホテルに戻ると、金田はすでに眠っていた。それを起こさないように自分のベッドに潜り込む。温かいシャワーを浴びて冷えた体を温めたかったが、水音で金田を起こすくらいなら凍えた体のまま眠ったほうがましだった。

いやな夢を見た。

「しかたなかったの。しょうがなかったの」

と彩名が泣きじゃくる。ぼくはその傍《かたわ》らで、呆然《ぼうぜん》として立ち尽くしている。

ぼくと彩名の周りはどこまでも続く真っ白な大地だ。距離感と色彩感覚が欠落してしまったかのような無辺の白。

「だって好きになっちゃったんだから」

彩名はそう言ってさらに泣いた。いたたまれなくて、白い地面を見つめることしかできない。

次第に、自分の記憶が疑わしくなってくる。傍らで泣いているのは彩名ではなくて、名前も知らない女なんじゃないだろうか。そして、これは罰なのだ、と誰かに囁かれたような気がする。誰もいない星の上で、泣き叫ぶだけの名前も知らない女と、ふたりきりにさせられる罰なのだ、と。

「しかたなかったのよ」

と女がすがってくる。名前は彩名だったはずだ、とぼくは思う。けれども、彼女がどうしてもぼくの知っていた彩名と同一人物には思えない。

とにかく女から離れなくてはいけない。早く離れないと、金切り声をあげて彼女を責めてしまいそうでこわい。

走り出すために、足を一歩踏み出そうとした。しかし、足が地面に吸いついて離れない。言い知れぬ恐怖におそわれた。叫びたいのに声も出ない。なんとか一歩でもいいから足を進めたい。渾身《こんしん》の力で右足を踏み出した。びくんと体が痙攣《けいれん》する。それで目が覚めた。痙攣は夢の中のものではなくて、実際にベッドの上で起こったことだった。

ベッドの上で上半身を起こす。いままで見た夢が自分の記憶から抽出されたものだと思い返して愕然《がくぜん》とした。

窓から外を見ると、まだまだ暗かった。枕元の時計は朝の五時を指している。日の出まで一時間はある。もう一度横になった。

彩名との別れが思い出されてくる。春のことだ。ぼくが二年生に進級し、彩名が四年生に進級したばかりのころ。ちょうどつき合って一年が経っていた。

4

寒い夜だった。誰もが花冷えと口にする春の宵だった。携帯電話に彩名から意味不明のメールが送られてきた。

〈でもタクヤのほうが大変だから〉

間違いメールだろうか。そう思いながらも、一抹《いちまつ》の不安がよぎる。タクヤという名前の男を知っていた。彩名がかつて所属していた市民劇団で、看板俳優だった河原木《かわらぎ》琢弥だ。背が高い男で、くっきりとした目鼻立ちを思い出す。歳はたしか三十だったはずだ。

〈どういう意味？〉

と即座に彩名にメールを返した。なかなかメールは返ってこない。でも、電話をして問いただすのはいきすぎだと思い、返事を待った。

河原木については、彩名が劇団をやめたあともよく聞かされてきた。彼は役者として類いまれな才能を持っているうえに、性格も温厚で劇団員からも信頼が厚く、勤めているホームページ制作会社でも優秀であると。

彩名の河原木について語る口ぶりから、しばしば誇らしさを感じた。河原木がどれだけ素晴らしいのか、ぼくになんとしてもわからせたいという気負いまで感じ取れた。それがあまりにも熱心なので、河原木に対しては嫉妬《しっと》というよりもおそれを感じたものだった。

河原木は、彩名がスキットに出演したあの公演にも、もちろん出演していた。彼が素晴らしい演技を披露していたことを思い出す。彼は劇中で不治の病を患《わずら》った男を演じていた。病魔におかされて日に日に衰えていくという難役だ。しかし、彼は見事に演じきってみせた。あまりの迫真の演技に、実際に彼が舞台上で痩《や》せ細っていっているようにさえ見えた。

しばらくして、彩名から返信が来た。

〈間違えた〉

素っ気ない一文だ。なんとなく不信感は拭《ぬぐ》えない。妙に気品のある河原木の顔がちらついた。

メールが来た次の日、彩名のアパートを訪れた。ぼくの嫉妬がつまらない猜疑心《さいぎしん》を生んだのだと思いたくて、間違いメールの件を何気なく切り出した。彩名には、つまらない嫉妬だと叱《しか》ってほしかった。

「間違いメールにあったタクヤって河原木さんでしょ」

「まあ、そうだけれど。それがどうしたの？」

彩名は林檎《りんご》を剝く手を止めた。そして、幼い子を遠ざけるような一瞥をよこしてくる。彼女は気乗りがしない話題となると、年上ぶって話を避ける癖があった。

「河原木さんとメールのやり取りしてるの？」

「そうよ」

「劇団をやめて一年も経つのに？」

「久々にちょっと連絡を取っただけよ」

「なんのためにさ」

「別にいいじゃない。シュウ君はそんなことが知りたいの？」

彩名は鬱陶《うっとう》しげに言った。

これ以上河原木の話を続ければ、彼女との仲がこじれるのは目に見えていた。けれども、疑問はどうしても湧いてくる。

「彩名は劇団にいたころから河原木さんのことをタクヤって呼んでたの？」

「そんなことできるわけないじゃない。あの河原木さんをそんなふうに呼ぶなんてありえない」

「でも、昨日のメールにはタクヤって書いてあったじゃないか」

ぴたりと彩名の動きが止まる。

「ふざけて書いたのよ。冗談よ」

彩名は再び林檎を剝き始めた。ところが、ぼくは気づきたくないことに気づいてしまった。できることならば気づきたくなかった。林檎を剝く彼女の手は、小刻みに震えていた。

覚悟を決める。思いきって切り出した。

「ありのままを言って欲しいんだ」

「ありのまま？」

「河原木さんとはどういう関係なの？」

「何言ってるのよ、シュウ君は。河原木さんはわたしが劇団でお世話になった人で、役者としても尊敬していて、それから、きちんとした社会人でもあって……。シュウ君もよく知ってるじゃない」

彩名は笑った。聞き分けのない子供を言い諭《さと》そうとするときの、母親のような笑みだ。

しかし、その彩名の笑みは、まったく白々しい作り笑いだった。桜色の唇がふるふると震えていた。かつて、舞台の上でたった一行のセリフもまともに言えなかった彩名が目の前にいた。失望感で体がぐらぐらと揺れる。

「嘘はいいよ」

そう言うと、彩名ははっきりと見て取れるほど大きく体を震わせた。彼女の顔から一切の表情が消えた。

彩名は果物ナイフをそっとテーブルの上に置いた。そして、剝きかけの林檎をその隣に置いた。ナイフが映す光に、不吉な輝きが宿っていた。

「河原木とはどういう関係なの？」

もう一度尋ねた。すると、彩名は両手で顔を覆って、堰《せき》を切ったかのように泣き出した。尋常な泣きかたではない。それが答えのようだった。彼女は河原木に抱かれている。そう確信した。

目眩《めまい》がする。昏倒《こんとう》してしまうかと思った。急に胸の真ん中に馬鹿でかい鉛でも埋め込まれたかのような痛みを感じた。耳の後ろは鈍器で殴られたかのようにじんじんと響く。

「河原木とはいつから？」

「三ヶ月くらい前から」

彩名は嗚咽まじりになんとか答えた。

三ヶ月前か……。そんなにも長いあいだぼくは騙《だま》されていたのか。いままで彩名を疑ったことがなかった自分の甘さを痛感した。彼女に溺《おぼ》れきっていた。初めて抱いた人として、崇《あが》め奉《たてまつ》るほどの気持ちがぼくにはあった。

「どうして河原木と？」

「三ヶ月前、街でたまたま会ったのよ」

「たまたま？」

「そう。そのとき河原木さんに就職活動の相談をしてみたの」

最近、彩名は就職活動に忙殺されていた。そして、自己アピールの苦手な彼女は、面接で苦しんでいた。

「ちょっと待ってよ。なんで河原木に相談したんだよ。就職活動の相談にはさんざんのってあげてたじゃないか」

「でも、シュウ君はやっぱりただの学生で、河原木さんは社会人でしょ。違った意見が欲しかったのよ」

「嘘だ」

そう語気を強めて言うと、彩名はやっと顔を上げた。

「嘘じゃないのよ」

彩名の涙に濡れた瞳は、本当のことを話しているのよ、と訴えてきていた。しかし、残念だけれど、彼女の瞳を信じることはできなかった。あいかわらず彼女の唇は震えていて、嘘じゃないのよ、のたったひと言でも、心が痛くなるほどたどたどしかった。彼女の後ろめたさがあまりに簡単に見透かせて、心底悲しくなる。

「どうして言ってくれなかったの。約束が違うじゃないか」

もしお互いに好きな人ができたら、ちゃんと報告すること。それがつき合うときの約束だった。

「言えるはずないじゃない」

「なんでだよ。河原木のことが好きなんだろ？　正直に言ってくれればよかったじゃないか」

「言えないわよ」

彩名は洟を啜りながら嗚咽をもらした。それから、いやいやをする子供のように首を振る。

「どうしてだよ」

「だって、シュウ君のこと失いたくないよ」

「そんなはずがあるか。おかしいよ」

もう河原木に抱かれているくせに。

「河原木に大切にしてもらってるんだろ？」

自棄《やけ》になって訊いた。潔く身を引く自分を想像した。しかし、彩名は言った。

「たぶん……」

「たぶんってなんだよ。彩名は河原木から好きだと言ってもらってるんだろう？」

「一応……」

「一応？　なんだよそれ。いいかげんにしろ！」

歯切れの悪い答えに苛立って怒鳴りつけた。彩名とつき合って、初めて怒鳴った。すると、彼女は怯《おび》えるように瞳を閉じた。まぶたに押し出された涙が頬を伝っていく。彼女は果ててしまうかと思うほど苦しげに言った。

「奥さんがいるのよ」

耳を疑う。そして、どうして彩名から別れを切り出さなかったのかよくわかった。それは許されない恋だからだ。不倫だからだ。

「何をやってるんだよ」

「しかたなかったのよ。しょうがなかったの」

「しょうがないなんてことがあるか！　どういうつもりだよ。そんな人の道に反したことをして。向こうに子供はいるの？」

「来月生まれる」

「遊びじゃないんだぞ」

「わかってるわよ。そんなこと」

「河原木は彩名とのことを悩んでいるの？」

「わからないわよ」

「子供が生まれるっていうのにそんなことをしていて、悩んでないっていうのか？」

「だから、わからないってば」

「なんでわからないんだよ」

彩名は何もかも拒むかのように強く首を横に振った。本当にわからないのかもしれない。

彼女はただただ河原木が好きで、無我夢中で抱かれていたのかもしれない。河原木の気持ちや思惑など、考えられなかったのだろう。

「どうするつもりなんだよ」

と言いつつも、ぼく自身、どうしたらいいのかまったくわからない。

彩名のことを好きだという気持ちがいきなり寸断された。彼女とのあいだに感じていた絆《きずな》のようなものも、一瞬にして廃棄された。こんなとき、いったいどうしたらいいというのだろうか。

「おい、どうするつもりなんだよ」

彩名は再びうつむいて泣きじゃくった。

それから彩名は一時間も二時間も泣き続けた。涙はさらに新しい涙を誘うようだった。吠《ほ》えるように泣いていた。そして、泣いている彩名から、理性や理知といったものが、ぼろぼろと剝《は》がれ落ちていっているように見えた。

テーブルに置かれた果物ナイフが、不穏な輝きを見せている。その輝きが、ぼくの苦しみを解放しろと誘《いざな》っていた。いま目の前に見えている苦しい世界を消すのか、それとも、いま目の前の世界を見ている苦しい自分を消すのか。そんなこわい選択を突きつけられる。首を振ってそれに抗《あらが》い、切迫感のあまり目を閉じた。

まぶたの裏の闇の中で、啜り泣く彩名の声だけが聞こえる。人間はどこまで卑怯《ひきょう》になれるのだろう。河原木は自分の子供が生まれるというのに彩名を抱き、その彩名は新たな命を宿した奥さんの存在を知っていながら河原木に抱かれる。失望感で思考が停まる。

彩名が河原木に抱かれていたこの三ヶ月、ぼくはまぬけにも彼女を深く抱き、その体の奥に目指す一点があるかのような錯覚と快楽に溺れていた。そのまぬけぶりばかりが思い返される。

目を開けると、彩名はつと顔を上げた。視線は虚《うつ》ろだ。ぼくを見ない。けれど、彼女が何かを決心したのはわかった。彼女はかすれた声で言った。

「わたしは河原木さんが奥さんと別れることを望んでいるわけじゃないの。このままでもいいの」

二番目の女になる。彩名はそう宣言した。ぼくを傷つけたことや河原木の奥さんを陰で騙している事実に、まったく背を向けていた。もしかしたら彼女は、目を背けていることにさえ気づいていないのかもしれない。そして、このままでもいいの、と言ったあとの彩名からは、悲壮な決心を固めた自分への陶酔感が漂っていた。

息をするのも苦しくなった。ぼくという人間の存在が、この世の中でまったく無意味なものに思えた。

「じゃあ、帰るよ」

そう言って立ち上がる。彩名が泣き腫《は》らした真っ赤な目で、心細そうにぼくを見た。すがるような目つきをする。ずるい、と思った。そして、

〈でもタクヤのほうが大変だから〉

というメールの意味がやっと理解できた。ぼくを騙す彩名より、奥さんを騙す河原木のほうが大変だということなのだろう。

また、彩名がぼくと別れなかった理由もわかった。もしぼくと別れてしまえば、彼女は河原木のただの愛人になってしまう。彼女はそれを避けたかったのだろう。きっと河原木とは共犯関係でいたかったのだ。

「ずるいよ」

と彩名を見下ろして言う。すると彼女は放心した顔つきとなった。彼女をそのままに玄関へ向かい、靴を履《は》く。

「誰にも言わないで」

と彩名がつぶやく。ぼくは振り返らずに頷き、部屋を出た。

早く彼女から離れなくてはならなかった。その一心で彼女のアパートを離れた。自分を見失ったら何をするかわからない。金切り声をあげて彼女を問い詰めてしまいそうだった。

自分のアパートに向かうぼくの心に、ひとつの言葉が巣食い始めた。その言葉を、静まり返る春の宵の空にそっとつぶやいてみた。

「彼女が愛人になった」

こらえきれずに嗚咽がもれる。驚くほど涙が出た。ぐしゃぐしゃになった心を抱えきれず、誰もいない路地裏に逃げ込んだ。アスファルトに膝から崩れる。両手を着いてうなだれると、指の一本一本がアスファルトのざらつきをとらえた。

涙がアスファルトに染みを作る。早くも散った桜のひとひらが、風に吹かれて手の甲を撫《な》でていった。もっと透明な存在になりたい。狡猾《こうかつ》さや欲望や裏切りなどと無縁な、純粋で透明な存在になりたい。ぼくは何度もそう願った。

5

展示販売会の四日目、午後になってやっと佐川社長が合流した。社長の合流は本当にありがたい。金田は社長の手前、あからさまないやがらせをしてこなくなるからだ。

「お待たせ」

と社長は五十五歳とは思えない青年のような笑みで言った。社長は高校時代にラグビーをやっていたそうで、俊敏なフランカーとして注目されていたらしい。だが、膝を壊して引退し、いまでは体重百キロを超える丸い体となってしまった。

「ドイツ産の緑鉛鉱だよ。おまえらに見せたくて、ツーソンから送った荷物が届くのを待っていたら遅くなっちまったよ」

社長は荷物の中から緑鉛鉱を取り出し、自慢げにぼくらに見せた。

緑鉛鉱は燐灰石《りんかいせき》のグループに属する若葉色の鉱物だ。小さな六角柱をした結晶が、茶色い母岩の上にびっしりと集まった様相を呈している。

「どうだい？　いい石だろ。この若々しい緑を見ろよ」

緑鉛鉱はきれいな若草色をしている。ほうれん草の茎を細かく刻んで母岩の上にまぶしたかのようだ。

「これはきれいな緑鉛鉱ですね」

と金田が感心する。

「おれもミネラルショーでこの緑鉛鉱を見つけたときにはピンときたんだよ。ほら、桜井も見てみろ」

社長はぼくに緑鉛鉱を手渡す。体の大きな社長が小さな緑鉛鉱をこわごわと持つ様子は、蜂の巣の蜜を食べようとしている熊を思い起こさせて、どこか微笑ましい。

「いい石ですね」

そう褒めると、社長はいかにも嬉しそうな笑みを浮かべ、

「緑鉛鉱はフランス産もいいけれど、ドイツ産もいいよな。なあ、金田」

とラグビーのスクラムのように金田と肩を組んだ。その姿は社長とアルバイトの関係にはとても見えない。親子のじゃれ合いと言っても通じそうだ。実際、社長はぼくらアルバイトを家族のように扱ってくれている。それは、社長が現在まったくの独り身であることと関係があるのだと思う。

社長は奥さんのハルコさんを、十年前に亡くしている。胃癌だったらしい。そして、子供はいないと聞いている。

「この緑鉛鉱はいくらで売るつもりなんですか」

と金田が訊く。

「五千円くらいかな」

「それは安いですよ。おれはもっといけると思いますけれどね。七千円はいけますよ」

「それはちょっと高くないか」

「もっと商売に色気を出さないと」

「そうか？」

社長は困ったような笑みを浮かべてぼくを見た。

「桜井はどう思う？」

「中間を取って六千円くらいでどうですか」

「妥当かな。桜井の言う通りにしておこうか」

と社長は腕組みをしておおらかに笑った。やはり、親父っぽいな、と思った。

しかし、社長はぼくに対してだけ特別な気遣いを見せた。それは、彩名に関することが原因だ。彼女が何ひとつ理由を述べずに佐川ミネラル社をやめてしまったためだ。

彩名はぼくと別れたあと、すぐに行方をくらました。大学に休学届が出されているという噂《うわさ》を聞き、彼女のアパートに行ってみたが、すでに引き払われていた。

その後、彩名と同じゼミに所属している女の子から聞いた話では、彩名は花巻《はなまき》の観光ホテルに住み込みで働いているらしい。偶然花巻で会ったそうなのだ。ぼくはその真偽を確かめていない。それは彼女が選んだ人生だ、と割り切ろうと思っている。

しかし、ひとつ難点がある。類家さん以外の誰もが、彩名が消えた理由をぼくに求める。

ぼくが悪かったと誤解している。金田はその最たるもので、ぼくを恨んでいるくらいだ。そして、社長は、ぼくが一概に悪いとは思っていないようなのだが、どうしても遠慮気味に接してくる。思えば、社長にとって彩名は娘のような存在だった。

「おい。金田も桜井も昼めしは食べたか」

と社長が訊いてくる。

「まだです」

「じゃあ、おれが催事場にいるから、どっちか昼めし食ってきな」

ぼくと金田は顔を見合わせた。すると金田は、

「桜井、先に行け」

と言う。

「いや、でも」

「さあ、早く行けよ」

金田は厄介払《やっかい》いするかのように言う。それにはわけがある。

大学卒業の見込みがない金田は、この佐川ミネラル社に社員として雇って欲しいらしく、折にふれて自己アピールをする。自分がいかに有能であるかをアピールするために、わざとぼくの失敗を引き合いに出すようなことをするのだ。偶然立ち聞きしてしまうことが何度かあったが、ひどい言われようだった。

「それじゃ、お先に」

面白くないが、頭を下げて催事場をあとにした。

デパートの一階にあるファーストフードでお昼をとった。食べ終わってぼんやりしていると、携帯電話のメール着信音が鳴った。誰からのメールか確かめる必要はない。この携帯にメールを送ってくるのは類家さんだけだからだ。

この携帯は大学生になってから二台目のものだ。以前使っていた携帯は、彩名と別れたときに北上川に投げ込んだ。未練がましく連絡を入れてしまいそうで、衝動的に投げ捨ててしまったのだ。そのために、新しい携帯の番号とメールアドレスは、親と身近な人間しか知らない。そして、メールを送ってくるのは類家さんに限られている。

類家さんから来たメールは短いものだった。

〈金田と仲よくやってるか？〉

まったく、と苦笑いを浮かべてしまう。すぐに返信した。

〈社長が来たからもう大丈夫です〉

類家さんから返事が戻ってきた。

〈面倒なことは起きなさそうだな。無事に帰ってきて雪衣ちゃんに会えるな〉

またも苦笑してしまった。どうしてもぼくと雪衣をくっつけたいらしい。その単純で一途《いちず》なやさしさが、ややもするとおせっかいになることを、類家さんは気づいていない。しかし、その気づいていないところが好きだったりもする。

雪衣という女の子がいかに変わった子であるか、メールで伝えるべきか迷った。類家さんに伝えれば、その時点で彼女は格好の話題の的となるだろうが、ぼくの恋愛対象として外してしまうことになる。それは惜しいような気がした。

返事を送ろうかと思っていると、続けて類家さんからメールが届いた。

〈もし今度雪衣ちゃんが来たら、桜井のいいところをアピールしてやろうか？〉

〈けっこうですよ。恋愛なんてこりごりです〉

とだけ返す。雪衣の件はまだ保留にしておこうと思った。少し間があってから返事があった。

〈やっぱりちゃんとした別れをしていないと、次の恋には行けないか？〉

〈そうみたいですね……〉

と他人事のような書き方で返事を送ると、メールのやり取りは終わりになった。

ため息をついたあと、もう一度類家さんのメールを見返した。

〈やっぱりちゃんとした別れをしていないと、次の恋には行けないか？〉

その通りかもしれない。彩名には、さよならのひと言も言っていない。それどころか、もっとめちゃくちゃなことをぼくはした。実は、彩名と別れたあとに河原木の家に行った。彩名と別れてくれるように頼みに行ったのだ。

あのときのことは、思い出したくなくても、すぐに脳裏《のうり》に思い描くことができる。それほど、心に強く刻まれた、みじめな体験だった。

たとえ裏切りがあったとしても、彩名はぼくにとって大切な人だった。そして、彼女との恋は、高校生までで経験していたような惚れた腫れたで騒ぐものではなくて、もっと特別なものだった。価値観をすり寄せ合い、さびしさや日々の鬱屈を持ち寄って、ふたりで夜に眠る恋だった。そうした恋の結末があんな悲しいものであっていいはずがない。好きだった人を他人の愛人にして終わりにしていいはずがない。

彩名と別れた次の日、ぼくは河原木の家を目指した。会社帰りのサラリーマンと学生でぎゅうぎゅうに混んだ列車に揺られて、南へと下っていく。

幸か不幸か、河原木の家の住所は知っていた。以前、彩名のパソコンからぼくのパソコンにメールをもらったことがあったのだが、それは転送メールであって、もともとの送り主は河原木だった。そして、そのメールのいちばん下に、河原木の住所が書き込んであったのだ。住所は盛岡から電車で四十分くらい下った街のものだった。

河原木の奥さんが妊娠しているというのに、彩名はさびしくないのだろうか。悲しくなってひとり心を震わせているのではないだろうか。彼女の心境を思うとつらくなった。憐れにもなった。助けてやりたい。そう心が先走って、電車に飛び乗った。

しかし、吊り革につかまって人いきれにむせ返っているうちに、次第に苛立ちが頭をもたげてきた。新鮮な空気を求めて顔を上げる。座席に座ったサラリーマンの手にあるスポーツ新聞に「不倫」という小見出しが見えて不快になった。

テレビドラマでも雑誌でも、道ならぬ恋だとか、遅すぎた恋だとか、不倫をオブラートで包んで、そろいもそろって一度は陥《おちい》る罠《わな》みたいな扱いをしている。不倫をしている当人たちが苦しいのはよくわかる。けれども、本当に苦しいのは隠蔽《いんぺい》されていた不倫の事実を知ってしまった周りの人間だ。当人たちのように一瞬の陶酔だってないのだから。

濁った空気の中で、言いようもない疎外感に包まれる。ぼくが恋人に裏切られていようと、絶望を味わっていようと、世間は関係なしに動いていく。それが当たり前なのに、どうにも苛立ってしかたがない。

その苛立ちの中で、ふとある考えに思い至って歯嚙みした。もしかしたら、河原木が自分の行為など素知らぬ顔で、同じ車輛に乗っているかもしれない。

畜生、と口の中でつぶやいた。

不倫の事実を知っているのはぼくだけだ。だから、河原木を諫《いさ》めて、彩名と別れさせればいいと思っていた。しかし、河原木という外道《げどう》の存在は許せない。人の道に反した人間が、このまま咎められなくていいはずがない。しかるべき報いを与える人間がいないなら、ぼくが与えてやればいいじゃないか。目的の駅で降りるころ、ぼくの胸の中には真っ黒な高揚感が生まれていた。

小さな駅舎を出ると、空には星がまばらに輝いていた。空気は四月の末とは思えないほど冷たかったが、空に浮かぶ星座はたしかに春のものだった。

夜空から視線を下ろすと、商店街の一隅《いちぐう》にスポーツ洋品店を見つけた。シャッターが半分下ろされかかっていたがその店に向かい、黒い金属バットを買った。

星明かりで黒光りする金属バットを肩に担ぎ、河原木の家を目指す。世の中便利になったもので、パソコンの地図検索で住所を入力すれば、詳細な地図を表示してくれる。あとは現地の電信柱に書かれた住所を見て歩けば、探し当てることなんて簡単なのだ。

胸の中の黒い高揚感がどんどん膨れ上がっていく。焦《あせ》る必要はない。河原木が会社から帰宅していなければ、元も子もない。しかし、足はついつい速くなる。

傷害事件を起こした犯人の知人や近所に住む人間が、テレビでコメントを求められたときの言葉を思い出す。

「そんなことをする人には見えませんでしたけれどね」

「普段はおとなしい人でしたが」

いまぼくはそうしたお決まりのコメントを言われる側に立とうとしている。殺したい、と思っているわけではない。結果的に殺してしまってもかまわない、と思っているのだ。頭の中で河原木の後頭部目がけてバットをフルスイングする映像が、繰り返し流れて止まらない。

十五分も歩いたころ、川沿いの土手が見えた。土手の上は桜並木が続いている。その土手が河原木の家と同じ方向に伸びていることを確認してから、桜並木の道を選んだ。

土手を登ると、細いアスファルトの遊歩道となっていた。桜は遊歩道の両脇に植えられている。まるで桜のトンネルといった具合で、トンネルは三百メートルくらい続いていた。

周りを見渡したが、花見用の出店が出ているわけでも、花見提灯が吊るされているわけでもない。しかし、ぽつりぽつりと配された街灯の下で、二、三組の花見客が酒宴をあげていた。

桜のトンネルをしばらく歩いたあと、ふと足を止める。振り仰ぐと、街灯の白い光が桜の花びらの一枚一枚をくっきりと照らし出していた。花は見事な咲きっぷりだ。満開だ。青黒く染まった夜空を、桜がその花びらで埋め尽くそうとしているみたいだった。

深呼吸をする。桜の匂いにぼくは満ちた。それから、バットを地面のアスファルトに振り下ろす。春の宵にふさわしくないコーンという高い金属音が鳴り響き、すべての桜を震わせたように思えた。

ここはまるで春の底のようだ。しかし、その春の底で金属バットを握るぼくはいったい何者なのだろう。革製のグリップをきつく握り、桜を見上げながら怒りに歯ぎしりをするぼくは。

桜のトンネルを抜けて土手を下り、新興住宅地に入っていく。似たような家ばかり密集していて迷ったが、なんとか河原木の家を見つけることができた。

河原木の家は白壁を基調とした洋風住宅だった。カーポートにはファミリーワゴンが停めてあり、その隣には真新しいチャイナブルーのプジョーが停まっていた。家といい車といい、河原木は経済的に余裕のある男らしい。

意匠を凝らした白い鉄製の門扉《もんぴ》を勝手に開けて入り、玄関まで続く飛び石の上を歩く。カーテンの隙間《すきま》からは温かそうな光がもれてきていた。一般的な家庭の幸せを絵に描いたかのような光景だ。

飛び石をひとつ進むたびに、怒りが湧き起こってくる。バットを強く握りしめる。自分でも何をやっているのか、よくわからなくなっていく。

ドアチャイムのボタンを押した。明るくて軽やかなメロディーが白々しく響いた。いよいよだ。いよいよ、身ごもった妻を裏切って陰で彩名を抱くくそみたいな男が現れる。金属バットの革製テープはしっくりと手に馴染み、恍惚に突き抜ける一歩手前の緊張を感じた。

ドアが大きく開かれた。河原木も無防備なやつだな、と思った。しかし、ドアノブを握って立っていたのは大きなお腹をした女性だった。

河原木の奥さん。

直感でそう思った。清楚な印象の女性で、髪を後ろでひとつにまとめていた。肩幅がとても狭い。華奢《きゃしゃ》なのだ。そして、その分、妊娠して膨れたお腹が大きく見える。この人が、彩名が騙している人。息を呑んだ。

「河原木琢弥さんのお宅ですよね」

不思議なことに、ぼくは落ち着いた口調で訊くことができた。しかし、バットを握るぼくを見て、相手が平静でいられるはずがない。河原木の奥さんは悲鳴をあげた。そして、その悲鳴がお腹の子供の分も合わせたふたり分の悲鳴だと気づいたとき、ぼくははっと我に返った。

いったいぼくは何をしようとしていたのか。

反射的に門へ走った。背後で、

「琢弥！　早く来て、琢弥！」

と叫ぶ声が聞こえた。ぼくは振り返りもせずに門を飛び出した。

走りながら、恥辱にまみれた悲しみが胸の中で膨らんでいく。心の器がはちきれそうになり、狂ったように桜のトンネルの下を駆け抜けた。バットを土手の下に投げ込み、全速力で駅まで走った。

盛岡行きの列車は閑散としていて、乗った車輛にはぼくひとりしか客はいなかった。横がけの長椅子に腰を下ろす。

乱れた心を落ち着かせようと目を閉じた。自然と、河原木の奥さんの姿が思い浮かんでくる。ドアから出てきたのが奥さんで本当によかった。もしも河原木本人が出てきていたら、バットを振るって殺《あや》めていたに違いない。新しく生まれてくる無垢《むく》な命がある、と気づいたおかげで思いとどまれたのだ。

視線を上げた。車窓は黒い鏡と化してぼくの姿を映していた。ちっぽけで醜いぼくが映っていた。

ふと彩名の言葉がよみがえった。

「わたしは河原木さんが奥さんと別れることを望んでいるわけじゃないの。このままでもいいの」

彩名は河原木と別れることなど、まったく望んでいないのかもしれない。ぼくが勝手に彼女を救うと息巻いて、暴走しただけなのかもしれない。

深くうなだれた。結局ぼくは自尊心を傷つけられたことが我慢できずに、取ってつけたような正義にすがっていただけなんじゃないだろうか。本当は彩名を奪われて、ただただ腹いせをしたかっただけなんじゃないだろうか。

「違うんだ」

と誰もいない列車の中でつぶやく。

「本当に、大切で、助けたかったんだ」

誰も聞いてくれない言い訳を繰り返した。

もう二度と彩名に関わるべきじゃないと思った。彼女を救いたいと思っていたはずなのに、金属バットで人を殺してもかまわない、と心がすり替わっていた自分がこわくてしかたなかった。

6

青森から戻ってしばらくは、石の花での店番の日々が続いた。窓際の椅子に腰かけ、テーブルに頬杖《ほおづえ》をつく。雪の降る午後は、客などやってこないので暇でしかたがない。

ぼんやりしていると、どうしても彩名のことを考えてしまう。

河原木の子供はすでに生まれているはずだ。彩名はいまどうしているのだろう。きっと、居場所がなくなって泣いているに違いない。自分がしたことから必死に目を逸《そ》らそうとしていると思う。彼女は河原木との関係に溺れてぼくを騙すようなことをしたけれど、それで平然としていられる人ではなかった。そのことは、いっしょに一年間暮らしたぼくがいちばんよくわかっている。

彩名を愛人という存在にしてしまった罪責感に押し潰《つぶ》されそうになる。たとえ、彼女が望んだ結果だとしてもだ。

店のドアが開いた。はっと顔を上げる。入ってきたのは雪衣だった。今日も彼女は真っ黒な装いをしている。マフラーまでが黒だった。

「いらっしゃいませ」

と出迎える。雪衣は遠慮がちにぼくを見る。

「久しぶり」

とくだけた感じで声をかけると、雪衣は恥ずかしそうに微笑んで言った。

「こんにちは。お久しぶりです」

可憐《かれん》な笑みだ。なんだか救われたような心地がする。

雪衣はマフラーを外し、手袋をぬぐ。そして、心配げに訊いてくる。

「この前、大丈夫でした？」

「この前？」

「はい。閉店していたのにわたしを店に入れて、怒られませんでした？」

「大丈夫だったよ」

「よかった」

安堵の息を雪衣はもらす。

「そんなこと気にしてたの？」

「だって、わたしのせいで桜井さんが怒られたらどうしようかと思って」

「大丈夫だよ」

「それにもし、嫌われたら……」

「嫌う？」

「はい」

「そんなことないよ」

「ほんとですか」

「本当だよ。それに、何があっても弟子の面倒はきちんと見るつもりだよ」

雪衣は二秒ほど静止してから、やわらかに笑った。

「何か見たい石ある？」

と訊くと、雪衣はしばし考えてから、

「アメシスト」

と答えた。紫水晶のことだ。

「いいね。昨日ちょうどアメシストの群晶を入荷したばかりなんだよ」

「グンショウ？」

「群馬県の群に、水晶の晶で群晶。母岩の上に単体の水晶が群生しているものを、群晶と呼ぶんだ。まあ、百聞は一見にしかず」

とぼくは標本棚の抽斗《ひきだし》を開けて、アメシストの群晶をひとつ取り出した。一センチあまりの水晶が二十個ほど集まった小振りなものだ。

「気をつけて持って」

と雪衣にアメシストを渡す。彼女は両手で下から支えるようにして、アメシストを受け取った。

「地獄の針の山みたいな形ですね」

「氷の彫刻で針の山を作ったら、こんなふうになるかもね」

「それに、ちょっと重い」

「なんだかんだ言っても石だからね」

「そうなんですよね。でも、石がこんなにきれいだなんて」

雪衣はアメシストを展示台の上に置いて、しばし見入った。ぼくはカウンターの止まり木に座って、彼女の横顔を眺める。

本当は雪衣に確認しなければならないことがひとつある。

雪衣に送った品評会の案内状が、昨日宛先不明で戻ってきた。不審に思ったぼくは、今日の午前中石の配達がてら、雪衣が教えてくれた住所まで行ってみたのだ。しかし、そこはまったくの更地《さらち》だった。枯れた葦が雪の中にさびしく立ち並んでいるだけだった。

番地を書き間違えたということもある。そう思って、同じ町内の住宅を一軒一軒回ってみることもした。だが、藤沢姓の家を見つけることはできなかった。雪衣は偽りの住所を書いたに違いなかった。そして、石の花に帰ってきてから、ふと考えた。彼女は住所だけでなく、名前も偽っているのではないか、と。その名前を信じ込ませるために、わざわざぼくに呼ばせたのではないだろうか。

せめて正しい住所だけでも教えてもらうべきだろうか。エプロンのポケットに手を入れ、戻ってきた案内状にそっと触れてみる。

「このアメシストは紫が薄いけれど、その分上品な感じがしますね」

と雪衣が微笑みかけてくる。

「そうだね。でも、葡萄《ぶどう》の色くらい濃い紫もなかなか趣きがあるもんだよ」

「あ、それも見てみたいです」

「いいよ」

と標本棚を指差す。雪衣は嬉々として抽斗を引き、歓声をあげた。

「うーん、濃いアメシストも素敵かも」

住所を訊くことはやめておこうと思った。雪衣が素性を明らかにしたくないのなら、そっとしておいてやろう。次第に明らかになるだろう。いつか自ら語ってくれるだろう。

エプロンの中の案内状を握りつぶす。品評会の案内は、案内状のことなど忘れた振りして口頭で伝えればそれでいい。

軋《きし》んだドア音をたてて、厨房《ちゅうぼう》の奥のドアが開いた。入ってきたのは社長だった。

「いらっしゃい」

社長は雪衣に朗《ほが》らかに声をかけた。雪衣はよそよそしい感じで社長に目礼したあと標本棚に向かった。

「おい、桜井。コーヒーいれるけど、何か飲むか」

と社長が訊いてくる。コーヒー喫茶のマスターであった社長がいれてくれるコーヒーは絶品だ。社長が喫茶店を廃業したいまでも、コーヒー目当てに通ってくるお客さんがいるくらいだ。

「お願いします」

「何がいい？」

「ロシアン・コーヒーを」

「よし、わかった」

「それをふたつ」

とぼくは雪衣を指差して言った。社長は気前よく頷く。

ロシアン・コーヒーは、コーヒーにチョコレートを入れ、ホイップクリームをのせたものだ。生粋《きっすい》のコーヒーマニアからは敬遠されがちだけれど、甘くて、体の芯《しん》まで温まる。

「できたぞ」

と社長がぼくを呼ぶ。ぼくは丸いトレイに甘い香りの漂うロシアン・コーヒーをふたつのせて、窓際のテーブルセットに運んだ。そして、雪衣に声をかける。

「どうぞ」

「いいんですか」

「社長からのサービスです。あったまりますよ」

雪衣は社長を見て、

「ありがとうございます」

と丁寧に頭を下げた。なかなか礼儀正しい。

「いいから飲んで飲んで」

と社長が微笑むと、雪衣はコートを脱いでテーブルに座った。そして、カップに手を伸ばす。

「熱いから気をつけてね」

と忠告すると、雪衣は頷いてからおそるおそるカップに口をつけた。

「甘くて、おいしい」

「でしょう」

誇らしげな気分になって、立ったままぼくも自分のカップに口をつけた。

「熱い！」

本当に熱くて、思わず声をあげた。ぼくは猫舌なのだ。

「自分で忠告しておいて」

社長が呆れたように言う。雪衣もおかしそうに笑みをもらした。

「熱い。でも、うまい。ほんとに社長のロシアン・コーヒーはうまいですよ」

と頭を掻《か》きながら笑ってみせると、雪衣は大きく頷いた。

思えば、彩名もこのロシアン・コーヒーが好きだった。心まで温まる、と喜びながら、ロシアン・コーヒーを飲んでいたものだった。彼女はこのロシアン・コーヒーの味をまだおぼえているだろうか。

雪衣は飲み終わると、カップを自ら流しまで運んだ。そして、社長に礼を言った。

「ごちそうさまでした。ほんとにおいしかったです」

「いや、いいよ。また飲みたくなったらいつでも言いな」

「心まで温まったような気がします」

彩名と同じ言葉を、雪衣は口にした。胸の内側から針で刺されたような痛みが走った。

雪衣を店の外まで送った。雪の中に立つ彼女はとてもきれいだった。雪の返照の中、彼女は浮き立って見えた。

「じゃあ、またね」

と告げる。雪衣は嬉しそうに微笑んだ。そして、そのままじっと見つめてくる。その視線の意味はすぐにわかった。彼女はまた呼んで欲しいのだ、雪衣と。

「さようなら、雪衣」

雪衣はよっぽど嬉しいのか、はにかみながら頷いた。まるで夢見心地といった顔をする。

どうにもかわいらしい。多少不可解でも目をつぶりたくなる。

「さようなら」

と雪衣は胸の前で小さく手を振った。恥ずかしくなって目を逸らしたとき、彼女に惹かれていく自分をはっきりと意識した。


佐川ミネラル社は、山形の酒田、福島の小名浜と続けて出張販売会に出かけた。それぞれ五日間で、今度は社長も類家さんもいっしょのフルメンバーだ。おかげで、仕事は楽だったし、楽しかった。

小名浜での最終日、あと片づけをしていると、類家さんから声をかけられた。

「どうした、桜井？　なんだかぼんやりしてないか。うわの空というかさ」

「いつもと変わりませんよ」

「どうせ雪衣ちゃんのこと考えてたんだろ」

「違いますよ」

そうは返したけれど、図星だった。

十日間の出張中、気づくと雪衣のことを考えていることが多かった。彼女を雪衣と呼び捨てにしてから意識するようになった気がする。

雪衣を疑ってみる。もしかしたら、名前を呼ばせることで親近感を抱かせる作戦だったかもしれない、と。

「雪衣ちゃんて礼儀正しい子なんだってな」

類家さんは肘でぼくの胸を小突く。

「ええ、まあ。でも、なんで知ってるんですか」

「社長だよ。社長も雪衣ちゃんのこと気に入ったみたいでさ、かわいい子が来たんだよ、なんて言ってた」

「はあ……。社長がですか」

「雪衣ちゃんとけっこう仲いいらしいじゃないか」

「そんなことないですよ」

「水くさいなあ。ぜんぜん教えてくれないんだから」

「だから、違いますってば」

「なあ、桜井。茶化したりしないから安心しろって。そっとしておいてやるから」

類家さんは真顔で言った。

「はい……」

「それよりさ、桜井は自分の気持ちを打ち消したりするなよ」

「しませんよ」

「ならいいけどさ。桜井は自分の気持ちに難癖をつけて、最後には打ち消してしまうタイプだからさ」

「好きになったら一直線ですよ」

「一直線に逃げるなよ」

ぼくと類家さんは顔を見合わせ、なんとも言えない笑みを交換し合った。

夜、小名浜から盛岡に着き、十日ぶりにアパートに帰った。すると、留守番電話の様子がいつもと違っていることに気がついた。録音メッセージの件数を知らせる赤いランプが、途切れることなく何度も点滅していた。

おそるおそる再生ボタンを押す。

〈メッセージは十八件です〉

と安っぽい電子音で告げられた。この二年間、多くても三件ほどしかメッセージは入ってなかったのに、とんでもない件数だ。何か緊急の用件があったのだろうか。しかし、もし重要な用件であるならば、携帯に連絡を入れてくるはずだ。

残念なことに、この留守番電話は兄から譲り受けた古いもので、相手の番号を表示する機能がついていない。だから、誰からかかってきた電話なのかわからない。

再生されるメッセージに耳をすます。ところが、その一件目のメッセージは無言のままだった。続けて耳を傾けたが、二件目も、三件目も無言だった。いたずら電話だろうか。薄気味悪く感じながら、そのまま聞き続けた。

十七件目のことだ。かすかに洟を啜る音が聞こえた。いままでの沈黙が意図的なものだったと気づく。

そして、最後の十八件目。耳に神経を集中させる。すると、吐息がもれるほどのかすかな声で、こう囁くのが聞こえた。

「シュウ君」

体がぞくりと震えた。彩名だ。瞬時に彼女の姿がよみがえる。それも、初めて抱き合ったときの彼女だ。シュウ君、と恥じらってそっと囁いたときの唇の動きが思い出される。

さらに受話器に耳を傾けていると、涙声でつぶやいていた。

「シュウ君、会いたい」

彩名の声からは、助けを求める切実さを感じた。

心がざわつく。しかし、なぜいまごろになって会いたがっているのだろう。再会なんてできるはずがない別れかたをしたというのに。

彩名と別れてからの日々は、心のプロペラが止まりかけての地上すれすれの低空飛行だった。人を信じたり、好きになったりすることを捨て去って、なんとか身軽になって飛び続けていられたのだ。そんな日々をぼくに強いた彼女を、助ける義理などない。

無視してしまおう。もし何かしら面倒なことに巻き込まれているとしても、それは彩名が自分で招いたことだ。自業自得なのだ。

しかし、録音メッセージの彩名の声が耳にこびりついて離れない。

「シュウ君、会いたい」

というあの声がこだまする。

大きくため息をついてから、舌打ちをした。彩名を助けてやりたい、と思ってしまったたからだ。

携帯を握った。しかし、ふと手を止める。彩名の番号がわからない。彼女の番号が登録されていた以前の携帯は、いま北上川の底に沈んでいる。

困った。誰か彩名の番号を知っているだろうか。そもそも彼女は携帯の番号を人に教えたがらない人だった。アルバイト先の佐川ミネラル社にも教えなかったのだ。

腕組みをして考える。そして、ひとりの人物が思い浮かんだ。しかし、首をひねる。なぜなら、その人物とは金田だからだ。

「金田さんにしつこく番号訊かれて、断りきれなくて教えちゃったのよね」

とかつて彩名がぼやいていたのを思い出した。きっと金田はまだ彩名の番号を後生大事に取っているに違いない。

金田に頭を下げなくてはならないのか。しかし、それ以外に方法はない。ぼくは急いで雪の中を石の花まで走った。

石の花に戻ると、予想通り金田はいた。止まり木に座っていた社長が、

「どうした桜井。何か忘れものか?」

とのんきな様子で訊いてきた。

「いいえ。ちょっと金田さんに用があって」

金田はカウンターの奥に座っていた。いぶかしそうにぼくを見る。

「用ってなんだよ、桜井」

「ちょっといいですか」

と手招きをする。

「なんだよ。用件ならここで話せよ」

「いや、ちょっと外まで来て欲しいんですけれど」

「面倒くせえなあ。寒いのによ」

金田はうんざりした口調で言ったものの、店の外に出てきてくれた。

「雪降ってるじゃねえかよ。寒いなあ。なんだよ、その用件て」

「彩名の携帯の番号を知ってましたよね？」

「ああ、知ってるよ」

「教えてくれませんか」

「……なんだおまえ知らないのか」

不審さをあらわに金田は言った。

「なくしてしまったんです。だから、教えてもらおうと思って」

金田は腕組みをして黙った。ぼくの言葉の意味を吟味《ぎんみ》しているようだった。そして、しばらく雪空を見ていたが、

「駄目だな」

と言った。楽しげな口調だった。

「お願いします」

「駄目だってば。それにさ、おれも彩名の携帯に電話かけてみたけど、あいつ出ないぜ。無駄だって」

「それでもいいですから」

「いまごろ彩名になんの用があるってんだよ。もしかして、もう一度やり直したいとか言うんじゃないだろうな」

「そうじゃないですよ」

「じゃあ、なんの用なんだよ」

金田は険しい顔つきになった。

「理由はちょっと言えなくて」

「そんな都合のいい話があるかよ」

「すいません」

「なあ、桜井。おまえが彩名にしたことはわかってるんだろうな。彩名をやめさせちまうなんてよ。それなのに、いまさら連絡を取りたいってどういう了見だ？　虫がよすぎるんじゃねえか？」

都合よく連絡を取りたいと望んでいるのは彩名のほうなのだ。そう真実を言ってやりたかったが口をつぐむ。黙っていると、金田は言った。

「そんなに知りたいのか？」

「はい」

「どうしてもか？」

「はい」

「じゃあ、土下座だな」

「え？」

たじろいだ。

「なんだ、できないのか。できないっていうんなら、別にかまわないんだぜ」

金田がほくそ笑む。いまさらだけれど、彼が彩名のことで、どれだけぼくに嫉妬していたかわかったような気がした。

いくら彩名のためとはいえ、土下座をする必要がないことはわかっている。人に対する不信感を植えつけたまま逃げた彼女など、このまま見捨ててしまってもかまわないはずなのだ。

しかし、ぼくは雪で覆われた地面に両膝をついた。ジーンズ地を通して染みてくる冷たさは、すぐに痛みへと転化する。両手をつき、頭を下げた。

「あほか、おまえ」

唖然とした金田の声が響いた。本当に土下座するとは思っていなかったのだろう。

「これでいいですよね」

と立ち上がる。金田は憐れむような視線でぼくを遠ざけつつ、彩名の携帯番号を教えてくれた。

「どうもです」

と礼を述べると、

「知るか」

と金田は短く罵《ののし》って、店の中へと入っていった。

待ち合わせの小さな居酒屋に入っていくと、先にカウンター席で待っていた彩名が、ぼくを見つけて手招きした。

「久しぶりね」

居酒屋に着くまで、もしかしたら彩名は以前よりも美しくなっているんじゃないだろうか、と想像を巡らせてきた。罪の意識をはらんだうえでの恋心が、彼女を女として輝かせているんじゃないだろうか、と勝手に思い描いていた。

しかし、実際の彩名は痛々しくやつれていた。かつて彼女が持っていた健《すこ》やかさはすっかりなりをひそめてしまっていた。

彩名の左に並んで座る。彼女はざっくりと編み込まれた紺色のニットを着ていた。上品な雰囲気のニットだ。けれど、それを着る彼女は、なんとはなしにみすぼらしく見えた。

「何を飲む？」

と彩名が訊いてくる。その瞳にはへつらいの光があって、胸がちりちりと痛んだ。

「ビールを」

と頼む。間を置かずに、

「いまはどうしてるの？」

と訊いた。沈黙がこわくて自分から喋った。

「いま、盛岡にいるのよ。前に住んでいたアパートに戻ったの」

「前に住んでいたアパート？」

「住み慣れてたし、大家さんとも仲がよかったし」

「花巻で働いてるって聞いてたけれど」

「夏まではね。ホテルのフロントで受付をしてたの。でも、いまはやめちゃってね……。あんまり職場の人たちから歓迎されていなかったみたい。休学して働いているわたしを、半端《はんぱ》もんだって周りのみんなは思ってたみたいでね。それがいやになっちゃって」

「じゃあ、これからは大学に戻るんだね」

「ううん、わたし、東京に行くことにしたのよ。あさってには盛岡を離れようと思って」

「東京？」

「三鷹《みたか》というところにある劇団に入ることにしたの」

ずっと岩手県内で暮らしてきた彩名にとって、三鷹とは東京のどのあたりを指すのかわからないらしかった。三鷹というところ、という曖昧な言いかたが、彼女をとても頼りなく見せる。

「また芝居をやるんだ？」

「うん。先月、その劇団がどんなところか下調べしてきたの。小さな劇団なんだけど、オーディションなしでも入れてくれるって言うし、最初は雑用ばかりだって言われたけど、演技なんてまともにできないわたしには、そういったところから始めたほうがいいと思って」

「でも、あさって出発だなんて急だよ」

彩名がぼくに電話をかけてきたのは、盛岡を離れるさびしさのためだったのだろうか。

「ホテルをやめて盛岡に戻ってきてから、ずっとアパートに閉じこもってたの。毎日部屋で同じようなことばかり考えてた。これからどうやって生きてったらいいんだろう、このまま無為に生きてっちゃうのかなって。それでね、どうせ人と同じような普通の幸せなんて、いのわたしには手に入らないんだから、もう一度芝居をやってみようと思って」

「また演劇をやろうと決心してくれたのは、とっても嬉しいよ」

偽らざる気持ちだ。ぼくは自然と笑顔が浮かんだ。けれども、手放しで喜ぶことはできなかった。河原木との関係がどうなっているのか気になった。

もし芝居をやりたいというのならば、再び河原木と同じ劇団に戻るという選択もあったはずだ。河原木が便宜をはかってくれれば、すべて丸く収まりそうなものだ。

いぶかしみつつ黙ると、彩名はぼくの胸中を察したのか、河原木の名前を出した。

「わたし、河原木さんと別れることにしたのよ」

すでに別れているかもしれない、と半分ぼくは期待していた。だが、まだつき合っていたのか。

「明日の夜、河原木さんにわたしのアパートに来てもらう約束をしてるの。別れ話をしたいからって、わたしが呼んだのよ」

店員が運んできたジョッキに手を伸ばす。ぐっと飲んだ。よく冷えていることはわかる。けれど、うまいのかどうかさっぱりわからない。味覚が働いていないようだ。

「河原木さんとまだつき合っていたこと、怒ってる？」

彩名はへつらいの表情でぼくを見た。

「いや」

と返したら、声がかすれた。

「わたしもいままで何度も別れようとしてきたのよ。実際に別れたこともあった」

「うん」

「でもね、いざひとりぼっちになると、さびしくて頭がおかしくなりそうだったのよ。ひとりでいると、自分が最低の人間だってことばかり考えちゃって耐えられなかったの。わたしのずるさをいっしょに分かち合ってくれる人がいないと駄目だったの。だから、河原木さんから離れることができなかった」

ぼくはなんと返していいかわからずに黙った。彩名の孤独をわかってやれないでもない。しかし、うまく言葉を紡ぎ出せなかった。かつての心弱い彼女のままであることに、言いようもないさびしさを感じた。

お互い無言のまま居酒屋を出た。アーケード街を歩き、中津川に出る。河川敷《かせんじき》は降り積もった雪のために真っ白だった。雪はまだ降り続いている。

上ノ橋の下流に架かる中ノ橋《なかのはし》から、川沿いに歩いた。思えば、去年も雪の中津川沿いを彩名と並んで歩いたものだった。

彩名が不意に立ち止まる。数歩進んでから振り返ると、彼女は髪にかかる雪を払い、それからためらいがちに言った。

「わたし、周りが見えなくなってて、シュウ君の心の痛みを考えてあげられなかった。シュウ君の気持ちを踏みにじったことからも、目を逸らしてた。わたし、間違ってた。ごめんね」

涙の気配を感じて、雪空を見上げた。両の拳を握ってじっと耐えた。

舞い降りてくる雪の花びらを目で追う。その行方にわざと集中する。はらはらと舞う雪たちは、やがて水銀灯が明るく照らす白い地面へと降りていく。

ふと、地面にうっすらとした無数の影が走っていることに気がついた。影は雪の大地を斑《まだら》にしている。それは、かすかに緑に色づいていて、お盆の回転提灯が畳に落とす影を思わせる。

いったいなんの影だろう。不思議に思い、じっと見つめる。そして、再び視線を上げたときに理解した。地面に走る緑色の斑は、水銀灯の光で作られた雪の影なのだ。

そうか、と思った。すべての雪には影がある。まるで初めて知った真実のように、そのことが胸で閃《ひらめ》いた。そして、すべての人の心にも影の部分があるという当たり前のことを、心で強く嚙み締めた。

「もういいよ。河原木と別れるんでしょ？　また芝居を頑張るんでしょ？」

「……うん」

大切なのはこれからなのだ。たしかにぼくは傷つけられて苦しんだ。けれど、彩名が河原木とのことを間違いと気づいてくれたのだから、それでもういい気がした。

「ごめんなさい、シュウ君」

「もういいから」

そう言ったが、彩名は、

「ごめんなさい、ごめんなさい」

と涙声で繰り返した。

いままで誰にも謝ることができなかったのだろう。その分を取り返すかのように、彩名は泣きながらずっと謝り続けた。

彩名をアパートまで送った。かつてよく通ったアパートだ。二階にある彼女の部屋を見上げる。あの窓からもれてくる明かりを見るのが好きだった。わけもなくほっとしたものだった。

「ねえ、シュウ君。許してくれるの？」

許す、と言えば嘘になるだろう。しかし、

「許すよ」

と告げた。嘘をついたあとの苦々しさを舌に感じる。けれども、河原木と別れて旅立とうとする彩名のために、必要な嘘だと思った。

「その代わり、明日はちゃんと河原木と別れなきゃ駄目だよ」

と彩名の部屋を仰ぎ見る。明日、河原木があの部屋にやってくる。

「わかってる。でも、不安なの」

「どうして」

「河原木さんに引き留められてるのよ。東京になんか行かなくても、演劇は続けられるだろうって」

「ほっときなよ」

「でも、河原木さんの言葉を聞くと、迷っちゃうのよ。離れられないって思っちゃうの」

「もしかして、まだ河原木のことを？」

「わからないの。わたし、もう自分でもよくわからないの」

「惑わされちゃ駄目だって。せっかく新たに踏み出そうって決めたんだから」

彩名は二度、三度頷いた。しかし、その瞳はまだ迷っていた。

「ねえ、シュウ君。わたし、河原木さんとちゃんと別れる。だから、明日いっしょにいてくれない？」

「いっしょに？」

「河原木さんと別れ話をするとき、いっしょにいて欲しいの」

おもむろに彩名がぼくの右手を握った。一年ぶりに触れた手はとても温かかった。かつては全身で感じていた彼女のぬくもりが、急に肌によみがえってくる。

「無理だよ」

「ねえ、お願い。明日の夜九時くらいに河原木さんが来るから」

「彩名はひとりでもちゃんと別れられるよ」

微笑んで励ます。そして、そっと手を離した。

「ほんとに不安なの。さびしくて、また河原木さんと別れられないような気がして」

「彩名が自分で始めた関係なんだから、きちんと自分で終わりにして欲しいんだ。冷たいって思われるかもしれないけど、彩名には別れる勇気を持って欲しいんだ。頑張れる？」

彩名は心細げに頷いた。

「あさって東京に出発する前に、石の花に顔を出せる？」

ぼくはなるたけ明るく訊いてみた。

「なぜ？」

「なんにも言わないで東京に行ったら、きっとみんなさびしがると思うんだよ」

「わたし、みんなに会わす顔なんてないよ」

「そんなことないよ。社長はいまだに彩名のことを心配しているし、金田なんかまだ彩名のこと好きなんじゃないかな」

あえて冗談めかして言った。彩名の口元が少しだけ緩む。

「……じゃあ、あさって駅に行く前に。昼過ぎには行けると思う」

「待ってる。ちゃんと河原木と別れて、あさってはすっきりした気持ちで石の花においでよ」

「うん」

「信じて待ってるから」

アパートの階段を昇っていく彩名を見送った。彼女は階段を昇りきったあと、こちらに振り向いた。何か言いたげだったが、ぼくは手を振って背を向けた。

明くる日の夜、冷たい風が吹き荒れていた。見上げると、雲がすべて吹き飛ばされたあとの群青《ぐんじょう》色の空が広がっていた。雪晴れの夜空だ。星の瞬きを全身で感じながら、彩名のアパートへと向かった。

河原木が彩名と会う前に彼と会って、もう彩名を惑わしたりしないようにと頼み込もうと思った。どこまでも彩名に甘い自分が情けなくなる。しかも、ひどくみじめな役回りだ。しかし、間違った高揚感に包まれて、金属バットを持って押しかけた日のやり直しは、今夜しかできないに違いない。

彩名のアパートには九時少し前に着いた。二階の彼女の部屋を見上げると、カーテンから白い光がもれてきていた。彼女はいまどんな気持ちで河原木を待っているのだろう。

しばらく、辺りの様子を窺っていると、チャイナブルーのプジョーがアパートの前を走りすぎていった。河原木の家のカーポートで見た車だ。プジョーは百メートルほど通りすぎたあと、路肩に寄って停まった。エンジンが切られ、ドアが開く。月明かりのおかげで、そのスーツ姿の男の容姿はよく見えた。河原木に間違いない。彼は悠然とアパートに向かって歩いてくる。ぼくから近寄って話しかけた。

「河原木さんですよね？」

「違いますよ」

河原木は爽《さわ》やかな笑顔で返してきた。さらりと嘘をつく。見事な演技だとも言える。彼の顔を見たことがなかったら、ころっと騙されていたかもしれない。

「滝川彩名に会いに来たんですよね？」

彩名の名前を出すと、河原木は怪訝《けげん》な表情でしばし黙ったが、

「そうだけれども」

と本人であることを認めた。

「君は？」

と河原木が訊いてくる。落ち着いた大人っぽい口調だった。

「彩名さんの後輩ですよ。以前、大学の研究室で彩名さんにお世話になってたんです」

河原木という男と話がしてみたくて、と正体を隠した。たとえ間違った恋であっても、ぼくは男として河原木に負けたのだ。恋に勝ち負けをつける浅はかさは重々承知しているが、こだわらずにはいられない。

「そうですか。大学の後輩ね」

と河原木はにこやかに笑った。でも、その目には警戒心が宿っていた。

「それで、彩名の後輩の君が、ぼくになんの用かな？」

彩名という呼び捨てに虫酸《むしず》が走る。

「彩名さんにはいろいろとお世話になりましたよ。いい先輩でした。でも、その代わり、ぼくは彩名さんの相談に乗ってたんです。だから、河原木さんの名前も聞いてたんですよ」

「どんなふうにぼくの名前を？」

「あなたですよね？　彩名さんの不倫相手って」

河原木がたじろぐ。

「彩名さんから、彼は青いプジョーに乗ってるって聞いてましたから」

「な、なるほどね」

「彩名さんはあなたと別れるのがつらいみたいですねえ……。ひとりぼっちになるのがこわいとかさびしいとか、いまもアパートでさんざん聞かされてきましたよ。何時間もね。それで、いまやっと解放されてきたところなんです。困ったもんですよねえ」

「困った？」

「ええ。だって、彩名さんは河原木さんとの関係を悔やんでるって言うんですよ。何をいまさらという話じゃないですか。自分で望んだ関係のくせに、さびしいとかつらいとか言うのは身勝手ですよ。だから、困った人だって言うんです」

ぼくは河原木の本音を引き出したくて、言葉を続けた。

「まあ、もともと彩名さんは自分勝手なところがある人でしたからね。以前やってたアルバイトも理由も言わないでやめちゃったって聞いてますし、前の彼氏とも最後はぐちゃぐちゃだったらしいですよ。それから、ぼく自身、いろいろと迷惑をかけられたこともありますしねえ……。こんなこと言っちゃ失礼かもしれませんけれど、河原木さんはよくあんな人とつき合ってられますよね。ちょっと感心しちゃうな」

河原木の警戒がゆるんだように見えた。

「彩名に君みたいな相談相手がいたなんて知らなかったな」

と河原木はひとり頷いてから、煙草を出して火を点けた。

「今日はこれから別れ話なんですよね？」

「そうなんだよ」

と河原木はうんざりしたように一度空を見た。そして、大袈裟《おおげさ》なため息をもらす。

「仕事があるっていうのに、そのあとでもいいからって呼び出されたんだ。いい迷惑だよ。どうせ別れるつもりなんてないくせに、毎度毎度呼び出しやがるんだから」

別れるつもりなんてない？　どういうことだろう。彩名の話では、引き留めているのは河原木のほうだった。話が呑み込めなかったが、

「そうですよね。まったく」

と調子を合わせた。

「いいかげんにして欲しいんだよなあ。別れたいっていうから来てやるのに、最後にはあい

つのほうから別れたくないって言い出す。何考えてるんだろうな?」

「でも、さっき彩名さんは東京に行くって言ってましたよ。今回は本気で別れるつもりなんじゃないですか」

「どうだか」

河原木は薄ら笑いを浮かべた。

「東京へ行くっていうのは、きっとぼくの気を引くための口実さ。いままでもそういった話はたくさん聞かされてきたんだ」

「そうなんですか……」

「だってさ、そもそもおかしくないか? 彩名はもう東京行きが決まってるんだぞ。それなのにわざわざ別れ話だなんて。つまり、彩名はぼくに引き留めて欲しいんだよ。いつも通り甘えてるんだ」

彩名と河原木のどちらが本当のことを言っているのだろう。つい邪推する。彩名がぼくを別れ話につき合わそうとしたのは、ほかに男の存在があることを河原木に示して、彼を嫉妬させるつもりだったのかもしれない、と。

何が本当で何が嘘かわからなくなってくる。しかし、ひとつだけ確かなことがある。それは、妻や子供を裏切るような河原木と、彩名は別れたほうがいいということだ。

ぼくは気安さを装って、まるで提案を出すかのように河原木に言った。

「彩名さんがどんな態度を取ろうとも、とにかくふってあげるっていうのはどうですか。はっきりと捨てられたら、彩名さんも本当に東京に旅立って行くんじゃないですかね。いいじゃないですか、それで面倒な彩名さんと別れられるなら」

しかし、河原木はもったいぶったような笑みを浮かべた。

「君の言う通り、彩名は困った子なんだけど、なかなか別れがたいっていうのが本音なんだよ」

「どういうことですか」

「君も男ならわかるだろ？　彩名は女として素晴らしいんだよ」

河原木は下卑《げび》たものをあらわにして笑った。嫌悪が背筋を走る。無意識のうちに拳を握っていた。

「いい体してますもんね」

自虐的な気持ちを込めて言った。

「だろ？　手放せないんだよ」

彩名はなぜこんな男を好きになったのだろう。せめて河原木が彩名を好きになったことで思い悩む男であったなら。妻や子供を裏切ったことで、自分を責めるような男であったなら。

「悪いね。そろそろ行かないと」

と河原木が楽しげに腕時計を見た。軽く五十万円はする外国製の時計だ。そして、煙草を地面に投げ捨てて踏みにじる。雪が汚れた。

「ちょっと待ってくださいよ」

「いや、もう時間だからさ」

「待てって言ってるだろ！」

河原木が驚いて顔をしかめる。しかし、それは一瞬のことで、すぐに笑顔が驚きを覆った。微笑みの仮面を慌てふためいて被ったような印象を受けた。

「おいおいどうしたんだい。穏やかじゃないな。何か君の気に障《さわ》ることをぼくは言ったかな？」

「本当はあなたは彩名のことをどう思ってたんですか」

「いきなり何を言い出すんだよ」

「彩名はあなたに本当に惚れてましたよ。間違った関係だったけど、泣きながら好きだって繰り返すほどあなたに惚れてたんです。それなのに、あなたは彩名のことをどう思ってたんですか」

「な、なんだい……？　いったい君はぼくにどんな答えを期待してるんだい？」

さすが役者だ。動揺のしかたが堂に入っている。

「ひと言も言えないんですか？　彩名のことを好きだったって」

「いまさらそんな青くさいこと言い出すのはよしてくれ。ぼくと彩名がどんな関係にあったか君もわかってるんだろ？　ぼくと彩名がお互いの理解のうえで、成り立ってたものなんだ。君が彩名の後輩だか相談相手だかなんだか知らないが、横槍を入れてくる権利はないだろ。まったく関係ないくせに」

「関係あるんですよ」

「はあ？」

「ぼくは、以前彩名とつき合ってた者ですよ。ぼくのこと知ってますよね？」

「し、知らないよ」

「そうですか。それなら、金属バットを持った人間に家に押しかけられたおぼえはありますか」

河原木の顔が青褪める。

「あのときの……。じゃあ、あれは彩名とのことが原因だったのか」

「わかってなかったんですか。恨みを買う相手の心当たりが多すぎて、わからなかったんじゃないですか」

一歩詰め寄ると、河原木はじりじりとあとずさりした。

「ちょっと待てよ。もうお互い大人なんだから話し合おう」

「大人？　何言ってるんですか。奥さんを騙して、生まれた子供にも背を向けるあなたの、どこが大人だっていうんですか」

ぼくは来月の誕生日で二十歳になる。やっと大人の仲間入りをするわけだ。しかし、そのことが哀しい人たちの輪に加わることのように思えた。

「土下座でもなんでもするからさ」

「土下座は嫌いなんですよ」

冷たく拒んだが、河原木はそれでも笑顔を向けてきた。追いつめられても、笑顔の仮面を使うらしい。そうやってごまかして逃げ延びてきた人間なのかもしれない。

「どけ」

突然、河原木に突き飛ばされた。よろめくと、彼は脱兎《だっと》のごとく駆け出す。手を伸ばして彼のスーツをつかもうとしたが、すり抜けられた。

「待て」

逃がしてたまるか。車に向かって走る河原木を追う。こっちには陸上部出身の意地がある。全力で走る。雪を蹴り上げて猛追《もうつい》する。車に辿り着く寸前、河原木の横に並び、肩から当たった。彼は真横にはじけ飛び、足を滑《すべ》らせてひっくり返った。ぼくもバランスを崩しかけたが、踏ん張って立て直し、河原木の前に立ちはだかった。

「痛いなあ」

雪に尻をつく河原木が、うつむいたまま言った。

「ここまですることはないだろう」

「逃げるからですよ」

そう言うと、河原木は顔を伏せたまま、ふらふらと立ち上がった。

「ほんとひどいよ」

と言った河原木の口元が不敵に歪《ゆが》んだ。いきなり、顔に雪つぶてを投げつけられた。反射的に目を閉じる。そして、開いた瞳に飛び込んできたのは、弓を引くかのようにして右拳を引く河原木の姿だった。

テレフォン・パンチだよ。

類家さんにそう囁かれたような気がした。

よけるのはたやすいことだった。上半身をわずかにずらすと、それまでぼくがいた空間を河原木の右拳がすり抜けていった。あとは類家さんとの練習のままに動けばいいだけだった。拳が空を切って体を泳がす河原木の頬に、左ジャブを打ち込む。間髪を入れずに彼の顔に右のストレートを叩き込んだ。

一秒もかかっていないかもしれない。右拳を引くと同時に、河原木は糸の切れた操り人形のように膝から地面に崩れ落ちた。

「ちょっと、ちょっと待ってくれよ。降参だよ」

四つん這いでうずくまる河原木が悲痛な声をあげた。右ストレートは彼の鼻の下あたりに当たったようだ。彼はそこを押さえながらよろよろと立ち上がった。

「これ以上やったら卑怯だからな」

「卑怯？　あなたのような人に言われたくないですよ」

そう怒鳴ると、河原木は泣き顔になった。

「いったいあなたは何をやってるんですか。子供が生まれたんでしょう？　それなのに外では女の人と関係を持って。親の自覚とか、家庭を大切にする気持ちとか、ないんですか」

「いや、ぼくはそういうのは駄目なんだよ」

「どういう意味ですか？」

訊き返すと、河原木自身は隠しているつもりだろうが、待ってました、といわんばかりの反応を見せた。

「小さいころに両親が別れてさ、それ以来母親とふたりきりで過ごしてきたんだ。だから、親子の愛情とか家庭の団欒《だんらん》とかわからないんだよ。理想とする父親像なんてなかったから、父親としてやるべきことがわからないんだ。家にいても息が詰まりそうだし、子供とどう接していいかもわからない。妻は妻でぼくをなじるような目で見る。家の中がほんと息苦しいんだ。それで、つい家の外に居場所を求めてしまうんだよ。好きでこんなことをやってたんじゃないんだよ」

何度も自分自身で唱え続けてきた言い訳なのだろう。河原木は淀むことなくすらすらと述べた。その流暢《りゅうちょう》さがかえって奇異に見える。

たしかに、河原木の言う通りなら、その境遇に同情する余地はある。けれど、三十を超えたいい大人が自分の卑怯さの原因を親のせいにするなんて。血の繋がっていない母親をずっと見守っていこうと決心した類家さんの強さとやさしさに、いま一度感動した。

「だから勘弁して欲しいんだ」

と河原木は笑った。この期《ご》に及んでまだ笑みを浮かべる。彼にはもう仮面で取り繕う以外、人と接する方法がないのかもしれない。

「それじゃ」

と河原木が車に向かいかける。その肘をぐいとつかんで引き留めた。

「彩名が部屋で待ってるでしょ」

「今日は出直すべきかと思って」

おどけた感じで雪に湿ったスーツを指し示す。

「駄目ですね。彩名と別れ話をしてきてください。ここで待ってますから」

「待ってる？」

「三十分の猶予《ゆうよ》をあげますよ。だから、その時間内に彩名と別れてきてください」

「三十分？　無理言うなよ」

「簡単ですよ。彩名に頭を下げればいいんです。自分は人として間違ってましたって」

「そんな……。おい勘弁してくれって。そもそもぼくは悪くないんだぞ。ぼくに突っかかってくるなんてお門違いだよ。元はといえば、彩名のほうからぼくに言い寄ってきたんだからな。あいつが自分から股《また》を開いたんだ」

苛立ちが電流のように駆け巡って、血が逆流する。ついまた拳を握る。河原木はぼくの怒りを察したらしい。

「わかったよ。悪かった。だから、もう殴らないでくれ」

「それからひとつ約束してください。ここでぼくと会ったことは、彩名には黙っていて欲しいんです。いいですか」

「わかったよ」

河原木は怒ったような顔で階段へと向かった。

ぼくだって彩名の非から目を逸らしているわけではない。しかし、彼女は彼女なりに苦しみ、自分の間違いに気づき、新たな生活に踏み出そうとしている。そんな彩名の背中を押してやりたいし、彼女のこれからを妨げるものは取り除いてやりたかった。

「おまえ、本当は彩名のことをまだ好きなんだろう」

と河原木が階段の途中で、捨てゼリフを吐く。ぼくはその言葉に取り合わず、

「待ってますから」

とだけ告げた。

やけに冷える。人待ちの寒さは格別だと思う。不意にひとひらの雪が視界を横切っていく。胸を反《そ》らして空を見上げると、雲が広がっていた。いままさに雪が舞い始めたところだった。手首が痛い。河原木を殴ったときにひねったようだ。正しい暴力というものがないことはわかっている。しかし、去年の春の日の黒い金属バットより、はるかに正しい力を使ったような気がした。

7

「彩名が来るんで、ぜひ店に来て欲しいんです。見送ってやって欲しいんです」

前日のうちに、佐川ミネラル社の面々にはそう伝えておいた。

彩名の東京行きを知っての反応はみんなそれぞれだったが、お昼過ぎには全員きちんと石の花にそろってくれた。そして、社長の提案で、ひとりひとつ餞別《せんべつ》の石を彩名に贈ることになった。

「もちろん、代金はおまえらみんな自腹だからな。ちゃんと給料から石の値段分差し引いておくから」

と社長は笑いながら言った。

個々に石を選びつつ、彩名を待った。みんななんとなくそわそわして落ち着かなかった。

しかし、彼女は午後三時を過ぎても姿を現さなかった。

「本当に来るんだろうなあ」

窓際の椅子に座る金田がぼくを睨む。

「きっと来ますよ」

「いいかげん待ちくたびれたぜ。彩名がここに来るって本当に言ったのか」

「約束したんです」

「適当な約束をしたんじゃねえのか？　なんなら、彩名の携帯に連絡入れてみろよ」

「それはちょっと」

催促《さいそく》するのはいやだった。

「電話しろって」

金田は苛立たしげに拳でこつこつとテーブルを叩く。

「まあまあ」

と類家さんがとりなしてくれる。金田は舌打ちをして黙った。

それにしても彩名は遅かった。

昨夜《ゆうべ》、河原木は猶予として与えた三十分もかけずに、彩名の部屋から出てきた。そして、

「ちゃんと別れたからな」

と吐き捨てるように言うと、そそくさと帰っていった。彩名はきちんと別れて、ぼくらの前に顔を出せるようになっているはずなのだ。

しかし、ふと疑問がよぎる。河原木の報告は嘘だったんじゃないだろうか。彩名とふたりで示し合わせて、別れたように見せかけているだけなんじゃないだろうか。不安になってくる。

カウンターの中に立つ社長と視線が合う。すると、社長はうんうんと頷いてくれた。それがどういう意味かわからないが、彩名を信じて待つぼくには心強く感じられた。

「来ねえんじゃねえの」

金田は店内にかかる鳩時計を横目で睨みながら言った。時計はいままさに四時を指そうとしているところだった。

弱気になって、類家さんを見る。さすがに類家さんも渋い顔をする。

鳩時計が四時を報せた。それとほぼ同時だった。ドアベルがけたたましく鳴り、彩名が飛び込んできた。走ってきたのか息を切らしている。彼女のブーツについていた雪が、店の床

に勢いよく散らばった。大きなボストンバッグを肩からかけていて、まさにいまから旅立つといった恰好だった。

彩名は小さく会釈をすると、不安そうにぼくらを見回した。ぼくもみんながどう彩名を迎えてくれるのか、心配だった。

「お久しぶりです」

類家さんが先ず声をかけた。次に金田が、

「おう」

と手を挙げた。社長は、

「おかえり」

と言った。その言葉が、いちばんぼくの胸に響いた。

彩名が涙ぐむ。旅立つさびしさと、みんなが迎えてくれた喜びが、ごっちゃになっての涙のようだった。

「久しぶりだね、彩名ちゃん。時間はあるかい？」

と社長が訊く。

「すいません。時間はあんまりないんです。新幹線の指定席を買っちゃったから」

彩名は涙を拭《ふ》いてから微笑んだ。表情はおとといに比べて、すっきりとして見えた。まるで憑《つ》き物《もの》が落ちたかのように見える。河原木と別れた、と窺い知れた。

「あいかわらず慌ただしいやつだな。ここをやめるときもあっという間に消えちまったしよ」

金田が嫌味たっぷりに言う。しかし、その嫌味は本心からのものではなくて、さびしさから来る言葉に聞こえた。

「すいません」

と彩名が頭を下げる。

「でも、コーヒー一杯飲むくらいの時間はあるだろう? 飲んできな」

と社長がトレイにコーヒーカップをのせて、カウンターから出てきた。カップの中からは甘い香りが漂ってくる。心の中まで温まるロシアン・コーヒーの香りだ。彩名の瞳から、大粒の涙がこぼれた。

彩名は窓際のテーブルセットに座った。そして、涙にむせびながらロシアン・コーヒーを飲む。

「おいしい」

と言って彩名は泣いた。

「東京でも演劇やるんだってな。頑張れよ」

社長がそう言うと、彩名はさらにしゃくりあげた。金田は涙を流す彼女を見かねたのか、

「ほら、餞別だ」

と石の入った小箱をテーブルに置いた。

「ありがとう」

「中はクリソコラだよ。おまえ欲しがってただろ」

「よくおぼえててくれましたね」

「開けてみろよ」

彩名が箱を開けると、真っ青なクリソコラが姿を現した。いわゆる珪孔雀石《けいくじゃくせき》。宝石にもなる石だ。彼女は、

「ありがとう」

ともう一度礼を言った。

「おれは翡翠を」

と類家さんは小箱を渡す。箱を開けると、どこか遠い南国の海の色を思わせる、透けた緑の翡翠が出てきた。

「きれい」

彩名は見とれてから、類家さんに頭を下げる。

「じゃ、わたしは車骨鉱《しゃこっこう》の結晶を」

と社長は小箱を取り出した。その途端、社長以外の誰もが笑って噴き出した。

「なんだよ。何がおかしいんだよ」

社長はすねたような顔をして、自ら小箱を開けた。

車骨鉱は、母岩の上に鉛色をした結晶が散在している石だ。結晶は歯車の形をしている。

かつて彩名から、車骨鉱の車骨とは歯車のことをいうのよ、と教わったことを思い出す。

「車骨鉱とは渋すぎますよ」

いつもは社長を持ち上げてばかりの金田も呆れ気味に言う。

「社長。それは女の子にやるような石じゃないでしょう」

と類家さんがツッコミを入れた。

「そうか？」

と社長が困ったように頭を掻いた。

「女の子に車骨鉱をプレゼントしようなんて思いつくのは、きっと世界で社長ひとりだけですよ」

とぼくが言うと、社長は妙にいじけた口調で言った。

「いいじゃないか。世界でひとりだけしか思いつかないプレゼントなんて」

その年甲斐《としがい》のなさにつられて笑ってしまった。類家さんも金田も笑いをこらえている。彩名の口元もほころんでいた。

次はぼくの番だと思い、ポケットの中の小箱に手を忍ばせる。すると、社長が言った。

「桜井が渡すのはあとにしろ」

「え？」

「彩名ちゃんはそろそろ行かなきゃならない時間だろ。だから、先ずはバス停まで送っていってやれ」

社長はぼくと彩名がふたりきりになれるよう取り計らってくれたのだ。

「わかりました」

感謝しながら、小さく社長に頭を下げる。この借りはいつか必ず返さなくてはいけない。絶対に。

「いままでありがとうございました」

彩名は、あらためて礼を述べた。肩からずり落ちるボストンバッグを直しながら、入口のドアへと進む。

「本当に、みなさんにはいろいろとご迷惑をかけました」

「そんなことないよ」

と社長がやさしく言った。

「いえ。急にアルバイトをやめたり、せっかく連絡をもらったのに返さなかったり、失礼なことばかりをしました。それに、わたしが身勝手なために、傷ついた人もいたと思います」

彩名が誰を傷つけたのか、みんなすぐにピンときたのだろう。視線がそっとぼくに注がれた。

「時間がなくなるからさ。もう行ったほうがいいな」

と社長が言う。彩名を見る社長の眼差しが、実の娘に向けてのものに見えてせつなくなった。

冬晴れの空の青は、夏の青よりも薄く見える。まるで水色のセロファン紙を広げたみたいだった。前日までの雪雲は見えず、半透明の月が場違いな感じで白く輝いている。山頂部に雪を戴く岩手山が、街並みの向こうにくっきりと見えた。

バス停に辿り着くまで、会話らしい会話をすることができなかった。そして、持ってやっていたボストンバッグをバス停のベンチに下ろしたとき、彩名のほうから口を開いた。

「東京って遠いね」

「近いよ」

怒ったような言いかたになってしまった。

「そう？」

「本当はすごく近いんだ。けれど、なかなか行き来しなくなるんだよ」

ぼくは盛岡に来てからあまり親元に帰っていない。そのことを知っている彩名は頷く。

「わたしね、ちゃんと河原木さんと別れたよ」

唐突に彩名は言った。今度はぼくがただ頷いた。

「昨日の夜、シュウ君もアパートに来てくれてたんだね」

「あ、いや……」

「河原木さんに言われたの。おまえの前の彼氏がアパートの下に来てるぞって。別れるように脅されたから、しかたなく別れるんだって。それから、ずっとシュウ君の悪口を言ってたわ。あいつ頭がおかしいんじゃないか、とか、金属バットを持って家まで来たこともあるんだぞ、とか」

「でも、それは本当のことだから」

「無茶するのね」

「反省してるよ」

彩名はたしなめるようにぼくを見た。そして、不意に笑ってみせる。つき合っていたころ、彼女からよくたしなめられたものだったが、かつてとまったく変わっていないたしなめかただった。懐かしさに、胸が締めつけられる。

「昨夜、河原木さんから提案されたのよ。いまは口裏を合わせて別れたことにして、これからも盛岡に帰省したときでもいいから会わないかって。ひとりぼっちはさびしいだろうってね」

「あいつ、性懲《しょうこ》りもなくそんなことを」

「でも、すぐに断ったわ」

彩名は凜《りん》とした口調で言った。

「そうだね。東京に出れば、いくらでもかっこいいやつがいるからな。彩名ならすぐに誰かつかまえられるよ」

冗談めかして言った。しかし、彩名は強く首を振った。

「わたしは自分のずるさと向き合って、ひとりで頑張るつもりよ」

彩名の眼差しには、いままで感じられなかった生気があった。そして、真剣な彼女の眼差しは美しいと思った。

この一年間彩名とのあいだにあったことが、幻のように感じられる。本当は大掛かりな芝居だったんじゃないだろうか、なんてふうに。

「だけど。ただ……」

と彩名はうつむいた。

「ただ？」

「きちんと償えてないことがたくさんあるわ。河原木さんの奥さんに対しても、シュウ君に対しても」

「……それは、しかたないことだよ。河原木さんの奥さんに謝れるはずもない。それに、謝れば彩名の気は少しは休まるかもしれないけど、そうあって欲しくない」

「うん」

と彩名はしぼむようにして頷いた。

「正直に言うよ。おととい、彩名に許すって言ったけど、本当はまだ許せてないんだ。いつ許せるかもわからないし、許せないのかもしれない。もしかしたら、許せない気持ち自体を忘れてしまうのかもしれない。とにかく、いまはまだ許せていないんだ」

彩名はぼくを見つめたまま、噛みしめるように言った。

「そのほうがいい。わたしもそのほうが……」

許したくても許せないことは、世の中にたくさんある。けれども、許したいという気持ちを大事にしたいと思った。どんなに時間がかかってもいいから、許せなかった事実を乗り越えていければいい、と。

彩名はぼくを見つめてきた。かつて鼻が触れ合うほどの距離で見た漆黒の瞳と、何度もキスをした薄桃色の唇。じっと見つめ合っていると、彼女から旅立ちの不安が見て取れた。その頼りなさそうな様子がいとおしくなって、抱きしめたくなる。

もし強く彩名を抱きしめたなら、またやり直せるんじゃないだろうか。なんなら石の師弟関係からやり直したっていい。ぼくと新しい思い出を作っていけばいい。

彩名に向かって足が一歩踏み出しかかる。しかし、ぼくは踏みとどまった。彼女がいままさに新しい世界へ旅立とうとしているときに、惑わせてしまってはいけない。

バスが角を曲がってやってくるのが見えた。慌てて石の入った小箱を渡す。

「ありがとう」

「おぼえてる？　克服の美」

彩名がはっと息を呑むのがわかった。彼女は小箱を胸に掻き抱き、何度も頷く。そのたびにその頰に涙が伝った。

「ゆっくりと透明に結晶していけばいいんだと思う」

彩名は大きく息を吐き、嗚咽しながら深く頷いた。

バスはシャーベット状の雪を跳ね飛ばしながら、バス停へと入ってきた。目の前で停まり、ドアが開く。彩名はバスのタラップを駆け昇り、何やら慌てて窓際の席に着いた。そして、こちらも向かずにうつむく。何をしているのだろう。

バスが発車した。それと同時に、彩名がやっと顔を上げる。窓に手を掲げて揺らしてみせる。彼女の手の内で水晶の白くて清冽《せいれつ》な輝きが揺れていた。彼女の薄桃色の唇は、「さようなら」の形に動いていた。

バスが見えなくなるまで見送った。そして、バスが見えなくなってからも、しばらく立ち尽くした。

冬の冷気を目いっぱい吸った。さびしかったけれど心は穏やかで、まるで凪《な》いだ海に身をゆだねたような心地よいたゆたいがあった。

第二章　とまどいの蛍石

1

夏の暑さの質が土地によって異なることを思い知らされたのは、盛岡に来てからのことだ。内陸の盆地にある盛岡は、熱気がたまりやすく、蒸し風呂のような暑さとなる。石の花には洋服ダンスのような床置き型のクーラーがあるのだが、古くてあまり利き目がない。窓を開け放したほうが涼しいんじゃないだろうか、と思って窓を開けるのだが、やはりまだクーラーで冷やされた空気のほうがましであることに気づいて窓を閉める。その繰り返しだ。

このおんぼろクーラーに頼って三年目の夏を迎えた。ぼくは大学三年生となった。

「これ、ください」

と雪衣が言う。彼女は展示棚から小箱を持ってきた。

「青金石《せいきんせき》だね」

「はい」

いわゆるラピス・ラズリだ。色は清《さや》かで美しい青をしている。雪衣が選んだ青金石は、道端に落ちている石ころくらいの大きさだった。

「この青とってもきれいですよね。月が明るく輝いている夜の空の青みたい」

なるほど。うまいことを言う。

「それなら、石についている金色の粒は、月光の中でも光を奪われない明るい星々みたいなもんかな」

青金石の表面には細かな黄鉄鉱《おうてっこう》の粒があるのだ。

「ほんとですね」

雪衣は微笑んでから、青金石をうっとりと眺めた。そこでぼくは言う。

「はい、じゃあお会計千二百円になります」

「もうちょっとロマンチックな気分に浸《ひた》らせてくださいよ」

雪衣はわざと拗《す》ねたような顔を作って言った。それがとてもかわいらしい。

青金石の勘定をして、お釣りを渡す。

「それにしても暑いですよね」

と雪衣は窓から見える往来を見やった。陽が燦々《さんさん》と降り注いでいて、アスファルトが白く輝いている。

今日の雪衣の装いは、黒い半袖のプリントシャツに黒いプリーツスカートというものだ。

彼女はどうやら黒い服を気に入っているらしい。初めて会った日から黒ばかり着ている。

「ほんとに暑いよね。七月ってこんなに暑かったっけ？」

ぼくは手の甲で汗を拭う。

「これじゃオパールも災難ですね」

雪衣は水を張ったトレイに浸してあるオパールに目を移した。

オパールはその成分に水を多く含んでいるため、暑さや熱に弱い。水分が干上がってしまえば、色落ちしたり、透明度が落ちたりする。悪くすればひび割れることもある。

「わたしもオパールじゃないけれど、夏が苦手なんですよね」

と雪衣はハンカチで額を押さえる。

「暑いの苦手？」

「陽射しが駄目なんです。日焼けすると大変なことになっちゃって」

雪衣はシャツの袖をめくってみせる。二の腕の裏側は肌理《きめ》の細かい白だった。ぼくの体のどこにもない美しさだと思う。

「たしかに、雪衣の白さじゃ焼けたら大変だ」

「小麦色にならないで、真っ赤になっちゃうんです」

「まるで、ゆで蛸《だこ》だね」

笑うと、雪衣は膨れっ面をして、

「ひどーい」

と睨《にら》んできた。しかし、すぐに人懐っこい笑みを浮かべて、

「そうやっていじめるんですから」

と甘えたように言う。

「ねえ、雪衣。昨日届いたばかりのエメラルドとアクアマリンがあるんだ。見ていかない？」

まだ雪衣を帰したくなかった。少しでも長く店に留まっていて欲しかった。

「新しいエメラルドとアクアマリンですか」

「そう」

「ぜひとも見せてください」

「じゃあ、ちょっと待ってて」

と標本棚へと向かう。歩きながら、浮かれている自分を意識する。雪衣とはこの半年でかなり親しくなった。ふたりきりのときに限ってだが、彼女を雪衣と呼ぶことにも抵抗がなくなった。

しかし、ぼくはあいも変わらず、雪衣の素性について何も知らない。彼女はプライベートに関わることを一切口にしなかった。生活を窺わせる言葉を不用意にもらすこともない。あくまで彼女は素性を隠し通したいらしい。だから、ぼくと彼女の会話は、石に関してと他愛ないじゃれ合いで終始している。

もちろんぼくも、雪衣がどこの誰なのか知りたくて、彼女の一言一句に耳を傾け、手がか

りとなるような言葉を探した。しかし、彼女は話がプライベートな部分に及びそうになると、途端に黙り込んだ。

たとえば、友達について、家族について、将来の夢について、それから、出身高校や通っている美容院やレンタルビデオショップの話までご法度《はっと》であって、こうした話題が出ると、それまでどんなに会話が盛り上がっていようとも、うつむいて口を閉ざした。そして、一度黙り込んでしまうと、悲しげな面持《おもも》ちのまま五分でも十分でも口を利かなくなってしまう。なだめるのもひと苦労だった。

忘れもしない。ハナミズキが咲き誇る五月半ばのことだ。

あの日、ぼくは雪衣に彼氏がいるのかどうしても知りたかった。彼女がプライベートな話題を嫌っていることはわかっていたが、知りたいという欲求を抑えられなかった。だから、探りを入れるようにして尋ねてみたのだ。

「もし雪衣が男の子に石をプレゼントされるとしたら、何がいい？　というより、もしかしてとっくに彼氏に買ってもらってたりして」

だが、ぼくはすぐに後悔した。

雪衣の表情が、悲痛なものに変わった。顔から血の気が引いて、生きている人間とは思えないほど真っ白になった。二度と素性を探るような真似はやめよう。そう決意させられる出来事だった。

エメラルドとアクアマリンの箱を雪衣に渡し、窓際のテーブルに向かい合わせに座った。

「開けていいよ」

と雪衣に勧める。彼女はおそるおそる箱を開けた。

「きれい！」

「エメラルドはコロンビア産、アクアマリンはパキスタン産のものなんだよ」

エメラルドもアクアマリンも大きさは二センチあまりで、形はともに六角柱状をしている。エメラルドは爽やかで生き生きとした緑色をしていて、アクアマリンは水色の絵の具を水にかすかに落としたかのような透明感がある青だ。

「さて、ここで問題です」

ぼくはクイズ番組の司会者を気取って言った。

「このエメラルドとアクアマリンには、ある関係があります。なんでしょう？」

「関係ですか」

雪衣は思案顔で首を傾《かし》げていたが、

「わかりません」

と答える。

「残念。実はね、このエメラルドもアクアマリンも、ベリルという同じ鉱物なんだよ」

「ベリルですか」

「そして、ベリルは緑柱石《りょくちゅうせき》という日本名を持ってるんだ」

エメラルドとアクアマリンの箱の底を雪衣に見せる。そこには鉱物の名前、化学組成式、それから鉱産地が書き込まれている。

「緑柱石？　緑？　なんだかその日本名はおかしくないですか。エメラルドは緑色をしているから緑柱石というのもわかりますけれど、アクアマリンは青じゃないですか」

「そうなんだよ。日本名がおかしいんだ。赤いレッド・ベリルも同じくベリルなんだけど、日本名では緑柱石なんだ」

「緑でも青でも赤でも緑柱石と呼んじゃってるんですね」

「そう」

「ややこしいですね」

雪衣は腕組みをしてエメラルドとアクアマリンを見つめた。

彩名と別れて五ヶ月が経った。別れを思い返すたびに、冷え冷えとした風が胸の中を吹く。

しかし、雪衣の訪れがさびしさを慰めてくれている。

キッチンの奥のドアが開いた。

「ただいま。ほんとに暑いよ、まったくもう」

志帆《しほ》が飛び込んできた。それに続いて社長と金田が入ってくる。

今日は在庫整理と清掃の日なのだ。そして、社長たちが買い出しに出かけているあいだに、雪衣が店を訪れた。

「ねえ、桜井、本当にクーラーついてんの？」

と志帆が訊《き》いてくる。

「つけてないはずないだろ」

「全開？」

「なってるよ」

宮本《みやもと》志帆は、ぼくと同い年の女の子だ。東京でデザイン系の専門学校に通っているそうで、いまは夏休みのために盛岡に帰省していて、うちで短期アルバイトをすることになった。

「あれ？」

と志帆がでかい声をあげる。とにかくすぐに大きな声を出すやつなのだ。耳がキンキンと鳴る。

「もしかして雪衣ちゃん？　雪衣ちゃんでしょ？　噂は聞いてるよ」

志帆はにこやかな笑みを浮かべながら、ぼくと雪衣が座るテーブルのところへやってきた。

「噂ですか」

雪衣が不安げに志帆を見上げる。

「そうよ。噂よ」

「おい。志帆ちょっと待てよ」

と止めた。いったいなんの噂かわからないが、志帆が突拍子《とっぴょうし》もないことを言い出しそうで遮《さえぎ》ったのだ。しかし、彼女は黙らなかった。

「雪衣ちゃんていうかわいらしい子がこの店の常連さんにいて、桜井のことを目当てに通っているって」

雪衣が頬《ほお》を赤らめる。

「やめろよ志帆。なんでそんなことを言うんだよ」

「だって聞いたんだもん」

「誰から」

「噂よ。あくまで噂」

と志帆ははぐらかす。彼女の隣に立つ金田がどうもあやしい。

「別にいいじゃない。悪い噂じゃないんだから」

「だけどさ」

「桜井も男なんだから細かいことにこだわらないの」

と志帆はぴしゃりと言った。そして、雪衣に向き直る。

「わたし宮本志帆。年は桜井といっしょ。入ってまだ一週間の新米だけど、よろしくね」

志帆は豊かな胸を誇るようにして、エプロンにつけられているネームバッヂを見せつけた。

「初めまして。藤沢雪衣です」

と雪衣は立ち上がる。すると、志帆は品定めをするかのように雪衣をじろじろと眺め、

「いやあ、噂通りかわいいねえ。肌真っ白だし、声もキュートだし」

とにやつく。社長はそんな志帆の態度を見かねたのか、厨房《ちゅうぼう》の中から声を荒らげた。

「こら、志帆。おまえの態度は客に対するもんじゃないぞ」

「すみません。でも、かわいいんだもん」

と志帆は小さく舌を出して笑った。たしなめられてもまったくこたえない。

「店員の自覚を忘れるなよ。しっかりしろよな」

と社長はぶつぶつこぼした。しかし、その社長の口元には笑みが浮かんでいる。社長は志帆がもたらす陽気な雰囲気を、きっと心では歓迎しているのだ。

「雪衣ちゃんて石が好きなんだ？」

と志帆が訊く。

「はい。でも、まだあんまり詳しくなくて、桜井さんに教わっているところです」

「へえ。まあ、桜井も石に詳しいみたいだけれど、もしいろいろと知りたいことがあったら遠慮しないであたしに訊いてね。自慢じゃないけれど、石にはけっこう詳しいのよ」

志帆は充分自慢げに言った。

「志帆さんも石を集めてるんですか」

「まあね。いまはそうでもないけれど、前はむきになって集めてたから、一ヶ月に四、五万くらい使ってたかな」

「一ヶ月に四、五万？」

驚きの声をあげたのは社長だった。

「はい」

志帆は社長に微笑む。

「自分で採取にも出かけてましたよ。だいたい国内で二百ヶ所くらい回ったかな」

「二百ヶ所かい！」

　今度は金田が驚きの声をあげた。

「父が転勤族だったおかげですよ。あたしが中学のときに盛岡に来てからは落ち着いちゃってるけど、その前は全国を転々としてたんですよね」

「だが、いくら転勤が多かったからって、二百ヶ所は多くないか」

　と社長が訊く。ぼくも同じ疑問を抱いていた。

「父がもともと石好きだったんですよ。だから、転校続きで友達もできなかったあたしを、いろんな鉱産地へ連れてってくれたんです。そのせいで、あたしもいつのまにか石にのめり込んじゃってたってわけなんですよね」

「お父さんが石好きか……」

　と社長がつぶやく。

「高校のときには、ひとりで石を採りに行くようになってましたね。図に乗って海外にまで行っちゃったし」

「海外？」

　と訊くと、志帆は腕組みをして自慢げに言った。

「オーストラリアに砂金採り、ブラジルには水晶掘り、アーカンソーの水晶を採ってる家にホームステイ、なんて感じで」

　社長が啞然とした顔をする。金田も呆れ顔だ。志帆は本当に石馬鹿だ。

「ちょっと気に入った石を見かけたら、即買いしちゃうんですよね。これぞ出会い、なんて思っちゃって。おかげでほんと石貧乏になっちゃって」

志帆は頭をぼりぼりと掻《か》いた。

「けどな、いくら貧乏とはいえ、その恰好はなんとかならないのか」

金田が見咎めて言った。ぼくも心の中で同意する。志帆の恰好はひどくみすぼらしいのだ。

「あたしの恰好ですか」

「そうだよ」

「駄目ですかねえ」

と志帆はぼくらの前でぐるりと回ってみせる。青いジーンズは白と言っていいほど色落ちしていて、両膝に拳が通るくらいの穴が開いている。色のくすんだ黒いTシャツは襟口《えりぐち》もよれよれで、少し前屈《かが》みになっただけで下着が見え隠れした。

「特にその靴。爪先に穴が開いて指が見えてるじゃないか」

金田が指差すと、志帆は足をわざわざ上げて汚れた白いスニーカーを見せつけてくる。

「いまの季節、この穴のおかげで涼しいんです」

「そんなこと言ってないで、もう少しきれいな恰好をすればいいのに」

と金田が残念そうに言う。

「なんでですか」

「だってさ……」

金田が言葉を濁すと、社長が受けて言った。

「志帆はきれいなんだから、もったいないだろう」

「そうですかあ？」

どうでもいいというように志帆は頭を掻いた。

「そうだよ。きれいだよ」

と社長は念を押す。雪衣の手前、社長の言葉に頷くわけにはいかなかったが、志帆がきれいであることは認めざるをえない。しかも、クラスでいちばんの美人とか、電車のひと車輌でいちばんの美人とかのレベルではない。ファッション雑誌のトップモデルとして充分通用するような美しい容姿をしている。

切れ長で粗野な瞳はとても蠱惑《こわく》的だ。狐を思わす高い鼻梁《びりょう》は冷たい気品を宿している。きっと美貌《びぼう》という言葉がふさわしいのだろう。志帆と目が合って、気後《きおく》れすることもしばしばだ。

「あたしはこの恰好でいいんです。ぼろは着てても心は錦ってやつ？」

志帆は屈託なく笑う。自分の容姿にまったく頓着《とんちゃく》していないらしい。美人は気高く聡明であって欲しい、などという男の願望を平気で破り捨てそうな印象がある。

「心は錦ねえ……」

と金田がぼやく。

「そう。大切なのは心ってことですよ」

志帆はへらへらと笑った。美人には似つかわしくない馴れ馴れしげな笑みで、美人特有の近づきがたさを消すには効果覿面《てきめん》だった。

2

アルバイトの帰り、類家さんのアパートを訪れた。類家さんは四月の頭からアルバイトを休んでいる。四年生になって専門の授業が忙しくなったうえに、今月末にある地元市役所の試験勉強に専念するためだ。

「おお、桜井か。いらっしゃい」

と歓迎される。居間はあいかわらず散らかっていて、足の踏み場がない。

「勉強ははかどってます？　一次試験まであと少しですよね」

テーブルの上に置かれている公務員試験用の問題集を指差す。

「そう心配するなって。でも、いまはちょっと休憩中だ」

類家さんはテーブルの陰から日本酒の一升瓶を出した。よく見ると、テーブルの上に飲みさしのグラスが見える。冷やのまま飲んでいたようだ。グラスに顔を近づけると、甘い吟《ぎん》醸香《じょうか》が漂う。

「まったくこんな早い時間から飲んでるんですか」

網戸を通して見える空はまだまだ明るい。太陽が沈むまで一時間半はあるだろう。

「休憩だってば。夕涼みにちょうどいいだろ」

と類家さんはぼくの分のコップを用意してくれて、一杯注いでくれた。礼を言ってから口をつける。まろやかでやさしい口当たりがした。

「うまいですね」

夕涼みも悪くないな、という気持ちになる。

「桜井はいまバイトの帰りか」

「はい」

「志帆のやつ、今日はどうだった？」

以前、ぼくも金田も私用があって、三日ほど類家さんに店番を頼んだことがあった。そして、そのあいだに志帆の初仕事の日があった。だから、志帆に最初に仕事を教えたのは類家さんであって、彼女のこともよく知っているのだ。

「まあ、今日もあいかわらずうるさかったですよ」

昼間、石の花で起こったことを類家さんに教えてやった。すると、類家さんは、

「なんだ。じゃあ桜井は雪衣ちゃんとの楽しい時間を邪魔されちゃったわけか」

と大笑いした。

「いや、別に邪魔とかなんだとかはないですよ」

「でも、雪衣ちゃんはすぐに帰っちゃったんだろ？」

「はい」

雪衣は佐川ミネラル社の面々に囲まれて居づらくなったらしく、そそくさと帰っていった。

「残念だったな」

「それは別にいいんですよ。それよりも、志帆の無遠慮さをなんとかしてくださいよ。もしあの調子でお得意さんに話しかけられたら困りもんですよ」

「でもさ、最初よりはよくなったじゃないか」

「それはそうなんですけどね……」

ぼくと類家さんは束《つか》の間《ま》黙り合った。お互い思い返していた出来事は同じだと思う。志帆と初対面したときのことだ。

志帆の初出勤の前夜、社長以下全員そろっての歓迎会を開いた。しかし、彼女の第一印象は最悪だった。

久々の女の子のアルバイトということでぼくらは志帆を大いに歓迎したのだが、当の彼女はまったく乗り気がなさそうだった。話しかけてもつまらなそうに返事をする。愛想笑いも浮かべない。彼女の容貌が美しいだけに、見下されているような気がしてしまった。

「お酒苦手だった？」

幹事を任されたぼくは、気を回して訊いてみた。志帆は乾杯をしてから、グラスに一度も口をつけていなかったのだ。

「好きです」

「じゃあ、なんで飲まないの？」

志帆はふてくされたようにつぶやいた。

「最近、肝臓の調子がよくないから」

腹立たしいことを言う。彼女には居酒屋で歓迎会を開くと前もって伝えてあった。それなのに、彼女からはなんの注文もなかったのだ。もし、肝臓の調子がよくないことを教えてくれていたら、食事会でもよかったのに。

しらけた雰囲気のまま歓迎会は続き、社長が先に帰った。そして、まもなく解散となった。

金田と類家さんがレジで会計をしていると、志帆は店の外へさっさと出ていった。はぐれるといけないと思って続いて出ると、彼女はひとりで帰ろうとしていた。

「待てよ」

「なんでよ」

志帆は意外そうに言う。

「まだ会計してるところだろ」

「だから？」

「今日はおまえの歓迎会だろ。それなのに、会計の最中に帰るなんておかしいだろ」

「さっき、ごちそうさまって言ったけど」

「でも、先に帰るなんておかしくないか」

と詰め寄ると、志帆はいかにもうんざりというふうに言った。

「たかがバイトじゃない。それなのに、べたべたと仲良くしなきゃ駄目だっていうの？　苦手なんだよね、そういうの」

「のこのこやってきて、そういう言いかたはないんじゃないのか」

「のこのこ？　歓迎会を開いてくれるっていうから、あたしだって気を遣って来たんだよ」

「なんだよ、そのわざわざ来てやったみたいな態度は」

「だってそうなんだからしょうがないでしょ」

志帆はまったく譲らずにぼくを睨《にら》みつけてきた。

無性に腹が立つ。こんな鼻持ちならないやつと働いていく自信がない。彼女を雇った社長を恨んだ。しかし、怒りを呑み込んで言った。

「あのな、そういう反感を買うような態度を取るなよ。夏休みだけのアルバイトくらいにしか思ってないんだろうけど、いっしょに働く仲間なんだからさ。文句はなんでも聞いてやるから、もうちょっと協調性を見せろよ」

志帆は鋭い眼光でぼくを睨み続けていたが、

「わかったわよ」

と下唇を突き出して言った。

店から会計をすませた金田と類家さんが出てくる。志帆はふたりに近寄って言った。

「今日はありがとうございました」

金田と類家さんが目をぱちくりさせると、志帆は短く挨拶をして帰っていった。

類家さんが日本酒を新たに手酌で注いでから言う。

「歓迎会で志帆に初めて会ったときには、ほんとどうなるかと思ったよ。いまだから言うけど、絶対にこの子とはやっていけないな、と思った」

「採用した社長を恨みましたよ」

「よくなったよ、あいつ」

「なんであんなに変わったんだろう」

最悪の歓迎会から四日後のことだ。石の花に向かうぼくの足取りは重かった。

歓迎会から三日間は類家さんが店番を代わってくれていた。だから、志帆に会わなくてすんでいた。しかし、とうとう彼女といっしょに店番をする機会がやってきた。歓迎会での彼女の態度が頭にあり、気が塞《ふさ》いでしょうがなかった。

ところが、石の花に着いて驚いた。ぼくよりも早く店にやってきていた志帆は、その印象をがらりと変えていた。

「おはようございます」

と志帆のほうから話しかけてきて、笑顔まで浮かべた。さらに、その後、仕事の指導をしてみれば、素直に従ってくれた。まるで別人のようだった。そして、いまではアルバイトにも馴染みきり、ぼくのことをずうずうしく呼び捨てにするまでになっている。

「ねえ、類家さん。いったい志帆と何があったんですか」

とグラス片手に詰め寄る。志帆が豹変《ひょうへん》したのは、彼女が類家さんといっしょに働いた三日間を経てからだ。類家さんが何かきっかけを与えたと考えるのが自然だった。

「何もないよ」

「本当ですか」

「しつこいな。何を疑ってるんだよ」

と類家さんはグラスをあおった。どこか不自然さが残る。やはり、何かしら関与していると疑ってしまう。

「まあ、いいじゃないか桜井。それよりさ、いま雪衣ちゃんとどんな感じなんだ？」

「なんですか、いきなり」

「いや、おれも最近バイト行ってないし、どうなってるんかなと思って」

「まあまあですよ」

「まあまあか……」

「まあまあじゃ駄目ですか」

「そうじゃないよ。ただ、志帆はどうかな、と思って」

「は？　もしかして、志帆を勧めてるつもりですか」

「そう」

「冗談はやめてくださいよ。あんな無遠慮で無神経で不躾《ぶしつけ》なやつなんて、勘弁してくださいよ」

「そんなに否定することもないだろ。それに、あいつ美人じゃないか」

ぼくは言葉に詰まった。志帆はたしかに美人だ。しかも、引け目を感じてしまうほど美しい。しかし、それを認めるのは面白くない。

「それなら、類家さんこそどうですか」

「おれ？」

類家さんは目を丸くして言った。

「そうですよ。志帆とつき合ってみるというのは」

「いや、そんなさ、まあ……。というか、ありえないよ」

類家さんは照れてしどろもどろになった。

いままで類家さんが自らの恋愛について語ってくれたことは一度もない。特定の女の子の名前を挙げて、気に入っていると言ったこともない。奥手というよりいまどき珍しい硬派な人だ。

「今度デートに誘ってみたらどうですか」

とさらに勧めると、

「馬鹿言うなよ」

と類家さんは怒った。しかし、それはいかにも照れ隠しといった感じで、類家さん自ら志帆を気に入っていると表明しているようなものだった。

3

一週間後、市役所の一次試験に臨むために、類家さんは青森に帰っていった。県職員の二次試験と市役所の一次試験が重なってしまい、かなり悩んでいたようだったが、やはり母親のそばにいてやりたい、と市役所の一次試験を選んだ。

カウンターの止まり木に座り、わざと志帆に聞こえるように言った。

「初志貫徹という言葉がこれほど似合う人は、類家さん以外に知らないな」

石の花の店内を見回しながら志帆が応える。

「そうね。ああいう目標にまっしぐらな人って好きよ」

「好き？　惚れちゃいそう？」

「なんでそんな短絡的なの？」

と志帆は小馬鹿にするようにぼくを見た。

「いや、好きだなんて言うから」

「類家さんみたいなタイプの男の人を嫌う女の子がいるはずないじゃない」

「そうだけどさ」

「類家さんって思いやりもあるし、ああ見えて意外と繊細な人みたいだし」

「なんだよ、ああ見えてって」

「無骨《ぶこつ》で融通が利かなさそう。でも、きちんと人の話を聞いてくれる」

志帆の言葉から、類家さんが何かしらの相談を受けたことを想像する。

「いっそのことつき合ってみれば？」

と類家さんを売り込む。

「あたしにはもったいないって」

志帆の言葉は素っ気ない。

うだるように暑い夏の午後だ。クーラーのために窓を閉めきっているのに、窓の建てつけが悪くて蟬《せみ》の声が染み入ってくる。

大きなあくびをする。いかにも夏休みといった感じの平穏なけだるさに浸る。志帆が隣の止まり木に座った。止まり木と止まり木のあいだの間隔は狭い。急に彼女にそばに寄られて、そわそわしてしまった。

「アイスコーヒー飲もうか」

と立ち上がる。

「いれてくれるの？」

「社長が作り置きしてくれてるアイスコーヒーがあるのさ。うちでコーヒーをいれるのは社長だけだよ。おそれ多くてさ」

厨房に入る。冷蔵庫からアイスコーヒーの入ったサーバーを取り出し、氷を入れたグラスに注ぐ。マドラーでかき混ぜると、氷とグラスがまるで風鈴のような涼しげな音を奏でた。

「お待ちどう」

と厨房からカウンターの志帆にグラスを出す。

「手慣れてんのね」

「石の花の常連さんのなかには、社長のコーヒー目当ての人が多いんだよ。だから、いつも接客させられてるんだ」

「ふーん」

と志帆はストローでアイスコーヒーを啜る。

「おいしい。こんなにおいしいアイスコーヒー初めて」

志帆はグラスを掲げて、まじまじと見る。

「だろ？」

カウンターに戻り、志帆から離れた止まり木に座る。そして、社長のアイスコーヒーを飲んだ。

「ねえ、桜井は東京のどこのミネラルショップに行ってたの？」

「いや、どこも行ってないよ」

「どうして？　向こうの出身でしょ？　新宿にも渋谷にもたくさんあるじゃない」

「盛岡に来るまで石に興味なかったんだよ」

「そうなの？」

「そう。最初は佐川ミネラル社のミネラルが、英語の鉱物とか鉱物質だって意味さえ知らなかったんだ」

「へえ」

「だからさ、ここのアルバイト募集を大学の学生用掲示板で知ったときは、仕事内容が石の販売としか書いていなくて、あやしい石を売る仕事だったらどうしよう、なんて思いながら面接に来たんだよ」

「呆れた」

と志帆は笑う。

「呆れたってなんだよ。こっちこそ呆れるよ」

「なんでよ」

「だって志帆は今日非番の日だろ。それなのに店でうろうろして」

志帆は昼過ぎにふらりと現れて、そのまま居座った。

「別にいいじゃない。どうせお客さんなんてめったに来ないんだし。桜井はあたしに感謝しなきゃいけないくらいじゃない？」

「感謝？　なんでだよ」

「あたしに話し相手になってもらってるんだから、ありがたいと思わないと」

「は？　冗談だろ」

「本気よ」

と志帆は笑みを浮かべて譲らない。

「寝言は寝てから言えよな」

「自分のほうこそ眠そうな顔して何言ってんの」

「なんだと？」

「あ、わかった」

いきなり志帆が大きな声をあげた。

「なんだよ。何がわかったっていうんだよ」

「あたしが店にいるのをいやがるのは、雪衣ちゃんが来てもふたりきりになれないからでしょ？」

「そんなことないよ」

「照れちゃってかわいい」

と志帆はぼくを指差す。

「よせよ」

と手を叩き落とすと志帆は言った。

「ねえ、雪衣ちゃんて普段は何やってる子？」

「さあ」

「とぼけないで教えてよ」

「知らないんだよ」

「本当に知らないの？　雪衣ちゃんてもう長いあいだこの店に通ってんでしょ。それなのに知らないの？」

「そう」

「雪衣ちゃんの携帯の番号は？」

「さあ」

「パソコンのアドレスは？」

「さあ」

「それなら、どこから通ってきてるの？」

「よくわからないんだよね」

志帆はお手上げとばかりに諸手《もろて》を挙げた。

「桜井は好きな女の子についてなんにも知らないってことね」

「ちょっと待てよ。好きだなんて言ってないだろ」

「何？　煮えきらないっていうの？」

「そういうわけじゃないよ。というより、なんでおまえに話さなきゃならないんだよ」

「だって興味あるじゃん」

志帆はへらへらと笑った。ぼくと雪衣の成り行きを楽しもうとする魂胆がありありと感じられた。

「それじゃ、いつも雪衣ちゃんとふたりきりで何を話してんの？」

「ここは石屋なんだから、石についてに決まってるだろ。あの子とは石を通じての師弟関係なんだよ」

「師弟関係ねえ」

と志帆は疑わしげな目をする。

「本当だって。それ以上でもそれ以下でもないってば」

「まあ、友達どうしより、師弟の間柄のほうが恋に発展しやすいだろうしね。禁断の師弟愛なんてさ」

「やめろよ」

志帆はぼくの言葉を聞き流し、首を傾げて言った。

「しかしよくわかんないな、桜井と雪衣ちゃんの関係。なんかおかしくない？」

「おかしくない」

「本当は雪衣ちゃんに告白したけど、ふられちゃったとかさ」

「ふられてなんかないよ」

「実はもうつき合ってる？」

「違うよ」

どうも志帆はしつこい。

「そもそもさ、雪衣ちゃんに彼氏はいないの？　あんなにかわいいんだよ」

ハナミズキが咲く五月のことが頭をよぎる。彼氏の有無《うむ》を問われて、悲痛な面持ちでうつむいた雪衣の姿を。

「さあね」

「はぐらかさないで答えてよ」

「ほんとに知らないんだってば」

「何よそれ。わかったわよ。桜井が隠すつもりならそれでもいいわよ。直接雪衣ちゃんから訊くから」

「それはよせよ」

「なんでよ」

「あの子はお客さんなんだからな。お客さんのプライベートを訊き出そうとするなんておかしいよ。それに、おまえ無遠慮すぎるよ。もうちょっと自重しろ。もしそんな調子のままお得意さんと話したら、相手は絶対に気を悪くするからな」

一応もっともらしいことを並べ立てると、志帆はむすっとして黙った。

へそを曲げても志帆は店に居座り続けた。そして、彼女が帰っていったのは閉店間際のことだ。

もう客が来る気配もない。ぼくは早めに店内の掃除に取りかかった。床のモップがけをして、ダスターでカウンターを拭く。そして、流しに置かれたカップを洗った。掃除が終われば、あとは鍵を締めて帰るだけだ。

入口のドアが遠慮がちに半分だけ開いた。ドアベルも遠慮がちに響く。雪衣だった。

「もうお店閉める時間ですか」

「大丈夫だよ。社長もお得意さんのところに行ってて帰ってきてないし、あとは戸締りして勝手に帰ればいいだけだし。どうぞ入って」

「それなら、これ」

と雪衣は手を差し出してくる。白いビニール袋だ。

「何？」

「アイスです。もう夕方だけど、このお店の中って暑いから、いっしょに食べようと思って」

「ありがとう。助かるよ」

雪衣のやさしさに、自然と頬がゆるむ。そして、雪衣と志帆が鉢合わせしなくてよかった、とほっと胸を撫で下ろした。

ぼくらはカウンターに並んで座り、練乳いちごのカップ入りかき氷を食べた。木製スプーンでざくざくと氷をほぐし、どんどん口の中に放り込む。舌が麻痺するかのようなひんやりとした食感に浸る。

「あ」

とぼくはスプーンを止めた。

「どうしたんですか」

雪衣が顔を覗き込んでくる。

「頭痛来た。キーンと鳴ってる」

こめかみを掌《てのひら》で叩くと、雪衣は笑った。

「慌てて食べるからですよ」

とたしなめられる。しかし、その雪衣も顔をしかめた。

「わたしも頭痛来ました」

「慌てて食べるからだよ。そんなにがっついて食べなくても誰も取らないって」

「自分のこと棚に上げてずるいですよ」

と雪衣が小突いてくる。ぼくは笑い返しながらも、こうしたじゃれ合いに気恥ずかしくなってアイスに向かった。

食べ終わると、雪衣が言った。

「アイスを食べたときの頭痛って、正式にはアイスクリーム頭痛って言うそうなんですよ」

「かき氷頭痛じゃなくて？」

「そうです」

「雪衣は変わったこと知ってるね」

「それなら、石のことをたくさん知ってる桜井さんのほうが、世間的には変わってるじゃないですか」

「それは商売柄だよ。あ、そうだ」

とぼくは手を叩く。

「なんですか」

「せっかくふたりっきりだから、あれをやろう」

「あれ？」

「そう。あれ」

にやりと笑ってから止まり木を立ち、店内の電気を消した。普段から薄暗い店内はかなり暗くなる。

「どうするんですか」

雪衣はやや不安げに言う。

「光る石を見ようよ」

「光る石？」

「そう」

標本棚に向かう。棚から珪酸亜鉛鉱《けいさんあえんこう》、方解石《ほうかいせき》、灰重石《かいじゅうせき》、岩塩《がんえん》を取り出し、床の隅に並べた。

「おいで」

と雪衣を呼ぶ。彼女は止まり木を降りてやってくる。

「これらはみんな光る石なんだよ。特にこの蛍石《ほたるいし》」

と蛍石を雪衣に見せた。半透明の緑色をしている。大きさは三センチちょっと。形はやや欠けた八面体をしている。メロンゼリーのひとかけといった印象がある。

蛍石は光る石の中で最も人気が高い。ブラックライトや鉱物用のミネラライトなどで紫外線を照射すると、淡い青の光を放つ。これは、ルミネセンスと呼ばれる物質現象のためだ。物質が外部からエネルギーを得ると、電子は低いエネルギー状態から、高いエネルギー状態へ励起《れいき》される。そして、再び低いエネルギー状態へと戻るとき、そのエネルギーの差を光として放出する。この現象が紫外線というエネルギーを受けた蛍石で起きる。

ミネライトを用意して、蛍石を床に置き、その前にしゃがみ込んだ。

「光る石って子供たちにすごい人気があるんだよ。展示販売会で蛍光の様子を子供たちに見せてやると、みんな目を輝かすのさ。光る石を見る機会なんて普通ないからね。子供たちにとって石が光る様子は、初めて見る自然の神秘なんじゃないかな」

ミネラライトのスイッチを入れ、蛍石を照らした。それまで緑色をしていた蛍石が、優美な青い光をまとう。熱を持たない幻のような光だ。

「きれいでしょ？」

絶対に喜んでもらえると思った。しかし、雪衣の反応はいまひとつだった。つれない表情で蛍石を眺め、何も言わなかった。

「そういえば」

と雪衣が話をすり替えるように言う。

「何？」

肩透かしを喰《くら》わされた気分で訊き返す。

「この前会った志帆さん、きれいな人でしたね」

「そう？　みすぼらしい恰好しちゃってさ」

「恰好はまあちょっと……。でも、すごいきれいな人ですよ。華やかだし、色っぽいし。あんまりきれいだったから、気後れしちゃいましたよ」

雪衣の言葉から、嫉妬のようなものを感じた。珍しいことだ。

「でも、あいつ性格に難があるんだよ」

「どんなふうにですか」

「ひねくれてるくせに、妙に馴れ馴れしい」

「そういう人のほうが男の人に好かれると思うんですけれど」

「そうかなあ」

「それに、志帆さんて、とにかくかわいいじゃないですか」

「かわいい？」

容姿の美しさは認めざるを得ない。けれども、かわいいという印象はまるでない。

「とってもかわいいと思いますよ」

「あんなに不躾なやつが？」

「男の人にとって、遠慮がない女の人ってかわいいんじゃないんですか？　わたしからしたら、志帆さんみたいな人ってうらやましいですよ」

雪衣の言葉からは、またもや志帆への嫉妬が感じられた。志帆が現れたことで、心境の変化があったのかもしれない。

ともかく、雪衣には悪いが、嫉妬は嬉しい。ぼくを思っているとでも表明しているようなものだからだ。

新しい恋が始まる。そうした期待感で心が湧き立ち、雪衣に寄り添ってしまいたくなる。彼女の白い肌にほんの少しでいいから触れてみたい。

だが、ぼくは逸《はや》る気持ちをぐっとこらえた。焦る必要はない。ゆっくりでいいのだ。雪衣が自らのことを語り出してくれるまでは。

4

明くる日の午後、うだるような暑さに朦朧《もうろう》として店番をしていると、またもや志帆がやってきた。

暑さに喋る気力もなくして黙っていると、志帆は尋ねたわけでもないのに、自分の幼いころの話をぽつりぽつりと語り始めた。

「あたし、小さいころはすっごい引っ込み思案だったの。人見知りもひどくって、転校続きだったから全然治らなくってさ」

朝からひとりも客が来ない。その退屈さについつい志帆の相手をしてしまう。

「いまじゃ見る影もないくらい遠慮のないやつになっちゃったな」

「うるさいなあ。まあ、とにかくさ、小学生のころは協調性がなくて、問題ばかり起こしてたの。自分が間違ってるってわかってても、引き下がらない子供だったのよね。内心じゃ引き下がりたいって思ってんのよ。でも、引き下がったら負けだって思っちゃって」

「何が負けなんだよ」

「いまとなっちゃもうわかんないけどさ、とにかくあのころは負けだって思ってたの」

「いたよな、そういう偏屈なやつって」

「偏屈か……。そうかもね。偏屈でひとりぼっち。だから、石だけが友達だった。学校でいやなことがあれば、家に帰って石に語りかけてたし。まあ学校じゃいやなことだらけだったから、石と話してばっかりだったってわけなんだけど」

「なんかさびしい話だな」

アイスコーヒーをふたつ用意して、ひとつを志帆に出してやった。

「近場に限ってだけど、ひとりで石探しに行ったりしてたんだよね」

「小さい女の子がひとりで石探しって危なくないか」

「だって、友達がいなかったんだもん。近所の裏山の露頭《ろとう》とかひとりでぶらついてたなあ」

「危ないって。さらわれてもおかしくないって」

幼いころの志帆も、美しかったに違いない。

「ひとりでこわいから、歌いながら歩いてたのよね」

「歌いながら？」

「そう。自分で作った歌。ラララ、あたしを待っている石がいるわ、なんて感じでね」

「なんだよ、それ」

「想像の世界に浸りながら歌うの。あたしはお城から追い出されたお姫様で、誰も知らない宝の石を探しに行く途中なの。宝の石を手にさえすれば、白馬に乗った王子様が現れて、お城に帰ることができるわ、なんて想像よ」

「おまえ、意外とメルヘンなやつなんだな」

「メルヘンなやつだったのよ、あのころのあたし」

志帆はさびしそうに笑った。

店内の石をふたりで品評し合っていると、金田がやってきた。社長に用があったらしい。

「ちょっと聞いてくださいよ、金田さん。桜井君がひどいんですよ」

志帆が甘えた声で金田に泣きつく。学校の先生に告げ口をする小学生の口調だ。

「どうした？」

「あたしが非番の日にお店に来るのを面白くないみたいで、苛《いじ》めるんです。別にいいですよね？」

媚《こび》もあらわに志帆は言う。

「別にいいじゃねえか。桜井」

と金田がかばった。志帆は金田の後ろに隠れて勝ち誇ったような笑みを浮かべる。それを睨み返すと、彼女はひらりと身を翻《ひるがえ》し、キッチンへと入っていった。

「金田さんもアイスコーヒー飲みますか」

志帆は冷蔵庫の把手《とって》を握って声をあげる。

「ちょっと待って、志帆。アイスコーヒーはもうないんじゃないかな」

アイスコーヒーはさっきぼくと志帆で飲んだ分が最後だったはずだ。

「そうなの？」

と志帆は冷蔵庫を開ける。そして、

「あら、ほんとだわ」

とつぶやいた。

「まあいいわ。それならあたしがいれるから」

「志帆が？」

「この前店番をしたとき、アイスコーヒーのいれかたを教わったのよ」

「社長に？」

「そう」

「へえ」

とぼくと金田は同時に声をあげた。

「何そんなに驚いてんの？」

「いや、別に」

社長にコーヒーのいれかたを習おうとする人はいままでいなかった。おそれ多くて、習ってはいけないかのような暗黙の了解があった。

「変なの」

志帆はそうもらしてから薬缶《やかん》とミネラルウォーターを用意した。

「おまえ、本当にいれられるのか」

「まかせてよ」

「いますぐ飲むんだぞ」

すぐ飲む場合と、作り置きする場合では、いれかたが違ってくる。

「わかってるって」

「深く煎《い》った豆で濃く抽出するんだからな」

「そうね」

「お湯は沸騰したあと、ちょっとだけ冷ませよ」

「うん」

「あと、氷を入れたグラスを用意しておいて、急冷するんだぞ」

腕組みをした志帆に睨みつけられた。

「わかってるわよ。ごちゃごちゃとうるさいな。とにかく、まかせてって」

手持ち無沙汰《ぶさた》になって、窓際のテーブルセットに腰かけると、金田が向かいに座った。普段顔を突き合わせて話すことなどないので、不自然に黙り込む。

彩名に関する誤解が解けてから、金田に横暴に振る舞われることも、厭味《いやみ》を言われることもなくなった。しかし、すぐに親しくなるのも決まりが悪くて、距離を取って接してしまっている。

薬缶を火にかける音が店内に響く。椅子に深く座って黙っていると、志帆のハミングが聞こえてきた。いや、ハミングではない。英語詞のようだ。歌はどこか沈鬱な響きがあった。

「『サムシング・イン・ザ・ウェイ』だな」

と金田がつぶやいた。

「誰の歌ですか？」

「ニルヴァーナだよ」

音楽に疎《うと》いぼくは首を振った。

「だから、志帆はああいう恰好しているんだな」

金田はぼそぼそと言った。てんで話が見えずに黙っていると、金田が続けた。

「いまから十年くらい前、ニルヴァーナというバンドがいたんだよ。グランジというロックのムーヴを確立したバンドでさ、シリアスでノイジーだけれど、その叫びはかっこいいという感じのバンドさ。それで、いま志帆が歌っているような曲もやってたんだ」

静かで鬱屈とした歌ということか。

「けれど、ニルヴァーナはもうないんだよ。ボーカルだったカート・コバーンが自殺しちまったんだ。ドラッグに溺れて、破滅的な生きかたをした挙句にね。それで、そのカート・コバーンがいつもしていた恰好が、いまの志帆みたいな恰好なんだよ。よれよれの服を着て、膝の破れたジーンズをはいて」

「詳しいですね」

「好きだったからな。高校生のときだったよ、カートが死んだのは。びっくりして、頭が真っ白になったのをおぼえてるよ」

珍しく金田が感傷的に言った。

カウンターの中にいる志帆の歌声に耳を澄ます。たしかに、

「サムシング・イン・ザ・ウェイ」

と歌っている。ぼくと金田はしばし志帆の歌に耳を傾けた。

志帆の歌声はとても透き通っていて、悲しみをオブラートで包んだかのような痛々しさがある。もしオブラートが傷つけば、悲しみが溢《あふ》れ出して止まらなくなりそうだ。

金田は椅子から立ち上がった。カウンターに寄りかかり、キッチンの志帆に話しかける。

「女の子なのに珍しいな」

志帆は先ほどまでのぼくらの会話を聞いていなかったらしく、

「女の子がアイスコーヒーをいれるのを見たことがないんですか」

と見当違いの答えを返してきた。

「違うよ。ニルヴァーナだよ」

「ああ、聞こえちゃいました？」

「歌うまいな」

「あら、恥ずかしい」

志帆はこれっぽっちも恥ずかしくなさそうに言った。

「女の子なのにニルヴァーナとは珍しいな」

と金田があらためて言う。

「そうですかねえ？　まあ、そうかもしれませんね」

「それに恰好まで。徹底してるというか」

志帆は微笑んで、うんうんと頷く。そして、子供をあやすような口調で言った。

「もう少しでコーヒーを落とし終わるから、待っててくださいね。そっちに行ってからその話はしますから」

三人で窓際のテーブルに座って、志帆のいれてくれたアイスコーヒーを飲んだ。味はいまひとつだった。お湯の温度が低すぎたのだろう。酸味が出てしまってるし、コクもない。それから、よく蒸《む》らしもしなかったのか、香味もなかった。

やはり社長の味には遠く及ばない。しかし、金田は絶賛しつつアイスコーヒーを飲んだ。

「うまいよ、志帆。これなら、すぐに独立してコーヒーショップが開けるな」

歯の浮くような褒《ほ》め言葉だ。志帆は自分でもうまくできなかったとわかっているらしく、首をひねりながら飲んでいる。そのふたりの図式がおかしみを誘う。

アイスコーヒーを飲み終わるころ、志帆は先ほどお預けとしていた話を語り始めた。

「あたし、東京でバンドを組んでたんです。あたしはベースを弾いてて、あとは男ふたりのスリーピース。それで、恰好を見てもらえばわかってもらえると思うけど、ニルヴァーナのコピーやってました。で、ぼちぼちオリジナルをやるようになって、ライヴハウスにも出たりして」

「バンド名は？」

と金田が身を乗り出して訊く。

「ノッカーズ」

「もしかして由来はノッカー？」

「そうなんです」

金田と志帆が顔を見合わせてにやっと笑った。しかし、どうして笑ったのかぼくはわからない。

「ノッカーってなんですか」

金田が答えた。

「鉱山に住んでる妖精の名前さ。坑道で迷った鉱夫に音楽を演奏して聞かせ、勇気づけたって言われてるんだ」

志帆がつけ加える。

「鉱夫はノッカーの音楽を聴いたおかげで、地上に出られたっていう伝説があるの」

「へえ」

「だから、あたしたちも、聴いた人が出口を見つけられるような歌を作ろうってことで、ノッカーズって名乗ったの。まあ、メンバーのうちらのほうこそ穴倉で生きてるようなやつばっかりだったから、作る曲作る曲みんな暗かったけど、そういう願いだけは曲に込めてたつもりよ」

志帆の言葉からは、音楽に携わる人間の矜持《きょうじ》というやつが感じられた。

「なんだかかっこいいなあ」

と感心すると、志帆は吐き捨てるように言った。

「でもさ、うちのボーカルの男がほんと駄目なやつでさ」

「ボーカルが駄目？」

「そう。才能がない、と言ってしまえばそれまでなんだけど、なんかこう歌に説得力がないというか」

「カリスマ性がないってこと？」

志帆は首を振る。

「もっと単純な問題。彼の歌声には魅力がなかったの。叫ぶとかっこ悪かった。叫ぶたびに、中身がなくてスカスカな人間だぜって宣伝してるみたいだったの。本人はカート信者で外見もよく似せてたんだけど、本当は叫ぶ衝動なんて何も持ち合わせていなかったんじゃないかな」

「じゃあ、志帆がボーカルになればいいじゃないか。グランジで女の子のボーカルなんて面白いだろ」

と金田が提案する。たしかに先ほどの志帆の歌声には、聴く者を魅了する何かがあった。

「わたしも試したかったんですよね。でも、バンド自体が駄目になっちゃって」

「どうしてさ」

と訊くと、志帆はやや陰のある笑みを浮かべた。

「バンドっていろいろあるのよ」

「いろいろ？」

「そう、いろいろ。あたしはもっと続けたかったんだけどね」

志帆はそれ以上訊かれたくないのか、肩をすくめて話題を避けた。

「志帆はほかにはどんな音楽を聴いてるの？」

と金田が話題を音楽に戻す。

「基本的に心がざわめくようなやつならなんでも聴きますよ。ブルースだって、ショキパンだって」

「食パン？」

ぼくはよく聞き取れずに訊き返してみた。すると、志帆と金田はげらげらと笑った。

「桜井って面白い聞き間違いをすんのね。ショキパンよ。初期のパンクだから、初期パン」

顔から火が出るほど恥ずかしかった。恥の上塗りをおそれて、ぼくは黙った。

ふたりはサバスとかサウンドガーデンとか言い合いながら、楽しそうに話を続けた。金田は声をあげて笑い続けた。こんなに楽しそうな金田は初めて見た。

金田から明るい笑みを引き出す志帆に不思議な魅力を感じる。しかし、心に引っかかっていることがある。キッチンで歌を口ずさむ彼女はやりきれなそうな横顔をしていた。「サムシング・イン・ザ・ウェイ」という歌詞じゃないけれど、彼女には何かがある、という違和感をおぼえたのだ。

5

佐川ミネラル社のワゴン車で、石の配達に出かけた。つい先日、菊花石《きっかせき》が売れたのだが、重さが十キロもある大きなものだったので、あとから配達することになっていた。

配達は羽伸ばしにちょうどいい仕事だ。夏の午後の風に吹かれながら車を走らせるのは気持ちいい。しかし、ぼくのお楽しみを志帆に邪魔された。

「ついてくるなよ」

と忠告したのに、志帆は駐車場までやってきて、無理やり車に乗り込んだ。そして、助手席で、

「ドライブ久々なのよね。さあ、出発」

とはしゃいだ声を出した。蹴落とすわけにもいかず、ふたりでドライブに出かける羽目となった。

配達先を目指して車を走らせていると、志帆は感慨深げに言った。

「東京に出て二年ちょっとしか経ってないのにさ、盛岡じゃ新しい建物が建ったり、通いな

れた本屋やコンビニが潰れてたりしてんのよね」

「考えてみれば、志帆とは入れ替わりになるんだよな」

「あたしが盛岡から東京に行って、桜井が東京から盛岡に来たってこと？」

「そう」

「それじゃ、本来なら交わるはずがない人生なのに、たまたまこの夏に出会ったってわけか」

　志帆は目を細める。

「そんな大袈裟に考えなくてもいいだろ。これだから、元メルヘン少女は困りもんだよ」

「でも、なんとなくさ」

　と志帆は笑った。

　配達を終えたあと、ドライブを喜ぶ志帆のために遠回りして帰った。窓を全開にして走る。爽やかな風が車内に満ちて、志帆のやわらかそうな髪を揺らしている。

　駅前の開運橋《かいうんばし》を渡る。道はだいぶ混雑していた。満面の水をたたえる北上川の水面はきらきらと輝いている。

　繁華街へと入っていき、赤信号で停車すると、さんさの太鼓が聞こえてきた。

「さんさもあと一週間ね」

　志帆にも太鼓が聞こえたらしい。

　さんさとはさんさ踊りのことだ。八月一日から四日間にわたって行われる盛岡の夏祭りだ。

一万人の抱え太鼓と二千人の笛の音が街中に響き渡り、三万人が群舞する。力強い太鼓のリズムに合わせて晴れやかに踊る様は、リオのカーニバルを思い起こさせる。

「太鼓の音を聞くと、いよいよ夏本番って感じだよな」

七月も半ばとなると、公園やビルの屋上などそこかしこから太鼓を練習する音が聞こえてくる。そして、祭りが近づくにつれて太鼓の音は増えていくのだ。

「あたしさ、さんさに行ったことないのよね」

ぽつりと志帆がもらす。

「地元なのにか」

「だからさ、あたしが盛岡に来たのは中学のときからなの。それから高校まで友達もろくにできなかったから、祭りの日はかえって街ん中に近づかなかったの」

「おまえの思い出話はいちいちさびしいな。ほんと同情させられるよ」

「桜井は行ったことある？」

「毎年行ってるよ。去年は類家さんとも行ったし。小さいころから祭りと言ったら神輿《みこし》が当たり前だったから、踊るさんさが楽しくってさ」

さんさ祭りはパレードのあと、山車《だし》を中心とした輪踊りが始まる。自由参加ができる輪踊りがあるので、それを目当てに毎年通っているのだ。

「ねえ、今年あたしといっしょに行こっか」

「おまえと？」

「不満？」

「不満ってわけじゃないけどさ……」

渋ると、志帆は名案が閃《ひらめ》いたとばかりに、ぼくの肩を激しく叩いて言った。

「それじゃ、雪衣ちゃんを誘ってみるってのは？」

雪衣と過ごす祭りの夜を想像した。さんさ太鼓が鳴り響くなか、浴衣《ゆかた》姿の雪衣が立っている……悪くない。心が色めき立つ。しかし、素性さえ明かしたがらない彼女が、さんさに行くわけがない。

「きっと誘っても行かないよ」

「そうかな？　誘ってみないとわからないじゃない。それに、そろそろ石の師弟関係から、次のステップに進んでみるってのもいいんじゃないの？」

志帆がたくらみ顔をする。

「またその話かよ」

ため息が出る。

「祭りの夜に告白するなんてどう？」

「おまえ古くさい感覚してんなあ」

「古くたってなんだっていいじゃない。とにかく告白して、白黒つけようよ」

「何が白黒だよ。ゲームじゃないんだからな」

「それなら、桜井は雪衣ちゃんのことどう思ってんのよ」

「だから、前も言った通り、どうも思ってないって」

「またそうやって逃げる」

「逃げてなんかないよ」

「じゃあ、石の弟子として雪衣ちゃんをどう思ってるかくらい教えてよ」

「無茶苦茶なこと言うな」

呆れて無視を決め込んだ。すると、志帆はぼくの腕をつかんで揺すぶった。

「ねえ、桜井。教えてよ！」

「危ないだろ！　こっちは運転してるんだぞ。死にたいのかよ」

「桜井が無視するからでしょ」

「まったく、しょうがないな、おまえは……」

志帆の腕を振り払う。

「春に、以前つき合ってた人と、やっときちんと別れられたんだよ。やっとさよならを言えたんだ」

前置きもなく切り出したが、志帆はおとなしく相槌《あいづち》を打った。

「それで、その彼女とはいろいろあったわけだ。悲しいことも苦しいことも。それがやっとすべて終わって、いまは心安らかな感じなの。わかる？」

「まあ、わかるわよ」

「けれど、ひとりってやっぱりさびしいだろ？　穏やかだけど、さびしい。そのさびしさをまぎらわせてくれてるのが、藤沢雪衣って子なわけだ」

「雪衣ちゃんがどんな子かよく知らないってのに？」

「それでもいいんだよ。ほら、箱の蓋《ふた》を開けると鳴り出すオルゴールってあるだろ？　あの子と会うときは、オルゴールを開けるときの秘密めいた楽しさを感じるんだよ。いまはそれだけでいいんだ。このあとどうなるかわからないにしてもさ」

真情を吐露した気恥ずかしさに、まっすぐ前を向いて両手でハンドルを握る。そして、ぼやかしながらだが、彩名とのことを人に話せた自分に満足感をおぼえる。悲しみが遠くなっていくような気がした。

「何それ？」

不満げに志帆が言った。

「おまえこそなんだよ。藤沢雪衣についてどんなふうに思ってるかって訊くから、話してやったんじゃないか」

「桜井はずるいよ」

「ずるい？」

「前の彼女と別れたさびしさを、雪衣ちゃんでまぎらわしてるだけじゃない。利用してるようなもんでしょ」

「人聞き悪いこと言うなよ」

「だってさ、雪衣ちゃんの気持ちはどうなるのよ」

「だから、恋愛関係になるかなんてまだわからないだろ？　それなのに、彼女の気持ちとか持ち出すなよ」

「どうせ桜井は雪衣ちゃんの心に踏み込む勇気もないんでしょ？　だから、言い訳をして自分の気持ち打ち消してんのよ」

まるで類家さんのようなことを言う。

「それなら、どうすりゃいいっていうんだよ」

志帆は当然というように言った。

「告白すべきでしょ」

「なんで話をそこに持ってくんだよ」

「とにかく、桜井がやってることってぬるいのよ。苛々《いらいら》すんの」

「勝手に人のプライバシーに口を出してきて、ぬるいとか、いらいらするとか言うなよ」

「自分のことばっか考えて。傲慢《ごうまん》！」

「ほっとけよ」

言い争いをしているうちに石の花の駐車場に着いた。

「雪衣ちゃんのこと、ちゃんとさんさに誘っておいてよ」

と志帆は捨てゼリフを残して先に車を降りた。

「やだよ」

「約束だからね」

志帆はドアをバタンと閉めて、さっさと石の花へ向かっていった。どこまでも勝手なやつだ。

エンジンを停めて、こめかみを拳で揉《も》む。ふと妙案が浮かんだ。

さんさの前日、類家さんが青森から帰ってくる予定なのだ。だから、類家さんをさんさに呼び、志帆とふたりきりにするようにしむける。

悪くない。というより、わくわくしてしまった。

いざ雪衣をさんさに誘おうとすると、どうにも緊張した。店内で雪衣とふたりきりだ。誘って断られても、笑って終わりにすればいい。そうわかっているのだが、誘いの言葉が出ない。

誘えないまま、ショーケースの上に置いたシトリンをいっしょに眺める。シトリンとは黄《き》水晶《ずいしょう》のことだ。色は黄色というよりも、シャンパンゴールドと言ったほうがいい。

「本物のシトリンは国内じゃなかなか出回ってないんだ」

誘いの言葉はいっこうに出ないのに、石に関することならばすらすらと話せる。

「偽物が多いってことですか」

「紫色のアメシストを加熱処理すれば、黄色のシトリンが作れるからさ」

「宝石を加熱処理して色付けするのといっしょですね」

「天然のシトリンは産出量が少なくて、色も淡いものばかりだから、アメシストを加熱処理した偽物が出回るらしいんだ」

「でも、それじゃなんだかずるいですよね。石が持って生まれた美しさを眺めるのが、石を観る楽しみなのに」

「まったくもってその通り。雪衣も言うようになったね」

「わたしがいい師匠を持ってるからですよ」

雪衣は茶目っ気たっぷりに言い返してくる。

裏の事務所のドアチャイムが鳴った。来客らしい。事務所に向かうと宅配便が届いていた。受け取りの判を押し、段ボール箱の梱包を解いた。小箱が詰め合わされていて、そのひとつを開けてみる。中は蛍石だった。しかも、良質の蛍石だ。雪衣に蛍石を見せてやろうと思い立ち、段ボール箱を抱えて店内に戻る。

先日、雪衣に蛍石を見せたが、あまりいい反応を得られなかった。あれは不本意だった。けれども、今日届いた蛍石は、日光の下であっても紫外線を照射すれば光るほどの強蛍光性のものだ。きっと彼女も驚き、喜んでくれるに違いない。

「蛍石が届いていたよ」

と段ボール箱を床に下ろし、中から小箱をひとつ手に取る。そして、ミネラライトを用意してから、店内の明かりを落とした。

「北イングランドにウェアデールという地方があるんだ。この蛍石はその地方のロジャリー鉱山で採れたものなんだよ。この前雪衣に見せたものより、よく光るんだよ」

小箱を開け、緑色の蛍石を取り出した。

「ほら、照らしてみて」

と雪衣に蛍石とミネラライトを差し出した。しかし、彼女は受け取らない。

「ほら。遠慮しないで」

「わたし、蛍石嫌いなんです」

と雪衣は暗い声で言った。

「嫌い？」

先日、蛍石を雪衣に見せたときのことを思い出した。たしかにあのとき彼女は蛍石に関心を示さなかった。

嫌いな石があること自体理解しがたくて、

「どうして嫌いなの？」

と訊いてみる。ところが、雪衣は下を向いて黙った。

ぼくは蛍石が好きだ。蛍石が幻想的な青い光を放つとき、ぼくらが暮らす世界の秘密を手に入れたかのような喜びを感じる。だから、蛍石が嫌いという雪衣に対して意地になった。

「ねえ、どうして嫌いなの？」

掌に蛍石をのせて、雪衣の目の前に差し出した。

「だから、嫌いなんです！」

雪衣は叫んだ。ぼくの手を跳ね除《の》ける。蛍石が弧を描いて飛んでいき、悲しい音をたてて店内の暗い片隅へ転がった。

ぼくは蛍石を拾ってから、床に腰を下ろした。壁に背中を預ける。窓の外に満ちる夏の陽射しは、やけに白く眩《まぶ》しい。影絵の影の部分に座り込んでいるみたいだ。

雪衣が石をぞんざいに扱った。その悲しさが、時間差でやってくる。

「どうして？」

と雪衣に問いかけた。だが、彼女は何も答えずにうつむいた。白い横顔からは、切実な心の痛みが見て取れる。

きっと雪衣には蛍石にまつわる悲しい思い出がある。しかも、それはきっと恋愛絡みだ。ハナミズキが咲く五月に見せた彼女の悲しげな表情と、いまの表情は同じものだった。彼氏の有無を訊いたときと同じもの。

手の中の蛍石を見つめる。不意に志帆の言葉を思い出した。

どうせ雪衣ちゃんの気持ちに踏み込む勇気もないんでしょ？

そうなのかもしれない。

雪衣が素性を明かしたがらないのをいいことに、彼女が胸に秘めている悲しみから目を逸らしていた。笑い合って、じゃれ合って、親密になった気はしていたけれど、彼女の心の傷にやさしさを示したことはなかった。

「ごめんね。無理に勧めて」

と謝る。雪衣は弱々しく首を振った。

「蛍石好きなんだよ。だから、雪衣にも好きになって欲しくて、押しつけがましいことをした。ごめん」

もう一度雪衣は首を振った。

「ねえ、雪衣は何か悲しい思い出があるんでしょ？　だから、蛍石を嫌いなんでしょ？　無理にとは言わない。けど、話せることがあるなら、話してみてよ」

雪衣はゆっくりとこちらへ歩み寄ってくる。そして、ぼくと並んでしゃがみ込んだ。触れずとも体温が伝わってくるような距離だ。

床に蛍石を置く。そして、蛍石を見つめたまま、雪衣の唇が開かれるのをじっと待った。五分が経ち、十分が経った。しかし、雪衣はいつまでも黙り込んだままだった。

「蛍石が光るのは、微量の不純物が含まれてるからなんだよ」

とぼくから語り出す。

「……不純物ですか」

雪衣はなんとか聞き取れるほどの小さな声で言った。

「蛍石の中にはイットリウムなどの希土《きど》類元素が不純物として含まれていて、それらが蛍光作用をもたらすんだ」

雪衣がかすかに頷く。ぼくは話を続けた。

「蛍石で作ったレンズを使ってるカメラや望遠鏡もあるけれど、そういったレンズは光らない。なぜかというと、レンズの材料となる蛍石が人工のものであって不純物が入っていないからなんだ」

ミネラライトのスイッチを入れ、床の蛍石にかざした。蛍石が青く輝く。

「蛍石は不純物があるからこそ光る。これって人も同じじゃないかなって思うことがあるんだよ」

雪衣がかすかに首をこちらに傾けた。

「悲しみって本当は知らなくてもいいはずのものでしょ？　だから、人にとって不純物だと思うんだ。だけど、その悲しみを知っている人のほうが、美しく輝けることがあるんじゃないかな」

しばしの沈黙のあと、雪衣は静かに言った。

「わたし、自分の蛍石を持ってるんです」

「自分の？」

「これです」

雪衣はショルダーのポーチからアクリルケースを取り出した。一辺が三センチほどの透明なケースだ。

ケースを手渡される。中には蛍石が入っていた。ほんのりと緑に色づいた不恰好なものだった。売り物にはならない。しかし、こうして箱に入れて持ち歩いているからには、愛着があるものなのだろう。

「どこの蛍石？」

「福島です」

「県南のほう？」

「そうです」

鉱産地の察しがついたので、雪衣に確かめてみると、はたしてその通りだった。そこは福島県にある鉱山跡で、かつて彩名と何度か訪れたことがあった。

疑問が次々と胸に浮かぶ。この蛍石は自分で採りに行ったものなのか。それとも、誰かから贈られたものなのか。贈られたものだとするならば、蛍石を贈った人間とはいったい誰なのか。

蛍石から雪衣に目を移す。彼女はいまにも泣き出しそうな顔をしていた。

「この蛍石に何か悲しい思い出があるんだね？」

雪衣は何も答えずに、琥珀色の瞳で悲しみを訴えてくる。血の気の失せた肌は青白く、牡《ぼ》丹《たん》色の唇はかすかに震えていた。

そっと抱き寄せた。抱きしめてやることが、何よりも自然なことに思えた。

「来たよ」

という声と同時に志帆が店内に入ってきた。ぼくと雪衣は慌てて離れる。

「あれ、お邪魔だった？」

と志帆が低い声で言う。

「何言ってるんだよ。そんなことないよ」

ぼくと雪衣は立ち上がった。

「でも、店を真っ暗にしちゃってさ」

「蛍石を見てたんだよ。新しく届いたやつをさ」

「ほんと？」

「見ればわかるだろ。ほら」

と床の蛍石を指差す。

「ふうん」

と志帆は腕組みをする。不服そうにも見えるし、仲間外れにされた幼い子供のように、気落ちしているようにも見える。

「まあ、いいけどさ」

志帆はそう言うと、雪衣を向いて、

「誘われた？」

と切り出した。

「え？」

と雪衣が首を傾げる。

「桜井から、さんさに行こうって誘われてないの？」

「いえ」

志帆がぼくを睨む。話がこじれるのをおそれて、

「いや、忘れてた」

とごまかす。そして、返す刀で、

「ねえ、雪衣ちゃん。さんさに行かないか」

と誘ってみた。

予想通り、雪衣は即座にためらいの表情を浮かべた。彼女がいっしょに出かけるはずがない。あきらめるように、と志帆に視線で訴える。しかし、志帆は同性に対してとは思えないほど甘い声で、

「ねえ、雪衣ちゃん。いいじゃない。いっしょにさんさ行こうよ」

と誘った。

「別に無理にじゃなくてもいいからね」

雪衣に助け舟を出す。しかし、志帆はぼくが言い終わらぬうちに、

「ねえ、雪衣ちゃん。いいでしょう？」

と詰め寄った。

雪衣は束の間迷っていたが、自分自身に言い聞かせるかのように、小さく何度か頷き、

「行きます」

と答えた。

「ほんと？」

志帆がでかい声で訊く。

「はい。よろしくお願いします」

雪衣がやっと笑う。ぼくも安堵の小さいため息をついた。まさか雪衣が承諾するとは思わなかった。

「ねえ、せっかくだからお互いに浴衣《ゆかた》を着ていこうよ」

と志帆が提案する。雪衣は嬉しそうに頷いた。

女の子どうしの話し合いだろうから、と一歩引いてふたりの話を聞いた。

楽しげに話す雪衣の横顔を見る。もしあのまま志帆がやってこなかったら、雪衣とどうなっていただろうか。彼女を抱きしめたときのぬくもりは、まだ腕の内側に残っている。胸の中の昂ぶりだって収まっていない。

志帆がちらりとこちらを窺った。何かたくらんでいるような目をしている。いやな予感がした。

「そういえば、雪衣ちゃんは普段は何やってんの？」

プライベートな質問だ。訊くなと念を押しておいたはずなのに。

「大学生？　それとも、あたしといっしょで専門学校？」

志帆の質問に、雪衣は狼狽《ろうばい》してうつむいた。

「おい」

と志帆を制する。しかし、彼女は無視して続けた。

「もしかして雪衣ちゃん働いてる？　あ、でも、働いてたら平日の昼間から来られないよね？　バイト暮らし？　それか、就職活動中とか？」

志帆は矢継ぎ早に質問する。雪衣の表情が暗くなっていく。

「ねえ、なんで教えてくんないの？　もしかして、雪衣ちゃんて人に言えないようなこと普段してたりして……。まさか、そんなことはないよね？」

「おい、志帆！」

志帆はこちらを見向きもせずに言った。

「まあ、雪衣ちゃんが自分のことを教えてくれないならそれでもいいや。でもさ、桜井のことをどう思ってるかくらい教えてよ」

「志帆。そんなのどうだっていいだろ」

「よくないわよ。ふたりがどういう関係かはっきりしてもらわないと、第三者のあたしとしては接しにくいものなの」

「屁理屈ぬかすな」

「あ、それよりももっと根本的な質問があったわ」

とぼけたような口ぶりに不穏なものを感じた。しかし、口をはさむ間もなく彼女は言った。

「ねえ、雪衣ちゃん。雪衣ちゃんて彼氏いないの？　それをはっきりさせないで桜井のこと好きかどうか訊くなんて、おかしかったよね？」

志帆の言葉には毒気があった。

「やめろよ。いやがってるじゃないか」

と志帆の肩を小突く。

「なんでよ。雪衣ちゃんに彼氏がいるかどうかいちばん知りたいのって桜井でしょ？　桜井のために訊いてんのよ」

「知りたいなんて言ってないだろ」

「あ、なんかいやだなあ。自分の気持ち隠して顔突き合わせてるのって。見ていて苛々する。はっきりさせなって。いやらしいよ」

「いいかげんにしろよ！」

志帆は体をびくりと震わせた。しかし、即座に怒鳴り返してくる。

「なんだよマジになっちゃってさ！」

ぼくと志帆は睨み合った。ところが、彼女の瞳に涙が浮かんでいることに気がついた。はっとして謝る。

「ごめん」

「謝るなよ」

「でも、ごめん」

「謝るなって言ってるでしょ！」

志帆は啖呵《たんか》を切るような勢いで言ったが、瞳から涙がぽろぽろとこぼれた。

いつも罵り合っている志帆が泣くなんて、思いもしなかった。どう慰めていいのかわからずに黙ると、気詰まりな沈黙が店の中に満ちた。

「すいません。彼氏がいるかどうかくらい話せばよかったんです」

おもむろに雪衣が口を開いた。彼女の言葉に耳を澄ます。

「彼氏は、いまはいません」

雪衣は笑った。しかし、痛々しい作り笑いだった。その笑みでぼくは確信した。彼氏にまつわる悲しい思い出を、彼女は持っている。

「ごめんね」

と志帆が手の甲で涙を拭いながら言った。

「いいんです」

「誰だって言いたくないことってあるもんね」

「いいんですよ、志帆さん」

笑みを作って答える雪衣が、なぜかぼくや志帆よりもはるかに大人びて見えた。

6

さんさ踊りは藩政時代から受け継がれてきた古い祭りだ。その起源は市内にある三ツ石《みついし》神社の巨石と鬼にまつわる伝説からだと聞いた。

昔、盛岡一帯で悪事を働いていた鬼がいた。それを三ツ石神社の神様が捕らえ、鬼に二度とこの地に来ないようにと約束させた。そして、鬼が去ったあと、喜んだ里人たちは、と言いながら踊った。そのために、さんさ踊りと言うらしい。

また、さらにその鬼の伝説は地名の由来と結びついて語り継がれている。鬼が来ない土地ということで、盛岡の古名である「不来方《こずかた》」が生まれ、鬼は二度とやってこないと岩に約束の手形を押させられたために「岩手」という地名が生まれた。

三ツ石神社は類家さんのアパートのすぐそばだ。だから、類家さんのアパートに行ったときは、ぶらりと寄ってみることがある。神社の境内《けいだい》のすぐ脇に、ご神体である六メートルあまりの巨石が三つ並んでいる。その巨石を見上げ、圧倒されながら時を過ごしたりもする。しかし、残念ながら、鬼が残していったという手形は見たことがない。

さんさの当日、類家さんとふたりで雪衣と志帆を待った。空が次第に暗くなっていく夕暮れどきだ。

「集合場所をここにしたのは失敗だったかもな」

類家さんがつぶやく。祭り当日の混雑をすっかり忘れて、集合場所を上ノ橋の中ほどとしてしまったのだ。

「そうですね」

橋は祭りに向かう人々の群れでいっぱいだ。親子連れや浴衣の女の子たちが、ひしめき合いながら橋の歩道を渡っていく。車道も渋滞していて、クラクションがひっきりなしに鳴っている。

「さんさ、さんさ」

祭りの参加者は、四日間の開催期間中、延べ三万人を超えると聞く。それに加えて、見物客は四日間で百万人に達するらしい。とんでもない数だ。

「困りましたね。いまさら集合場所を変更できませんしね」

志帆の携帯番号は知っているが、雪衣の番号がわからない。

「参ったな」

と類家さんが空を見上げる。ぼくもつられて仰ぎ見た。

類家さんの市役所一次試験の手応えは、まあまあだったらしい。これで一応一段落したのだが、試験日の重ならない近隣の市町村の試験も受けるそうだ。

「それにしても遅いな」

と類家さんがため息をつく。

「遅いですね。道に迷ってるんですかね」

擬宝珠《ぎぼし》のある欄干にもたれかかり、ゆらゆらと流れる中津川の暗い川面《かわも》を見下ろした。実は、気にかかっていることがある。志帆とのことだ。

一週間前に志帆を怒鳴ってからこのかた、彼女に無視され続けた。昨日まで秋田市に出張に出かけていたのだが、志帆はみんなの前では何事もないように振る舞う。たまたまぼくと話す機会がないというように装うのだ。それがあまりにもうまくて、ぼくと志帆のあいだがこじれていることを、社長も金田も気づきもしない。

「志帆にメールを打ってみるか」

と類家さんが携帯電話を取り出す。

「アドレス知ってるんですか」

「一応な」

意外だった。志帆の番号は知っているが、メールアドレスは知らない。類家さんはいつの間に聞き出したのだろう。こんな抜かりない人だったろうか。

「類家さんも隅に置けませんね」

「馬鹿言え。おまえにも教えてやろうか」

「いいえ。別にいいですよ」

「遠慮するなよ。せっかく……」

と言ったところで類家さんは不意に言葉を切った。混み合う橋の歩道を呆然と見ている。

「どうしたんですか」

「志帆が来た」

欄干から体を起こして、類家さんが向く方向を見る。

思わず目を見張った。桜色の浴衣を着た志帆がいた。美しい。なんというあでやかさだろう。通行人の中でひとり浮き立って見える。よれよれの恰好をしているいつもの彼女とは別人だ。彼女とすれ違う人が、臆するように道を空ける。

志帆はまっすぐこちらに歩いてくる。彼女の麗《うるわ》しさに立ちすくんでしまう。隣の類家さんも無言で迎えた。

「遅れました」

志帆がすぐそばまで来て言う。彼女の桜色の浴衣には、紅白の花の模様があしらわれていた。帯は鮮やかな赤だ。

「見違えちゃうな」

と類家さんがぽかんとした顔つきで言う。

「ひどいじゃないですか。それじゃ、いつものあたしはそんなに駄目だって言うんですか」

「いや、そういうわけじゃないけどさ」

類家さんはおろおろと言った。

「そういうふうにしか聞こえませんけど」

志帆は唇を尖らせて、わざと拗《す》ねてみせた。

今夜の志帆は、珍しくきっちりとメイクをしていた。涼しげなアイラインが描かれていて、アイシャドウはしなやかに輝いている。唇の光沢は艶やかで、いやがうえにも目が引き寄せられる。

「どうだい、桜井？」

と類家さんが浴衣姿の感想を求めてくる。

「よく似合ってますね」

「おれじゃなくて志帆に言えよ」

志帆との仲はこじれたままだが、

「志帆。似合ってるよ」

と正直に言った。すると、志帆は仏頂面で返してくる。

「どうせお世辞でしょう」

「違うよ。本当に似合ってるってば」

「本当？」

「疑り深いな。きれいだよ」

「あら、そう？」

志帆はぱっと晴れやかに笑った。そして、声を弾ませて、

「ほら、もっと褒めてってば」

と片足をすっと前に伸ばしてみせた。浴衣の裾《すそ》から素足がすらりと伸びて、どきりとした。

「調子に乗るなよ」

と言ったが、志帆は楽しそうにへらへらと笑った。秋田市への出張中のことなど、まるでなかったというような態度だ。

「ねえ、雪衣ちゃんは？」

「まだだよ」

「もしかしたら、来ないのかな……」

志帆は不安を覗かせた。このあいだの雪衣との一件を気に病んでいるらしい。

「混んでて遅れてるだけさ」

「そうだといいんだけれど」

ぼくらはそのまま雪衣を待った。約束の時間から三十分が過ぎても彼女は来なかった。

やはり、雪衣は来ないのだろうか。あきらめかけて、ふと橋の対面を見た。雪衣がいた。

黒地に紫の帯を巻いた大人っぽい浴衣を着ていた。

雪衣はきょろきょろと辺りを見回している。ぼくらが橋の反対側にいることに気づかない。

その頼りなげな様子に、つい大きな声で呼びかけた。

「雪衣！」

こちらに気づいた雪衣が、小さく手を振る。渋滞している車のあいだを縫い、迎えに行った。

「そっち側だったんですね。間違えちゃいました」

「いや。橋の真ん中辺りとは言ったけれど、どっち側の歩道とは決めてなかったんじゃないかな」

雪衣の黒地の浴衣には紫の桔梗《ききよう》があしらわれている。桔梗の紫は濃淡がさまざまで、落ち着いた雰囲気を醸し出していた。

「浴衣、似合うね」

白い肌の無垢な少女といった印象の雪衣に、黒地の浴衣は不思議と似合った。

「ありがとうございます」

と雪衣ははにかむ。

「それより、遅れてすみません。私、人込みが苦手で……」

小柄な雪衣は雑踏が苦手なのだろう。しかも、履《は》き慣れない下駄を履いているのだ。

「いや、大丈夫だよ。志帆も遅れてきたんだから。じゃあ、類家さんたちのところへ行こうか」

橋を横切って類家さんたちと合流した。雪衣と志帆は互いの浴衣を褒め合った。ふたりのあいだがぎくしゃくしないか心配だったが、問題はないようだ。

さんさ踊りのパレードが行われる中央通りを目指し、橋を渡ってから中津川沿いを歩いた。会場に近づくにつれ、混雑はひどくなっていく。太鼓と笛と調子を取る声が、徐々にはっきりと聞こえるようになる。

市役所前まで辿り着くと、パレードを見るための観客が沿道まで溢れ返っていた。まさに人の海という感じだ。はぐれてしまわないように、ぼくたちはくっついて歩いた。類家さんが先頭を行き、志帆がそれに続く。そのあとにぼくと雪衣が続いた。

「大丈夫？」

ぼくのすぐ後ろを歩く雪衣に振り返る。

「大丈夫です」

と雪衣は答えるが、表情は険しかった。

前を行く類家さんと志帆の様子を窺ってから、雪衣に手を差し伸べた。彼女は気後れを見せつつ、ぼくの手を握った。

手はやわらかかった。心が震えて、いとおしさが胸に満ちる。このぬくもりを守ってあげたいと思った。

県庁前まで進んだとき、類家さんが立ち止まった。ぼくと雪衣はそっと手を放した。

「ここらでパレード見ようか」

四人で並び、パレードに見入った。群舞の躍動感に圧倒される。参加団体は百を超えると聞く。参加団体ごとにおそろいの浴衣を着ていて、その浴衣を見比べるのも楽しい。

「桜井。喉《のど》が渇いたからビール買ってきてくれよ」

と類家さんに頼まれる。

「いいですよ」

雪衣といっしょに行こうかと思案していると、

「じゃあ、あたしもいっしょに買いに行く」

と志帆が志願した。返事をためらったが、彼女は有無を言わさないというふうに、さっさと歩き出した。

「ほら、行くよ」

と志帆が言う。雪衣と視線を交《か》わしてから、しかたなく志帆に続いた。

志帆と並んで歩く。今夜の彼女は目のやり場に困るほど美しい。すれ違う人々がみんな彼女に目を奪われている。優越感をおぼえてしまう。しかし、すれ違う男たちがぼくに投げかけてくる視線が不快でしかたがない。志帆の隣を歩く男として不相応だ、と非難がましい目でぼくを見るのだ。優越感なんてほんのちょっとのあいだのことだ。男としての劣等感のほうが強く疼《うず》く。鬱陶《うっとう》しい。不相応なのは隣を歩くぼくがいちばんよくわかっている。

「さて、今日はとうとう告白の日を迎えたわけだ」

と志帆が話しかけてくる。ぼくの苛立ちなど気づきもしない。

「おまえ、まだそんなこと言うのかよ」

「だって雪衣ちゃんといい雰囲気じゃない。本当は言い寄ってみようかな、なんて桜井も考えてんでしょ？」

「そりゃ、まあ、ほんの少しだけな……」

照れくさかったが、本心を言った。

「やっと告白する気になったか」

にやりと志帆は笑った。

「おまえがあんまりせっつくからだよ」

「まあ、理由は何でもいいじゃない。それに、祭りの高揚感で、いやなものまでいいって言ってくれるかもしれないし」

「なんだよ、その駄目もとみたいな言いかたは」

「あたしがそそのかしておいて空振ったら、桜井傷つくでしょ？　だから、あんまり期待させないようにしようと思ってさ」

「おまえってさ、応援してくれてるのか、傍観者として楽しもうとしてるのか、ほんとわからないよな」

志帆は苦笑いを浮かべる。

「まあ、何かしら答えが出ることを期待してるから」

と背中を叩かれた。

さんさのパレードが終わるまで、ビールを飲んで過ごした。

しばらくすると、類家さんが志帆を伴って、ぼくと雪衣から離れていく。類家さんらしくない積極的な態度だ。祭りの高揚感のせいだろうか。

「おいしい」

と缶ビールをぐっと飲んだ雪衣が言う。

「けっこう飲めるね」

「実は、ビール好きなんです」

「もしかして、お酒強いの？」

「弱いですよ。でも、ビールの最初の一杯目が好きなんですよね」

雪衣はすっきりと微笑んだ。

さんさに雪衣を誘ってよかった。ビールを飲んで微笑む雪衣の姿なんて、いままで想像すらしたことがなかった。彼女を誘う提案をした志帆に、感謝しなくてはならないだろう。

「でもわたし、ビールの一杯目がいちばん酔うんですよね」

雪衣はビールの缶をたしなめるように見る。

「なんかかわいらしい話だね」

と言うと、雪衣は拗ねた顔をして言った。

「なんだかその言いかたって、わたしのこと子供扱いしてません？」

ぼくは一歩下がって、雪衣の全身を見た。黒地の浴衣を着た彼女は、しっとりとした大人っぽさが漂っている。それでも、

「まだまだ子供だね。大人っぽい浴衣を着て背伸びをしている子供みたい」

とじゃれるように言った。

「もう」

と雪衣は唇を尖らせた。

空を振り仰いだ。楽しくて頬がゆるむのを見られたくなかった。酔い始めの心地良さに包まれる。

自由参加の輪踊りが始まった。輪踊りは山車を中心として、四、五十人が踊る。毎年参加しているので、踊りの振りはおぼえている。雪衣も踊れるらしい。だが、問題は初めて祭りに来た志帆だった。

ぼくと類家さんとで踊りを教えたのだが、志帆はまごついた。

「難しい」

と不服げに言う。

「きっちり踊ろうとしなくてもいいんだよ」

となだめるが、志帆は頑《かたく》なに首を振った。変なところで依怙地《いこじ》なのだ。困り果てていると、類家さんが無理やり志帆を踊りの輪の中に連れていく。

「もしわからなくなっても、周りで踊っている人の振りを見ていれば、わかるようになるさ」

ぼくも雪衣もふたりのあとを追って踊りの輪に加わった。

輪踊りの輪は、人と人の間隔がえらく狭い。そして、踊りはテンポが速くて、すぐに汗が噴き出してくる。それでも、太鼓の響きに突き動かされて踊り続ける。次第に祭り特有の高揚感が芽生えてくる。自ら踊っているのか、踊らされているのか、わからなくなってくる。

隣で踊る雪衣を見た。リズム感がいいのか、体のキレがいいのか、その踊りは軽やかで美しい。

ふと雪衣と目が合う。石の花で彼女を抱きしめたことを思い出し、胸の芯が熱くなった。次第に、類家さんと志帆は輪踊りの中心に進んでいく。そして、気づいたときにはふたりを見失ってしまった。絶好の機会だと思った。

「ちょっと休もうか」

と雪衣を誘い出した。

沿道の見物客を掻き分けて、出店に行き、缶ビールを買った。

沿道からは街路樹で陰となるベンチに、並んで座った。落ち着くためにそっと深呼吸をする。缶ビールを開け、ぐびりと飲んだ。

「ビールぬるいや」

「ほんとだ。冷えてないですね」

雪衣は残念そうに言ってから、ビールを見つめる。今度は冷えていないビールを叱るような目をする。そうした他愛ないしぐさがかわいらしい。

「ごめんね。無理にさんさに誘い出して」

「いいんです。わたし、今日来てよかったと思ってます」

「ほんと？」

「はい。あんまり外に出ないから」

珍しく雪衣が自らの生活を口にした。

「そうなの？」

「出かける場所って、石の花くらいなんです」

「へえ」

もっとプライベートなことについて尋ねてもいいのだろうか。今夜の雪衣は、いつも話してくれないことまで、打ち明けてくれそうに感じられる。

尋ねてみるべきかどうか迷っていると、三百五十ミリリットルの缶はすぐに空いた。

「もう一本買ってくるよ。雪衣はどうする？」

と立ち上がる。

「じゃあ、わたしも飲みます」

と雪衣がベンチから立ち上がった。しかし、彼女はふらりとよろめいた。

「酔ってる？　もうやめといたら」

「いえ。もうちょっと。せっかくの夜だから」

せっかくぼくと過ごす夜だから、と言われたような気がして、心が舞い上がった。

出店で再び缶ビールを買い、歩きながら飲んだ。片手で缶ビールを持ち、もう片方の手をつなぐ。酔っているために、手をつなぐ恥ずかしさを忘れることができた。

幸福感がアルコールといっしょに駆け巡る。このままどこか誰もいないところに、雪衣と行ってしまいたい。

「雪衣ちゃん？」

と雪衣を呼ぶ耳慣れぬ女の子の声がした。声のほうへ振り向くと、雪衣と同い年ほどの青い浴衣を着た女の子が立っていた。友達だろうか。

「雪衣ちゃん、元気だった？」

青い浴衣の子が雪衣に話しかける。雪衣のことを心配しているようだ。もしかしたら、雪衣は何か病でも患っているのだろうか。

「三年ぶり？」

と青い浴衣の子が話し始めたとき、雪衣はぼくの手を強く握った。青い浴衣の子から逃げたがっていると伝わってきた。

青い浴衣の子が近づいてくる。そして、ふと立ち止まり、ぼくを見て言った。

「藤沢君？」

声には驚きが含まれていた。

その瞬間、雪衣はぼくの手を引いて駆け出した。強引にぼくを引っ張っていく。彼女の下駄が、甲高くてせわしない音をたてる。

なぜ青い浴衣の子は、ぼくを見て藤沢と言ったのだろう。藤沢は雪衣の姓のはずだ。事態がさっぱり呑み込めない。だが、彼女に引っ張られるがままに人込みを走った。

雪衣は振り返ることなく、どこまでも走る。雪衣の素性を知る先ほどの青い浴衣の子から、少しでもぼくを引き離したがっているように感じられた。

「あっ」

と雪衣が人にぶつかって声をあげた。それまで、胸元で抱えるようにして持っていた缶ビールがアスファルトに転がる。

よろめく雪衣を抱き起こしてから、

「すいません」

とぶつかった人に謝る。そして、ビールの缶を拾った。

「大丈夫？」

と肩で息をする雪衣に語りかける。彼女はぼくの目を避けるようにうつむいた。彼女から後ろめたさをひしひしと感じる。

「濡れなかった？」

「少しだけ」

雪衣は小さく言って、胸元を指差した。浴衣にはビールの染みができていた。濡れた胸元が気持ち悪いのか、彼女は襟元を抓《つま》んでみせる。

ポケットからハンカチを取り出して渡した。だが、雪衣はハンカチを受け取らずに言った。

「びしょびしょです。今日はもう帰ります」

「濡れたままで帰るの？」

「ここまで濡れたら、もういいですよ」

「もしよかったら着るものを貸してあげるけど」

ついロをついて出た。

「いいんですか」

「アパートまで歩いて十分くらいかかるけど、それでもいいなら」

親切さを装ったが、祈るような気持ちで言った。不可解な気持ちのまま別れたくはない。そして、雪衣を深く知ることができるのではという予感があった。今夜という機会を逃してはいけない。

「お願いします」

と雪衣が言う。心臓の鼓動がひと際高く鳴った。

アパートまで雪衣の手を引いて帰った。部屋に入ってから、まっすぐ風呂場へ案内する。バスタオルを渡し、シャワーの使いかたを教えてやる。彼女は無言で説明を聞いた。ぼくはなるべく爽やかに振る舞い、

「それじゃ、ごゆっくり」

と微笑んだ。

冷蔵庫から缶ビールを取り出し、居間に戻ろうとする。部屋でふたりきりであることの気まずさを感じながら、雪衣の脇をすり抜ける。そのとき、彼女が腕にすがってきた。驚きはない。もっと雪衣に触れたいというぼくの昂ぶりを、彼女が汲《く》んでくれたように感じた。

雪衣と見つめ合う。

問わねばならないことや確かめねばならないことが次々と頭に浮かぶ。しかし、この一瞬、何かひと言でも話せば、雪衣を永久に失ってしまうように思えた。だから、抱き寄せた。抗《あらが》いは微塵《みじん》も感じなかった。

唇を重ねた。気が遠くなるほど長い長いキスをした。

居間に移って電灯を消す。キスをしながら浴衣の帯に手をかける。しかし、どう脱がしたらいいのかわからない。困惑すると、雪衣は自ら帯を解いた。

紫色の帯が足元の闇へはらりと滑っていった。雪衣が裸に近づくたびに、現実感が遠のいた。そして、真っ白な裸が現れたとき、ぼくはこれは夢なのではないかと目の前の光景を疑った。

雪衣は白い陶器で作られたかのような無垢な裸をしていた。その白い裸をベッドにやさしく横たえ、こわごわと体を重ねた。そして、そのあとは何もかも自然だった。彼女は抱かれるということを知っていた。そのことに言いようもない嫉妬をおぼえたが、たくさんのキスをして振りきった。

真っ白な体がぼくに委《ゆだ》ねられた。ぼくはその預けられた裸を夢中になって抱いた。雪衣の素性もわからないし、過去も知れない。ぼくをどう思っているのか言葉で聞いたわけでもない。しかし、こうして抱き合うことで、ふたりの未来が開けると思った。清流も濁流もやがて青くて広い海に注ぐように、晴れやかな未来が待っている予感がした。抱きしめることの必然性を信じた。

「好きだよ」

自然にその言葉がもれた。

鼓動の速さが互いに違う。ぐったりと寄り添い、胸を合わせあったときにそう考えた。息を整え、汗を拭う。虚脱感と達成感に一度におそわれる。

雪衣は体を丸めて窓を向く。黙ったままだ。放心しているのだろうか。それとも、ほかに何か思い耽《ふけ》ることがあるのだろうか。不安になって、顔を覗き込む。

心が凍った。月光に照らし出された雪衣の瞳に、涙の滴《しずく》が見えた。

「どうしたの？」

と訊くと、雪衣は囁いた。

「ごめんなさい」

「謝られるおぼえはないよ」

「いえ。わたし、謝らなくちゃ」

声が震えていた。

「どういうこと？」

「わたし、悪いことしてました」

「悪いこと？」

「わたし、ひどい人間なんです」

「雪衣といっしょにいて、そんなこと一度も思ったことはないよ」

しばしの沈黙のあと、雪衣は、

「くっ」

と嗚咽《おえつ》をひとつもらした。そして、まるで胎児のように体を丸めると、がたがたと体を震わせ始めた。両膝を抱える手までが震えている。

「大丈夫だから。悪いことなんかしてないから」

雪衣を後ろから包み込むように抱きしめる。彼女の体には抗いがあった。先ほどまで抱いていた体とは、まったく異なって感じられる。人は委ねるときは肉を、拒むときは骨を感じさせるものだと知った。

「ごめんなさい」

「謝らなくていいから」

「でも、わたし……」

「何があったかわからないけど、心配しないで。何があっても雪衣の味方だから。好きな気持ちは変わらないから。守るから」

雪衣はぼくの言葉から逃げるようにして体を起こし、ベッドの上で膝をかかえた。

じっと雪衣の言葉を待つと、彼女は言葉を選ぶようにして、ゆっくりと語り始めた。

「わたし、高校のときにつき合っていた彼氏がいたんです」

彼氏の存在は過去形だった。

「それで、彼は石がすごい好きな人でした。高校じゃ地学部に入っていたし、毎週石を採りに出かけたりしていました」

「その彼の影響で雪衣は石に興味を持ったんだね」

「いえ……。あのころわたしは石が嫌いでした。だって彼はふたりきりになっても石の話しかしなかったんですよ」

「たしかに石に興味がないとつらいかもね」

「だから、わたし、わがままを言ったんです。クリスマスの一週間前でした」

「わがまま？」

「わたしのためだけに石を採ってきてって頼んだんです」

「別にわがままじゃないでしょ」

「蛍石を頼んだんです」

　雪衣が見せてくれた蛍石を思い出した。

「あのころ、青く光る蛍石だけはとても気に入ってたんです。それで、彼が見せてくれた蛍石がイングランド産だったから、わがままのつもりでせがんだんです。蛍石を採ってきてよって」

「それにしたって、かわいげのある話じゃないか」

「けど」

　と雪衣は強い声で言った。なぜか許しを請うようにぼくを見る。

「蛍石って日本でも採れるんですね」

「大分とか岐阜なんかに有名な産地があるよ。あと、近いところだと福島とか」

　福島。雪衣が見せてくれた蛍石も福島産だった。

「わたし、日本で蛍石が採れるなんて知らなかったんです。イギリスだけでしか採れないって思ってたんです。だから、蛍石を採ってきてなんて頼んだんです。どうせ行けるはずがないと思って。わがままを言って困らせるつもりでした。困らせて、そのあいだわたしのことを考えていて欲しかったんです。でも……」

　悲しい予感がした。

「彼はわたしのために、本当に蛍石を採りに行ってくれたんです。福島の鉱山跡地に、雪が降ってるっていうのに。それで彼は」

雪衣は言葉を詰まらせた。嗚咽を噛み殺していた。その苦しげな様子で、悲しい結末は容易に想像できた。

かつて、雪衣は、

「彼氏は、いまはいません」

と言っていた。その真意をいま理解した。彼氏と別れたという意味ではなくて、彼氏はもうこの世にいない、という意味だったのだ。

「彼は雪で道に迷ったらしいです。疲労凍死と聞かされました。わたしが殺したようなものです」

「雪衣が悪いわけじゃないよ」

と即座に言った。だが、ぼくの言葉になんの重さもなかった。

「きっと彼は、わたしを恨んで死んでいったと思います」

「なぜ？」

「彼の手には、蛍石が握られてたんです」

「前に見せてくれたやつ？」

「そうです。あの蛍石は彼がわたしのために採ってくれて、最後に握りしめていたものなんです。彼はきっと凍えて意識を失っていくあいだ、蛍石を頼んだわたしを恨んでいたと思います。あの蛍石には彼の恨みが込められてるんです」

雪衣は苦しげに歯を食いしばった。しかし、涙を見せることはしない。罪の意識で自らを呪《のろ》い殺してしまうかのように見えた。

泣けばいいのに。泣き喚《わめ》いて、悲しみを発散させればいいのに。泣いて放心したほうが、心にやさしい場合もある。泣いたあと、その忘我の状態から自分をまた取り戻していけばいいのだ。

死、という暗いひと文字が、脳裏に浮かんだ。雪衣がひとりで耐えていたものが、そんなにつらいものだったなんて。彼女を包む圧倒的な悲しみの深さに、ぼくまで取り込まれそうになる。

「……やっとですよ」

雪衣がかすれ声で言った。

「やっと？」

「彼がいなくなって三年が経ちます。それで、最近やっと笑えるようになったんです。いままでいろんな人がわたしを慰めてくれました。友達も親も学校の先生も。それから、彼の両親までも。みんながわたしのせいで彼が死んだわけじゃないって言ってくれました。でも、やっぱりわたしは自分を許せなくて、この三年間ずっと笑わないで過ごしてきたんです」

「三年も……」

「慰めてもらって、笑いかけるときもありました。けれど、そんなときは彼が死んだことを忘れた自分が許せなくて、消えてしまいたくてしかたがありませんでした。彼を殺したわたしが、笑ってていいはずがないですよね？　でも、最近やっと笑えるようになったんです。彼が帰ってきてくれたらいいと毎日祈って待っていたら、笑えるようになったんです」

どういうことだろう。要領を得ない言葉だった。

もしかして、彼が帰ってきたとでもいうのだろうか。いや、そんなはずはない。死んだ人間が帰ってこられるはずがない。

「けれど、それはずるいやりかたなんです。だから、桜井さんには謝らなくちゃならないんです」

ますますわからない。雪衣の正気を疑って口をつぐむと彼女は言った。

「彼は桜井さんとそっくりだったんです。顔も、姿勢も、石のことを夢中になって喋ってるときの話しかたまで」

そっくり？　ぼくと死んだ彼がそっくりだということか。

自分の口が半開きになっていることに気づく。息を吞んでから、

「本当？」

と尋ねる。

「本当です。だから、初めて石の花で桜井さんを見たときはびっくりしました。彼が帰ってきたと思いました」

「そんなに似てるの？」

「瓜二《うりふた》つなんです」

にわかには信じられない話だが、雪衣が嘘をついているようには見えなかった。作り話だとしても、どんなメリットがあるというのだろう。

「初めて会ったころ、呼び捨てでいい、なんて言ったのもそういう理由だったの？」

「彼に名前を呼んでもらってるみたいで、嬉しかったんです。本当にすいません……」

雪衣は亡くなった彼の面影を重ねていたというのか。だから、彼女はいとおしそうにぼくを見ていたのか。胸が軋むように痛んだ。

「ごめんなさい。ずっと騙していて」

当たり前だと信じていた世界が、ぐるりと反転した。まるで、写真のポジとネガが反転したかのように、世界の表裏が反転した。それに頭がついていけず、意識が朦朧《もうろう》とする。

「いま何時ですか」

雪衣がすまなそうに言う。壁の時計に目をやった。彼女もつられるようにして時計を見た。十時だった。

「そろそろ帰ります」

と雪衣はベッドから足を下ろした。彼女を引き留めるための言葉が出てこない。

雪衣はこちらに真っ白な背中を向けて、再び浴衣を着始めた。

「あ、着替え」

と思い出して言った。しかし、雪衣は振り返りもせずに言った。

「乾いてるから、もう大丈夫です」

雪衣は見る見るうちに浴衣を着ていく。黒地の浴衣だけに、その後ろ姿はとても沈んで見えた。

ひとつ閃くことがあった。雪衣がいつも黒い服を着ているのは、いまだに彼の喪に服しているからじゃないだろうか。


雪衣をバス停まで送った。バス停はさんさ帰りの客で賑《にぎ》わっていた。

「携帯の番号、教えてくれる？」

このまま雪衣とのあいだを終わりにしていいわけがない。けれども、かといって何をどうしたらいいのかもわからない。携帯の番号を訊くのが精一杯だった。

雪衣は無言で頷き、携帯を取り出した。番号を交換する。

「あの」

と雪衣がためらいつつ、携帯を差し出してきた。ディスプレイを見ろということらしい。覗くと、ひとりの男の子の画像が映っていた。学生服を着た男の子だ。

「彼？」

「はい」

似ていなかった。骨格の面では似ていると言えなくもないが、そっくりとは思えなかった。

雪衣が抱く死んだ彼への思いが、ぼくと彼をそっくりに見せているのだろうか。それとも、彼といっしょにされたくないというぼくの意識が、似ている事実を認められないのだろうか。

ともかく、携帯の画像だけでは判断はつきかねた。

「名前は藤沢君」

と雪衣が言う。なるほど、青い浴衣の女の子がぼくを見て、藤沢君と声をかけてきたわけだ。

藤沢雪衣。きっと雪衣がいつか名乗ってみたかった名前なのだろう。彼女の切実さを知って、どうにも切なくなった。

7

バスが走り去ったあとも、ぼくはバス停のベンチに座り続けた。心の整理がつかず帰る気になれなかった。世界のすべての事象から切り離され、宙吊りにされたような孤独を感じた。

携帯電話に届いていた類家さんからのメールを見る。

〈今日は朝まで飲んでるから来られたらおいで〉

類家さんに連絡を入れる。雪衣を家に帰したことを告げ、大通りにある居酒屋で落ち合う約束をした。

肩を落として居酒屋に行くと、類家さんと志帆は奥の座敷に向かい合って座っていた。テーブルの上にはすでに空けられたビールジョッキが並んでいた。類家さんは日本酒に移っているようだ。

「待ってたよ、桜井」

と類家さんに声をかけられる。

「遅くなりました」

と座敷に上がると、志帆は類家さんの隣に移った。ふたりと対峙《たいじ》するように座る。今夜は、ふたりにとって楽しい祭りの夜になっただろうか。ぼくは駄目だった。

出てきたビールを飲む。心が乗らないために、味気ない。雪衣と飲んだぬるい缶ビールが思い出されて気が塞ぐ。

「ねえ、雪衣ちゃんに告白した？」

と志帆が訊いてくる。

「なんだよ、いきなり」

「だって祭りを途中で抜け出して、この時間までふたりきりなんだよ。なんにもなかったって考えるほうが無理でしょ」

「どうでもいいじゃないか。雪衣のことは」

「お、雪衣だなんて呼び捨てにして。そういえば桜井はさ、上ノ橋で雪衣ちゃんと待ち合わせたときも、雪衣、だなんて呼び捨てだったよね」

と志帆はぼくの口真似までしてみせた。妙に絡んでくる。呂律《ろれつ》も回っていない。かなり酔っているようだ。ぼくと雪衣のことを酒の肴《さかな》にでもしようというのだろうか。くさくさした。

こうなったら、呼び捨てするようになった経緯まで話してやろうか。死んだ石好きの彼のことまですべて。しかし、思いとどまる。雪衣の悲しい過去を、軽々しく喋るべきではない。

「ねえ、桜井。今度雪衣ちゃんを飲み会に呼んでよ。それで、みんなにちゃんと紹介しな。お披露目会よ」

「だから、そんな関係じゃないってば」

「隠さなくてもいいじゃない。祝福してあげるっていうのに」

「おい。勝手に祝福とかぬかすなよ」

苛立ってつき返すと、

「まあまあ」

と類家さんが割って入った。そして、

「おい、志帆。絡み酒はよくないぞ」

と咎める。しかし、志帆はぼくを睨んで続けた。

「じゃあ、雪衣ちゃんとはどうなったっていうのよ」

「結局も何もないよ」

「いつまで隠すつもりなのよ。男らしくない」

「何が男らしくないっていうんだよ」

「わたしと類家さんは見たんだからね」

「見た？　何を？」

志帆は、ふん、と鼻を鳴らしてから言った。

「桜井と雪衣ちゃんが輪踊りからいなくなったあと、桜井の携帯に連絡を入れたのよ。けれど、繋がらなかった。だから、ふたりのことを探したのよ。それで見たの」

「だから、何をだよ？」

志帆はグラスをぐっとあおってから言う。

「雪衣ちゃんと手を繋いで帰ってったでしょ」

見られていたのか。雪衣とふたりきりになりたくて、熱に浮かされたような心地で彼女の手を引いていたあのときのぼくを。

「桜井のアパートにふたりで行ったんでしょ？　それから雪衣ちゃんと何をしてたわけ？」

「志帆」

と類家さんが諌める。それでも、志帆はやめなかった。

「桜井もやることはちゃんとやってるってわけね」

「うるせえよ！」

こらえきれずに怒鳴った。結局、死んだ藤沢の代わりでしかなかったいまのぼくに、志帆のひと言は我慢できなかった。賑わう店内が、しんと静まり返る。それでも怒りが収まらなくて叫んだ。

「やったよ。彼女を抱いたよ。それがなんだってんだよ！」

「おい、桜井」

類家さんがテーブルに身を乗り出して、ぼくの両肩を押さえつける。しかたなく口をつぐんだ。

周囲も酒の席の諍《いさか》いに過ぎないとさとったのか、元のざわめきを取り戻した。しかし、ぼくらのテーブルにだけ、いまいましい沈黙が残った。

飲みたくもないのにビールのジョッキに手を伸ばす。志帆は横を向き、日本酒のグラスをあおった。類家さんは苦虫を嚙み潰したかのような顔をして、腕組みをする。

思いがけず、背中合わせに座っていた客から声をかけられた。

「なんだい？ 痴話《ちわ》げんかかい」

赤いキャップを被った二十代半ばくらいの男だ。夏だというのに黒い長袖のパーカを着ている。その男のテーブルの対面には、薄いパープルのサングラスをかけた男が座っていた。黒いスーツをだらしなく着ていて、ペンダントも、ブレスレットも、それからリングまで、シルバーのごついものだった。

「その姉ちゃんに二股でもかけられたか」

と赤キャップが志帆を顎でしゃくって指す。

「違いますよ。そんな関係じゃないですよ」

「じゃあ、怒鳴りつけるなんてひどいじゃねえか。きれいな姉ちゃんなのにさ」

「怒鳴ったのは悪かったと思います。でも、ほっといてくれませんか」

「ほっとくも何も、こんなすぐ後ろでギャアギャア騒がれちゃ、ほっとくわけにもいかねえだろ」

「すいません。騒がしくて」

と類家さんが謝った。

「まったく、ガキがこんなところで飲んだくれてるんじゃねえよ。ほんと周りが見えてねえんだからよ。だから、二股なんかかけられるんだよ」

赤キャップがにやにやと笑った。むかっ腹が立ち、何か言い返そうと思った。しかし、ぼくよりも先に、志帆が辛辣《しんらつ》に言い放った。

「おい、おまえ。気持ち悪いんだよ。関係ないくせに隣のテーブルからがたがたとさ」

志帆の隠し持っていた棘《とげ》があらわになった。そんなふうに見えた。

赤キャップは志帆に罵倒《ばとう》されるとは思ってもいなかったらしく、口をあんぐりと開けた。

そして、数秒遅れでいきり立った。

「なんだとこの野郎！　もう一度言ってみろ」

「聞こえなかったの？　じゃあ、もう一度言ってあげるわ。気持ち悪い顔こっちに向けるなって言ってんのよ」

志帆の切れ長の瞳に意地悪な光が宿っていた。

「この野郎」

赤キャップが逆上する。

「志帆やめろ。すいません」

と類家さんがあいだに入った。

「穏便《おんびん》にな。穏便に」

類家さんはぼくと志帆を目で諌め、隣のテーブルに何度も謝った。しかし、赤キャップは収まりがつかないらしく、

「穏便になんかすませられるか」

と吐き捨てた。

「もうやめとけ」

サングラスの男が口を開いた。語勢はゆるやかだが、その言葉は絶対的な力を感じさせた。

「ガキがよ……」

と赤キャップは悪態をつきながらも自らのテーブルへと向き直った。

「まったく桜井も志帆も、すぐに頭に血がのぼるところはそっくりだな。瞬間湯沸し器じゃないんだから勘弁してくれよ」

類家さんがぐちぐちとこぼす。たしかに、ぼくと志帆は似ているところがあるのかもしれない。単純というか、短絡的というか。

「さっきは悪かったわよ」

と志帆が言ってくる。そのあっさりとしたところも、似ているかもしれない。

「いいさ」

と返すと、志帆は笑って言った。

「あたし、ちょっとむしゃくしゃしてたのよね」

「むしゃくしゃ？」

「あたしが盛岡に帰ってきたのには理由があるのよ。夏休みだからってただ帰ってきたわけじゃないの」

「ただ帰ってきたわけじゃない？」

「あたしね、彼氏に裏切られて逃げ帰ってきたのよ。そのことをさっきまで類家さんに聞いてもらってたの。だから、思い出してむしゃくしゃしちゃったの。前に、東京でノッカーズっていうバンドを組んでたって言ったでしょ。あたし、そのボーカルとつき合ってたのよ」

「才能ないって言っていた男か」

「そう。あのくそ野郎」

と志帆は吐き捨てるように言った。その語気に驚くと、彼女は続けた。

「ろくでもない男だったのよ。あたしより五コも年上のくせに、働きもしないでさ。それで、あたしのアパートでごろごろしてんの。つまり、ヒモよ。しかも学生のヒモよ。最低でしょ？」

「まったく働かないのか」

「そうよ。そのくせ、あいつカートの崇拝者だったから、心にナイフでも隠しているかのようなポーズをすんの。でもさ、傍《はた》から見りゃいじけてるだけにしか見えないの。うん、実際にあいつすぐいじけてた。年上のくせに、ちょっと面白くないことがあるとすぐに自分の殻《から》に閉じこもるの。同じ部屋にいるのに、一週間無視されたりするのよ」

「子供みたいなやつだな」

「うん。子供そのもの。そこそこの大学を出ててさ、家もまあまあのおぼっちゃんのくせに、苦悩を背負ってるポーズだけは一人前なの。だから、マイクに向かって叫んだって嘘くさくてしかたなかった。歌に切実さのかけらもないんだから」

「切実さか……」

「彼も自分で歌う才能がないってわかってたみたい。だから、ヴォイス・トレーニングなんか通ってたの。歌う技術を磨こうとしてたってわけ。でも、そういうことって限界があるのよ。心のないところに歌唱力なんて生まれないの。根っこがない木に躍起《やっき》になって花や実をつけようとするようなものよ。だから、すぐに行き詰まっちゃってさ、おかげで、バンドは空中分解」

「いろいろあったってそういうことか」

「そのあとも彼はほんとどうしようもなかった。朝から酒浸りでさ、部屋にいないと思ったらパチンコか競輪か競馬のどれかよ。ギャンブル弱いくせに際限なく金つぎ込んで、挙句の果てに借金まみれ。考えなしなやつなのよ」

志帆は毒づく自分が情けなくなったのか、やりきれなさそうに首を振った。かけるべき言葉が見つからない。

「ねえ、あたしがどれくらい彼の借金の肩代わりをしてやったと思う？」

「そんなことをしてやったのか」

「うん。いくらだと思う？」

「十万くらいか」

「ううん」

と志帆はかぶりを振ってから言う。

「二百万よ」

「二百万も！」

「授業料切り崩したりしてさ……。けど、それでも返し終わらなかった。あいつ消費者金融のカードを五社くらい持っててさ、それのどれも返済が滞ってた。名前がブラックリストに載ってたみたいでさ、いい大学出てるくせにまともに就職できなくて、かといって体を動かして働くのを馬鹿にして、自分じゃ金を稼いでこようとしないの」

「そいつの親に払ってもらえばよかったじゃないか。それが妥当だろ」

「親には頼りたくないって言うんだもん」

「ほっとけばよかったじゃないか、そんな屑《くず》みたいなやつ」

話を聞いているだけでも苛々して言った。しかし、志帆は自分を嘲《あざけ》るような顔をしてつぶやいた。

「だって、それでも好きだったのよ」

胸に苦いものが浮かんだ。類家さんも沈痛な面持ちをする。

「彼はあたしにギターやベースの弾き方を教えてくれた人なの。小さいころから人づき合いが苦手で、石ばかり眺めてメルヘンの世界に閉じこもってたあたしに、自分を表現する手段をくれたのよ。あたしは彼のおかげで、心の中のもやもやとしたものを初めて外に出すことができたの」

「でも、借金の肩代わりだなんていくらなんでも」

「しょうがないのよ。彼がギャンブルまみれの自堕落《じだらく》な日々を送るようになったのは、あたしのせいなんだから」

志帆が肩を落とす。

「志帆のせい？」

「あたし、彼にはっきり言ったの。ボーカルはやめて楽器に専念したほうがいいって。だって、それが彼を歌う苦しみから解放してやれる最善の方法だと思ったのよ……。でも、違った。本当のことを言ってあげるのってやさしさだと思ってたけど、違ったの。彼はあたしの言葉で傷ついて、心の歯車を狂わせたの」

類家さんが口を開く。

「それは志帆の考えすぎだよ」

ぼくも相槌を打つ。しかし、志帆の瞳はぼくらに対して異を訴えていた。

「あたし、やっぱり人の気持ちがわかんない人間なのよ。だってさ、自分に才能がないことを認めるなんて、誰だってできることじゃないでしょ？　それなのに、彼の頬を平手打ちして目を覚まさせてやろうなんて思ったのよ」

「それは、彼に現実を受け止めるだけの器がなかったんだよ。器が小さかったんだ。志帆が自分を責める必要はないよ。もし志帆が言わなければ、ほかの誰かが言ってたと思う」

「でも、ほかの誰かならばまだよかった。いちばん従順なふりをしてたあたしが言ったから彼は傷ついたのよ。あたしの役割は、彼を夢見心地でいさせることだった」

「そうとは限らないだろ」

「ううん。あたしが悪かった。わかる、桜井？　家族とか友達とか恋人とか身近な人の言葉ほど、相手の心を傷つけるものなの。あたしはそれをよくわかってなかった」

志帆の言葉にも頷けるところがあった。もしもぼくと雪衣が心を近づけてさえいなかったら、こんなにも傷つくことはなかったかもしれない。

「あたしね、なんとしても彼に立ち直って欲しかったんだ。立ち直ってくれるなら、借金の肩代わりなんてわけないって思ってた。だから、必死になって全部返したの。二十歳の女の子だって、稼ごうと思えば馬鹿みたいに稼げるんだってよくわかったし。やることさえ選ばなければね」

やることさえ選ばなければ。

ぼくは悲しい想像をした。

「裏切られたっていうのは？」

「あたしがそこまでしてやったっていうのに、あいつにとって女はあたしだけじゃなかったの。あいつ、バンドのファンだっていう女の子とも関係をもってたんだよね。つまり、あたしはなんにも知らないでせっせとお金を運ぶ馬鹿な女だったってわけ」

類家さんが深いため息をついた。

「ま、裏切られたっていうのは自業自得なところもあんのよね。それにさ、あたしも彼とどこまでも落ちる覚悟はなかったんだと思う。金だけ払って逃げ出したかったのかもしれない」

志帆は自虐的な笑みを浮かべた。見ていられなくなって目を伏せると、彼女は言った。

「まったくさ、いま思い返せば馬鹿だなあってことばっかやってたのよ。ほんと笑えるでしょ？　笑っちゃってよ」

「笑えないよ」

「やめてよ、桜井。辛気《しんき》くさい顔して」

「けど」

「盛岡に帰ってきたのは、その馬鹿な彼と別れたあと、東京にひとりでいるのがいやだったから。帰ってきてリフレッシュしたかったのよ、リフレッシュ。ま、類家さんにいろいろと聞いてもらって、けっこうすっきりしたんだけどね」

志帆はいつも通りへらへらと笑った。

「いい、桜井？」

「なんだよ」

「雪衣ちゃんのこと大切にしなよ。隠したりしなくたっていいんだから。それから、あたしみたいなひどい目にあわせちゃ絶対に駄目よ」

いまさら真相を打ち明けられるはずもない。

「わかったよ」

と返事をするしかなかった。


そろって店を出る。アーケード街は祭り帰りの人で賑わっていて、まだ祭りの余韻《よいん》を残していた。ときどき、酔っぱらいの奇声まで聞こえてくる。

酔った志帆のために、タクシーを呼んでやることになった。

「ちょっと待ってろよ」

と類家さんが走ってタクシーを呼びに行く。その背中をぼんやりと見送った。

雪衣が別れ際に見せてくれた藤沢の画像が頭から離れない。やりきれなくなって自嘲《じちょう》の笑みが自然と口元に浮かぶ。自分を笑うことでしかやり過ごせないときがある。そうした共感をもって、傍らの志帆を見た。

しかし、その姿は消えていた。辺りを探すが見当たらない。志帆の携帯電話に連絡を入れてみる。コール音はするのだが、出ないうちに留守番サービスセンターに繋がってしまう。

慌てて類家さんに連絡を入れる。志帆がいない旨を告げると、類家さんは近くの銀行前を集合場所に定めて、彼女を探すよう指示を出してきた。それに従う。

賑わう雑踏の中を走った。すれ違う誰からも胡散《うさん》くさそうに見られる。祭りで華やいだ夜の街の中を、血相を変えて走っているのだからいたしかたない。

まったく志帆はどこへ行ってしまったのか。酔っておぼつかない彼女の足では、それほど遠くへは行けないはずだ。

角を曲がり、暗い裏通りを走った。人影はなく、自動販売機の冷たい光がアスファルトを照らしている。この通りでもないのか。そう思って大通りに戻ろうとしたときだ。駐車場の隅へと歩いていく桜色の浴衣と鮮やかな赤い帯が見えた。志帆だ。彼女はふたりの男に両脇を抱えられるようにして立っていた。走って近づくと、彼女の声が聞こえてきた。

「ちょっとやめてよ。手を放して」

「おい」

と走りながら声をかける。そして、そのままの勢いで男のひとりに突進した。体当たりを喰わせてやった男は、前につんのめるようにして転がった。

「おい、なんだこら」

ともうひとりの男が叫ぶ。対峙して驚いた。先ほど居酒屋で隣り合わせた、赤いキャップを被った男だった。ということは、体当たりで転がった男はサングラスを掛けた男ということだ。

「おい、その手を放せよ」

居酒屋でやけにおとなしく引き下がったと思ったら、こういう算段を立てていたというわけか。

サングラスの男がゆっくりと立ち上がる。そして、落ち着いた口調で言った。

「ひどいことしてくれるよなあ……。この姉ちゃんが酔っぱらって危なそうだったから、ちょっと介抱してやろうかなって思っただけなのにさ」

「何が介抱よ。無理やりでしょう」

志帆は赤キャップの男の手を必死に振りほどこうとする。

「無理やり？　人聞きの悪いこと言うなよ」

とサングラスの男が静かに笑う。

「いいから、とにかく彼女を放せって」

「だからさ、無理にってわけじゃないんだ。それなのに、君のほうこそ乱暴な態度を取ってきてさ」

サングラスの男がゆっくりと近づいてくる。その悠然とした動きに、足がすくむ。

「びびっちゃって。邪魔しないで欲しいな」

男が拳を握るのが見えた。

まずい、と思ったときは鳩尾《みぞおち》を深く殴られた。右のボディアッパーだった。

内臓が迫《せ》り上がってくるような痛みにおそわれ、体をくの字に折った。

苦しくて顔が上げられない。アスファルトのざらつきが、すぐ目の前に見える。たった一発で相手のほうが格上であるとわかった。

「ということで」

とサングラスの男がアスファルトに唾を吐く。

「桜井！」

志帆の悲痛な声が聞こえた。

かっこ悪いな、と思う。しかし、そう考える余裕があるのならば体を起こせ、と自分を叱《しっ》咤《た》する。

「ちょっと待て」

顔を上げると、

「おお、よく踏ん張ったな」

とサングラスの男は驚きというよりも喜びの声をあげた。そして、とどめを刺そうというのか再び近づいてくる。

冷静に、と自分に言い聞かせる。男が左右どちらの足を前にして止まるか目を凝らす。そこから、肩の動きを読めば、パンチは見切れるはずだ。類家さんとの練習のときのように、両拳を握って身構える。

男の足が止まった。左足が前。つまり、右のパンチが来る。

やはり、男は再び右の拳を突き出してきた。今度は顔を狙ってのストレートだ。読み通り。しかし、速くてよけきれない。頬を殴られた。ゴツリという音が骨を伝わってそのまま耳に届く。けれど、予測していたために耐えられる。

後退はしない。男が拳を引くのに合わせて、上体を低くして男の懐に飛び込んだ。左のフックを引っかける。これは男の隙を生むためだ。素早く左拳を引き、右手で頭をガードしながら、続けざまにもう一発左を打つ。左のダブルだ。

うまい具合に、男の右脇腹にぼくの左拳が突き刺さる。腰の回転を充分に利かせて拳を振りきる。手応えはばっちりで、男は痛みのためかステップバックする。ずれたサングラスから、かわいらしい二重が見えた。

「面白いな」

サングラスを直した男が言う。そして、赤キャップの男に告げる。

「おい。その姉ちゃんを放してやれ。今日はいつもと違う楽しみができた。容赦なく遊べそうだぞ」

解放された志帆が駆け寄ってくる。彼女を後ろへと隠した。

サングラスの男と赤キャップの男が、楽しげに立ちはだかる。圧倒的に形勢が不利だ。鳩尾もぎりぎりと痛む。

しかし、こうなったらもうやぶれかぶれだ。雪衣の悲しみと志帆のさびしさを知った今夜は、誰かをめちゃくちゃに痛めつけたい反面、誰かにめちゃくちゃに痛めつけられたかった。

「志帆、先に行ってて」

「でも」

「いいから」

志帆を肘で押しやる。すると、

「まあ、ちょっと待てよ」

と背後から声が聞こえた。振り返らなくてもその声の主は誰だかわかる。

「類家さん」

と志帆が頼もしげな声をあげた。

「面倒なことになってるな」

類家さんがぼくの横に並んだ。

「助かりました」

「こんなことになる前に連絡をしろよ」

「すいません」

赤キャップの男がぼくらのやり取りに焦《じ》れて言った。

「何が助かっただよ。今度は穏便にはすまさねえぞ」

「そうですね」

と類家さんはふたりの男に歩み寄っていく。そして、がっくりと肩を落としてから言った。

「いいですよ」

かかってこいということだ。

赤キャップの男が、類家さんに勢いよくつかみかかる。気をつけて、と声をかけようとしたが、その必要はなかった。

類家さんは体に触れられそうになる寸前、闘牛士のように体を翻《ひるがえ》し、赤キャップの足をひっかけた。男は一本の棒みたいになって宙に浮き、そのまま顔から地面に落ちた。

「このやろ」

とサングラスの男が殴りかかる。しかし、男が出したパンチは類家さんに一発も当たらない。類家さんは見事なウェービング、ダッキング、スウェイを披露して、パンチをことごとくかわしてみせた。

パンチ力がなかった、と嘆いていた類家さんが、なぜ高校時代にボクシングが強かったのかがわかった。ディフェンスが素晴らしかったからだ。

逆上して拳を振り回すサングラスの男が疲れてきたところで、類家さんはするりと男の懐に入った。そして、右手で男の喉仏のあたりを鷲づかみにする。

「ぐっ」

という男の呻《うめ》き声がもれた。類家さんはそのまま相撲の喉輪のようにぐいと突き出す。男は簡単に仰向けにひっくり返った。

赤キャップの男が立ち上がった。目に異様な光があった。男は用心しながら類家さんに近づいていく。すると、類家さん自ら男に近づいた。腰をおとし、速いステップで、簡単に男の懐に入る。そして、またしても右手で男の喉をぎゅっとつかんだ。

男はじたばたと手を振り回したが、それ以上の身動きが取れず、抵抗をやめた。顔には降参と書いてある。敵《かな》わない相手と身をもって知ったようだった。

「今日はこのへんにしておいてください」

と類家さんが手を放す。ふたりの男はこちらを睨みつけながらも、足早に立ち去っていった。

「桜井。あんまり無茶するなよ。いきなり突っかかっていくことないだろ。もしものことがあったらどうするつもりだったんだ?」

類家さんがここに辿り着くまでのことを手短に話すと、そう説教された。

「すいません」

「あいつら、遊ぼうとしてたみたいだったからよかったけど、普通はあんなふうにいかないからな。おれはもうちょっと覚悟してたよ」

「覚悟ですか」

「ああ」

類家さんは顔をしかめた。

「あたしがぼうっとしていたから悪かったんです」

と志帆がかばってくれる。

「まあ、なんにせよ無事だったからよかったんだけれどさ」

類家さんの声はまだ硬かった。

大通りに戻り、タクシーを探して歩く。疲労感におそわれて、足取りが重い。

「ちょっと待っててくれる?」

とおもむろに志帆が言った。

「さっき何か道に落とした？」

「違う違う。いいから、ちょっと待ってて」

と志帆は通りを走っていく。類家さんがその背中に叫んだ。

「こら、志帆。ひとりで離れると、また絡まれるぞ」

志帆はシャッターの下ろされた電気店に向かっていった。電気店の前には、アコースティック・ギターを抱えて歌うふたり組の女の子が見えた。ストリート・ミュージシャンの路上ライヴだ。浴衣姿の通行人がそのふたりの前で足を止めている。

彼女たちが一曲歌い終えたとき、志帆は話しかけた。

「どうしたんだ、あいつ」

と類家さんが心配してつぶやく。

しばらくすると、志帆はぼくらに向かって手招きをした。いぶかしみつつ近づいていくと、彼女は女の子からギターを借りて、ストラップを肩にかけた。浴衣姿にアコースティック・ギターというたたずまいだ。

「ちょっと待っててね」

と志帆はギターのチューニングを始めた。目を閉じて一心にチューニングをする。

「志帆の友達？」

女の子たちに尋ねてみた。

「いいえ、違うんですけど、ギターを貸してくれないかって頼まれて」

「ごめんね」

と志帆は片目を開けて言った。

志帆はいくつかのコードを弾いたあと、ギターのネックをぐいと前に押し出す。チューニングは終わったらしい。

「ちょっとだけ貸してもらったの。歌いたくなっちゃってね」

と志帆はギターを貸してくれた女の子とその相棒にウィンクをしてみせた。そして、それまでこちらのやり取りを興味深げに窺っていた見物人たちに呼びかける。

「飛び入りです」

志帆は大きく手を振る。いいぞ、という声が飛び交った。

「今日、わたしは悲しいことと、嬉しいことがひとつずつありました。だから、歌います」

悲しいことと、嬉しいこと？

今日一日さまざまなことがありすぎて、何が志帆にとって悲しくて、何が嬉しかったのかわからない。わからないうちに、志帆のギターが始まった。

聴きやすくて印象的なリフが繰り返される。ときに繊細で、ときに深い。夏の夜のけだるい空気を震わせる。そして、志帆は歌い始める。やや陰鬱な歌だ。

「『ポーリー』だ」

と類家さんが言う。

「ニルヴァーナですか？」

「知ってたか」

「いえ。でも志帆がニルヴァーナを好きだって聞いてたから」

「そうか……。しかしさ、志帆の声って透明感があるよな」

「透明すぎて、聴いてて苦しくなります」

「わかるよ」

志帆の歌声は心への浸透圧を感じない。だから、心の内側にするりと入ってきてしまう。しかし、その歌声は簡単に心を癒《いや》してくれるようなものではない。胸を掻き毟《むし》りたくなるような切なさを残していくのだ。

歌が静かに終わった。拍手が沸き起こる。志帆はぼくらに笑みを向けた。それから、ぐるりと周りを見渡して、

「もう一曲だけ」

と宣言する。

志帆は目を閉じて、大きく息を吸った。そして、繊細なカッティングの中、彼女は歌い出した。先ほどより幾分明るい曲だ。類家さんが言った。

「『アバウト・ア・ガール』だ」

志帆は透明な声で切々と歌い続けた。次第に足を止める人が増えていく。浴衣姿の女の子がギターを弾いている、という興味本位で立ち止まる人もいるかもしれないが、立ち去る人

がひとりもいなかった。それが、志帆の歌声が人々の心を惹きつけている証しのように思えた。

もし、志帆がこの歌声で誘うのなら、どこまでもついていってしまうかもしれない。彼女の歌には人の心を惑わすこわい魅力があった。

志帆を騙した彼は歌うことに苦しんでいたらしいが、その理由がなんとなく想像できた。彼は志帆の歌をいちばんそばで聴いていたために、逃げ出したくなったのだろう。彼女の天分におそれをなしたのだ。

間奏に入った。聴き入っていた人たちが我先にと歓声を飛ばす。

志帆はギターを掻き鳴らしながら、やや上目遣いで周囲を見回した。そして、視線を足元に落としてから、かすかに笑った。魅惑的というより、凄艶《せいえん》といったものを感じる。彼女が別人に見えた。まるで、歌うことを宿痾《しゅくあ》として持つ人間。とても遠い存在に思えた。

歌い終えた志帆が、拍手と喝采《かっさい》に包まれながら、ぼくらのところへ戻ってくる。

「ありがとう。これいいギターね」

と志帆はギターを貸してくれた女の子に礼を言う。女の子たちは志帆の歌に心動かされたのか握手を求めてきた。ギターを貸したことを誇らしく感じているようにも見えた。

志帆は手の甲で汗を拭きながら、恥ずかしそうに言った。

「お待たせしました。いやあ、酔っぱらった勢いでついつい歌っちゃいましたよ」

「さっぱりしたか」

と類家さんが訊く。

「はい」

志帆は満面の笑みを浮かべて言った。

「いい歌だったよ」

とぼくも告げる。志帆を褒め称えたかった。そして、歌うことで悲しみを解き放つことができる彼女をうらやましく思った。

「ほんと？」

「才能あるよ。東京に帰ってからも歌い続けなよ」

「……うん」

「志帆には歌がある」

「うん」

頷く志帆を、類家さんは頼もしそうに見つめた。

「あたしには歌がある」

志帆は小さくつぶやいた。

8

夏休みが終わった。

さんさからの一ヶ月、雪衣は一度も石の花に来なかった。彼女の携帯に何度も連絡を入れてみたが、出た試しは一度もない。留守番電話にメッセージを吹き込んでも、返事はまるでなかった。それが、ぼくに会いたくないという彼女の意思表示に思えた。

結局、ぼくは死んだ藤沢の代用品でしかなかったのだろう。桜井修二に会いに来るつもりはないのだろう。

さんさ以降、雪衣がやってこない理由を、佐川ミネラル社の全員から尋ねられた。ぼくはいまさら真相を打ち明けるわけにもいかず、

「雪衣は夏休み中のアルバイトが忙しくて、なかなか会えないんですよね」

などと適当な嘘を繰り返した。

嘘をつくたびに、苦々しさに滅入った。特に、志帆に対してはすまないという気持ちでいっぱいだった。彼女はぼくの嘘を信じきり、心から同情してくれた。そして、ぼくと雪衣がうまくいくことを心底願っているようだった。本当にやさしかった。

志帆を前にして、真実を話してしまおうかと迷ったことは一度や二度ではない。雪衣はぼくを好きだったわけではないのだ、と泣きつきたい衝動に駆られもした。だから、それをこらえての八月の一ヶ月間は驚くほど長く感じられ、夏休みの終わりとともに志帆が石の花を去ったとき、さびしく思う反面、内心ほっとしたものだった。

大学の後期授業が始まった。石の花の店番は、ぼくと金田がふたりで回すローテーション

に戻った。雪衣が訪ねてこなくなり、志帆がいなくなった石の花は、とても味気なかった。石の花からの帰り道、夕刻時だというのにまだまだ高い夏の太陽を見ながら歩いていると、なんとも言えないものさびしさに包まれた。アパートにまっすぐ帰る気になれず、類家さんのアパートに寄った。

「志帆はいたらいたでうるさかったけど、いなくなったらひどくさびしがらせるやつですね」

類家さんのアパートに入りしな、志帆の話を振ってみた。

「そうか。桜井もさびしいか」

「ええ、まあ……。あいつのおかげで賑やかでしたからね」

「そうだな」

類家さんの言葉は、どことなく歯切れが悪かった。

「やっぱり類家さんもさびしいですか」

「うん？」

「志帆のことけっこう気に入ってたじゃないですか」

類家さんも落胆しているだろうと思って尋ねた。そして、たまには恋心を打ち明けてくればいいのに、と思った。

しかし、類家さんはぼくの問いに答えず、頭をごりごりと掻いてから言った。

「桜井には言わないようにって決めてたんだけどな……。やっぱり話すよ」

「あぁ。おれも母ちゃんのことは言えないな。血は繋がってなくても、秘密を黙ってられない性分は受け継いでるらしい」

「何を言ってるんですか」

類家さんは大きく息を吸ってから言った。

「実はな、志帆はおまえのことが好きだったんだよ」

「また、つまらない冗談を」

「冗談なんかじゃないんだよ」

「でも、志帆はぼくと雪衣がくっつくように、何度もけしかけてくるようなやつだったんですよ」

「わかってないなあ」

類家さんは深くため息をついた。

「桜井が本当に雪衣ちゃんを好きで、つき合うつもりがあるのか、志帆は見極めたかったんだよ。だから、はっきり白黒つけてもらいたくて、けしかけるようなことをしてたんだ」

「そんな……」

それなら、彼氏がいるのかどうかと志帆が雪衣に詰め寄ったのは、探りを入れるためだったのか。

「志帆がうちの店に来たばっかりのころ、おれが仕事を教えてやったことがあったろ？　たしか三日間」

「はい」

「あのときに、志帆に訊かれたんだよ。桜井に彼女がいるかどうかって。おれ、ちょっと口を滑らせちゃって、桜井が前にあんまりいい恋愛の終わりかたをしていないって話しちゃったんだよ。それ以降誰ともつき合ってないってこともさ……。雪衣ちゃんのことも話した。桜井がまだ雪衣ちゃんとつき合っていないみたいだったから、いいかなって思ってさ」

志帆に雪衣の噂を吹き込んだのは、金田ではなかったのか。

「歓迎会の夜に、志帆に説教したんだってな」

「説教ってわけじゃないですよ」

「そのときに、志帆に仲間なんだからって言ってやったんだって？」

「言ったような気がしないでもないですけど……」

「いや、言ったんだってさ。それで志帆はさ、仲間と言ってもらったことが嬉しかったらしいんだよ。ほら、あいつ東京から逃げ帰ってきたばっかりだったし、友達もいないようなやつだったからさ」

「ほんとですか。ほんとのこと言ってるんですか」

「ほんとだよ。だから、歓迎会のときはあんなにぶっきらぼうだったのに、すっかり豹変しちまってたろ」

類家さんが志帆に心を開くきっかけを与えたわけではなかったのか。

「もしかして、ちょくちょく志帆の相談に乗ってました？」

「まあ、実はな」

「だから、志帆の携帯のアドレスを知ってたんですね？」

類家さんはすまなそうに頷いてから、携帯を取り出した。

「昨日、志帆からこんなメールが送られてきたよ」

メールの中の一文に目が釘《くぎ》づけになる。

〈さんさの夜に絡まれたとき、桜井が駆けつけてくれてほんと嬉しかったんですよねえ〉

「あの日の夜、志帆は歌う前に、悲しいことと嬉しいことがひとつずつあったって言ってただろ？」

「はい」

「あの晩、おまえと雪衣ちゃんがくっついたのが悲しいことで、おまえに助けてもらったのが嬉しいことだったんだよ。しかしさ、あいつもせっかく歌うんならあんな暗い歌じゃなくて、実は陰であなたを思っていました、みたいな歌を選べばいいのにな。まあ、それができない不器用な人間だから、かわいいやつだったんだけどな」

頭の中が真っ白になる。志帆がぼくへの思いを隠していたなんて。

「きっかけは些細《ささい》だったかもしれないけどさ、志帆は本気だったよ。桜井とは言いたいことを言い合えてほんと楽しかったって言ってた。自分の小さいころの話も聞いてもらうことができたって。だからさ、志帆がさんさの夜にむしゃくしゃしてたのは、前の彼氏のことじゃなくて、桜井と雪衣ちゃんがうまくいったことを嘆いてたんだよ。口じゃ祝福してやるなんて言ってたけどさ」

さびしさの海に浸ったかのように感じた。そして、すぐにでも、実は違うんだ、と志帆に告げたくなった。

実は、雪衣とくっついたわけじゃないんだ。雪衣には死んだ藤沢との思い出があって、ぼくはその身代わりでしかなかったんだ。ぼくは間に合わせだったんだ。

思い詰めていると、類家さんに釘を刺された。

「なあ、桜井。いまさら志帆に連絡を入れるようなことはするなよ。志帆はやっとおまえのことをあきらめて帰っていったんだ。さんさの晩、歌って気持ちを振りきったんだ。だから、惑わすようなことはするなよ」

「わかりました」

「志帆は言ってたよ。短いあいだだったけど、ちゃんと恋だったたって」

類家さんは窓辺に立ち、遠く空を眺めた。空は群青色の闇に覆われ始めていた。光がひっそりと失われていく。

不意に青い光をまとう蛍石が思い浮かんだ。志帆も悲しみを知って輝く蛍石だったと、いまになってわかった。

泣きたいような気分だった。

第三章　思い出のアレキサンドライト

1

　雪が降り始めた。それを、石の花の窓からぼんやりと眺める。今年は暖冬だ、とそこかしこで耳にしていたのに、十一月末日の昨日どかりと雪が降った。そして、明けた今日の午後、またちらちらと雪が降り始めたのだ。

　明日また雪掻《ゆきか》きが必要となるだろう。窓から見える通りは、白一色だ。

　さんさから四ヶ月が経った。雪衣はあいかわらず店にやってこない。彼女はいまどうしているのだろう。ぼくをどのように思い返しているのだろう。

　携帯を取り出し、内蔵されている電話帳を表示させる。藤沢雪衣の名前を選択し、発信ボタンを押した。もう何度となく繰り返してきた行為だ。しかし、一度として雪衣が出たことはない。そして、いまもまた繋がらなかった。

　雪衣をあきらめきれずに電話をしているわけではない。日が経つにつれて、彼女の切実さが身に染みるようになった。彼女は本当はぼくにではなく、藤沢に抱いて欲しかったはずだ。藤沢に微笑んで欲しくて、藤沢と石の話をしたくて、藤沢と……。

たしかにぼくは雪衣に騙された形になっている。傷つきもした。けれども、彼女の心の痛みを世界中の誰よりも深く詳しく知っているのは、このぼくだろう。そして、ぼくだからこそ、彼女にしてあげられることがあるはずだ。

携帯が繋がらないまま、どうやって雪衣を捜したらいいのか。大学の同じ研究室の中に、地元盛岡出身でひとつ年下の後輩たちが何人かいた。彼らから卒業アルバムを借りて、雪衣を捜すことも試みたが、彼女を見つけることはできなかった。

盛岡市内と隣接する市町村の高校は、公立と私立を合わせて二十校近い。そのすべての卒業アルバムを調べあげるうまい方法を見つけられなかったし、雪衣がもっと遠い高校に通っていた可能性も否定できない。

「桜井」

社長がカウンターの奥のドアから入ってきた。

「はい」

「新人君の運転につき合ってやって欲しいんだ。彼、雪道でどれくらい運転できるかわからないって言うからさ」

数日前、類家さんの市役所試験の結果が発表になった。類家さんは九月に行われた二次試験も見事に受かったのだ。晴れて来年からは市役所勤めだ。そして、来年は類家さんがアルバイトから抜けてしまうので、新たにアルバイトを雇うことになったのだ。

「彼、駐車場で待ってるから、早く行ってやって。店番はおれがやっとくから」

社長がカウンターの中からワゴン車のキーをトスしてくる。

「あったかいコーヒーいれて待っていてもらえると、嬉しいんですけどね」

「わかってるよ。ほら」

社長はすでに薬缶《やかん》を手にしていた。話がわかる。

駐車場へ向かった。コートの襟を立て、寒さに身を縮こませながら駐車場まで歩いた。降ってくる雪はさらさらとした細かい雪だ。雪に覆われて白く塗り込められた街並みに、さらに白が降りかかる。

「お待たせしました」

とワゴン車の前で待っていた安斎《あんざい》さんに声をかける。

「寒いですね」

安斎さんは二十八なのだが、年下のぼくに敬語を使う。男としては線の細い人で、神経質そうな顔立ちをしている。東京の大学を出て横浜で就職したらしいのだが、それをやめて実家のある盛岡に帰ってきたのだそうだ。いまは盛岡で仕事を探している最中らしい。そして、運転免許は向こうで取ったため、雪道の運転が不慣れであるらしく、練習してもらうことになったのだ。

「やっぱりこの街は寒いですねえ」

と安斎さんは手を擦《こす》り合わせる。

「ぼくも盛岡に来て初めて迎えた冬は、凍え死ぬかと思いましたよ」

「小さいころは平気だったのに、この歳になるとこたえるなあ」

「鍵です」

と車の鍵を安斎さんに渡した。

「不安だなあ」

「大丈夫ですか？」

「まあ、頑張ってみますよ」

安斎さんの愛想笑いは、さらにぼくを不安にさせた。

助手席に座って、エンジンをかける安斎さんを見守る。いつも運転席にばかり乗っていたので、助手席はどうも落ち着かない。尻がムズムズする。

「安斎さん。前もって言っておきますけど、この車はオートマ車なのに、マニュアル車みたいにエンストを起こすんです。だから、アクセルを急に踏み込まないように気をつけてくださいね」

このワゴン車は原因不明のエンストを起こす。信号待ちしたあとや、カーブを曲がったあとにアクセルを強く踏み込むと、エンジンが停まってしまうのだ。初めてそうした状態に陥ったときは混乱して、あやうく事故を起こしかけた。

安斎さんはしがみつくようにハンドルを両手で握り締め、ワゴン車を発進させた。駐車場から通りまでそろそろと進む。そして、左右の確認をしすぎるほどしてから、やっと道に出た。

「雪の中を走るのって本当に初めてなんですよ。緊張します」

と安斎さんは遠慮がちにアクセルを吹かした。ワゴン車はのろのろと石の花の前を通りすぎる。

運転が慎重なのはいいことだ。しかし、それにしても安斎さんの運転は遅かった。老人の自転車が雪の歩道をよろよろと走っていたが、それと並走している。

「もう少しスピードを出してみましょうか」

「いや、まだ無理ですよ」

「このまま四号線まで行ってみましょうよ」

「もう、国道に出るんですか？　でかいトラックは多いし、スピード出している車ばかりですよ。ぼくじゃ危ないですよ」

「このまま街中を走っているほうが危ないですよ。歩行者も多いし、信号もあるし。四号線なら一度走ってしまえばあとはずっと真っ直ぐですから。さあ、もうちょっとスピード出してみましょう。運転はいまのところ問題ないですよ」

安斎さんは頷《うなず》くと、おそるおそるアクセルを踏んだ。

なんとか無事に四号線に出て、そのまま南下する。周りの車は八十キロ以上のスピードを出していて、あっという間にワゴン車を追い抜いていく。安斎さんは法定速度ぴったりに走らせるので、まるで亀にでも乗っているかのような気分だ。

やがて、北上川を渡る。河川敷も土手もその周りの田畑もすべて雪で真っ白だ。その中を流れる北上川は、まるで雪原で身をよじらせている黒い大蛇のようだ。

四号線をそのまま走ってもらっていると、次第に安斎さんも慣れてきたらしく、ハンドルからそっと左手を放した。ちらりと横顔を窺うと、いくらか余裕が出てきたように見える。安堵のため息をついてから、窓から見える景色を見た。

自然と雪衣の顔が浮かんでくる。

家から外に出ても石の花にしか行かない、と雪衣は言っていた。それならば、いま彼女は家にこもりきりの生活をしているのだろうか。さんさの夜、友人らしき青い浴衣の女の子からも逃げた彼女だ。普段会話する相手もいないのではないだろうか。

「ねえ、桜井君。どこまで四号線を下ればいいのかなあ」

と安斎さんが不安そうに言ってきた。我に返って周りを見回す。道路の案内標識に花巻の文字が見える。かなり下ってしまった。

「ぼうっとしてました。すみません。戻りましょう」

適当な交差点で曲がってもらい、更地を見つけて方向転換する。そして、四号線に出る信号に向かってもらった。

「安斎さん、すいません。ちょっと考えごとしてて。遠出しちゃいましたね」

「いや、そんなに謝ってもらうとこちらも困ります。それに、長く走ったおかげで運転にも慣れましたしね」

安斎さんはにこやかに笑った。そして、自信満々に片手運転しながら言った。

「通常の出張は遠くまで行くんですよね？　どうなることかと心配でしたが、なんだか楽しみになってきましたよ。雪道の走りかたもだいぶわかってきましたし、周りを見る余裕もできてきましたしね」

四号線に合流する交差点の信号はちょうど青だった。このまま進めば、信号に間に合って
いた。しかし、安斎さんがまたこわごわとアクセルを踏んだために、車のスピードは上がらなかった。そして、交差点に進入したのは、ほとんど赤のタイミングだった。

安斎さんは慌てた。左折して、立ち上がりに思いきりアクセルを踏み込む。しかし、それがいけなかった。このワゴン車の悪い癖が出た。エンジンが停まったのだ。

「あれ？」

と安斎さんが頓狂《とんきょう》な声をあげる。突然ブレーキを踏んだ。車体ががくんと揺れて、タイヤが滑る。そして、エンジンが停止しているためにブレーキは利かず、車は惰性で進んだ。

ぼくは慌てて指示を出す。

「ブレーキを踏まないで、エンジン切って」

助手席から手を伸ばして、ギアをニュートラルに入れる。

「エンジンかけて」

安斎さんが急いでキーをひねった。エンジンが回る。ギアをドライブに戻してやると、車

は持ち直して走り出した。後ろからライトでパッシングして煽《あお》ってくる車がいるが、それは無視する。それよりも、一瞬で何が起こったかわからずに混乱している安斎さんのために、最寄りのコンビニで車を停めさせた。

「落ち着きましたか」

と、フロントガラスを呆然と見る安斎さんに訊《き》く。

「あ、はい……」

「出発する前にも言いましたけれど、この車、いきなりアクセルを踏むと駄目なんですよ。オートマなのにエンストするんです」

「わかりました。でも、本当にびっくりしましたよ」

「焦りますよね」

「それにしても、桜井君は冷静でしたね」

「慣れですよ、慣れ。何度もあんな目にあってますからね」

「きっと電気系統ですね。壊れているのは」

「電気系統？」

「はい。高電圧を各気筒に分配するディストリビューターが、劣化しているからだと思います。もしこのまま車を修理しないでほっておくと、いつかエンジンが燃えますよ」

「詳しいですね？　車が好きなんですか？」

「いや、好きというより、仕事でしたから」

と安斎さんは笑った。

「仕事？」

「自動車メーカーの性能開発部にいたんです」

「へえ。そうなんですか。なんだか堅そうな仕事ですね。一日中ひとりっきりでパソコンとにらめっこしてるような」

「たしかに一日中パソコンにはつきっきりですけれど、そんなにひとりっきりの仕事というわけではないんですよ」

「性能開発と聞くと、孤独な作業のような気がして」

「いえいえ。新しいものを生み出そうとするときは、個人の力だけではどうにもならないものです。だから部署内でのミーティングを細かく行ったり、自由に意見を出し合ったりして、共通の目標に向かっていくものなんです」

「なるほど」

社会人としての経験を語られると、それまで頼りなさそうだった安斎さんがとても大人っぽく感じられる。

再び四号線に戻り、盛岡に向けて北上する。安斎さんは再びおっかなびっくりの運転に戻ってしまったが、この車にはそのほうがいいかもしれない。

「込み入ったことを訊くようですけれど、安斎さんはどうして盛岡に戻ってきたんですか？」

安斎さんは一瞬言葉を詰まらせたが、笑みを浮かべてから言った。

「結婚するつもりで戻ってきたんですよ」

「結婚するつもりで？　ということは……」

結婚はしていないということだ。

「そうです。ぼくは結婚するつもりで戻ってきたんですけれど、ご破算になっちゃったんですよ。いや、こういう場合はご破算じゃなくて、ご破談というのかな？」

それから、安斎さんはそのまとまらなかった結婚話について語ってくれた。

「彼女は高校のときの同級生だったんです。ぼくは東京に出てしまったけれど、彼女は仙台の大学に進学したんです。そこからはいわゆる遠距離恋愛ですね。さらにぼくは大学を出たあと横浜の会社に入っちゃいましたから、十年の遠距離恋愛でした。それでも、なんとかその遠距離恋愛は成就《じょうじゅ》して、ぼくは盛岡に帰ってきたんです。でも、駄目だったんですよね」

「何が原因だったんですか」

「彼女は大学を卒業したあと、盛岡で銀行員になったんですが、まだ結婚よりもキャリアアップしたいって急に言い出しましてね。式場も予約してあったのに、キャンセルしてくれって」

「マリッジブルーってやつですね？」

「さあ、どうなんでしょうねえ」

安斎さんは暖房で濁った空気を入れ換えたいのか窓を開けた。冷たい外気が車の中に吹き込んでくる。

「いま、その彼女とは？」

「いろいろともめて、結局別れちゃいました」

「そうですか……」

「不思議でしたよ。十年離れ離れでもなんとか乗り越えてこられたのに、いざいっしょに住んでみたら関係が終わるなんて。毎日顔を合わせていたら、互いに本当はあんまり好きじゃないことに気づいてしまった、という感じですかね」

車内には冷たくて清々《すがすが》しい空気が満ちていく。しかし、安斎さんはその清々しさを拒むようなやりきれなさを漂わせていた。


石の花に戻ると金田が来ていた。窓際のテーブルに社長と向かい合って座っている。ふたりとも深刻そうな顔つきだ。

金田は大学八年目を迎え、いよいよ卒業の見込みがなくなった。だから、大学をやめざるをえなくなったのだ。それで、その後の進路について、社長が相談に乗ってやっているのだ。間の悪いところに帰ってきてしまったな、と思いながら、

「行ってきました。安斎さんの運転はばっちりでしたよ」

と報告する。

「そうか。お疲れ」

社長は安斎さんにも微笑みかける。安斎さんは社長に会釈したあと、

「どうも」

と金田にも挨拶をした。金田は無表情のまま頷く。それは挨拶を返したというより、ただ顔を伏せただけにも見える。機嫌が悪いときの金田だ。

「ふたりとも、今日はもうあがっていいぞ」

と社長が言ってくれる。

「もういいんですか」

「ああ。このあとの店番はおれがやっておく」

温かいコーヒーを飲んでから帰りたかったな、と思いながら、帰り支度をする。すると、金田が話しかけてきた。

「類家、市役所の試験に受かったんだってな」

「ええ。この前やっと発表になったんですよ。今度は卒論で忙しくて、外に出られないみたいですけどね」

「おめでとうって言っておいてくれよ」

「わかりました」

「それで、おまえのほうはどうなってるんだ？」

金田の質問の意味は、ぼくが雪衣とうまくやれているのかどうか、という意味だ。

「まあまあですよ」

「うらやましいな」

「そうですか?」

「歩いているとさ、クリスマスソングが流れてくるだろ? ああいうの聴くとさびしくなっちゃってさ」

「金田さんもいい人見つけてくださいよ」

「おれは駄目だよ。大学も出られないで、職もなくて、仕事に生かせる資格もない。ないない尽くしだよ」

卑屈さもあらわに金田は言った。そして、投げ遣りに続ける。

「別にさ、おれはいまのバイト生活のままでもいいんだけどね」

それまで黙って話を聞いていた社長の目が険しくなった。

「金田。おまえももう二十七だろ。それで大学中退で仕事もないなんて、まずいと思わないのか」

「かまいませんよ。別に自分で食べていくだけなら、困りませんから」

「それがいけないって言うんだよ!」

社長は拳でテーブルを叩いた。

「なあ、金田。自分の視点だけでものごとを考えていい年齢じゃないだろ。それに、おまえはまだ仕送りしてもらってるんだろ?」

「はい」

「その両親の気持ちになって考えてみろ。自分はアルバイトで食べていけるからいい、なんて恥ずかしくて言えないはずだろ。情けなくないのか。いちばん身近で、いちばん心配してくれている両親さえ安心させてやれなくて」

金田は黙り込む。

「自分の人生なんだからな。働くということに対してもうちょっと真面目に考えてみろ」

「はい」

「じゃあ、本題に入ろうか」

社長はいくつかの会社案内のパンフレットをテーブルの上に広げた。

「よろしくお願いします」

と金田が頭を下げる。しかし、気乗りしていないのは、傍《はた》から見ていて明白だ。やはり、金田はこの佐川ミネラル社で働きたいのだ。

「それじゃあ、社長。お先に失礼します」

と挨拶をする。社長がこちらを向いて、軽く手をあげた。金田はパンフレットに視線を落としたままだ。佐川ミネラル社が新たに社員を採用して、給料を払える余裕がないことは、彼にもわかっているのだろう。金田が少しかわいそうになる。

店を出て、安斎さんとふたりで紺屋町を歩いた。安斎さんは地面の雪を見たまま言った。

「耳の痛い話でしたよ。こっちも二十八にもなってアルバイトの身ですから」

「でも、安斎さんは個人的な事情があって、仕事が見つかるまでの繋ぎとしてアルバイトをしてるんじゃないですか。それは、しょうがないですよ」

「ええ、まあ……」

「それに、ちゃんと一度は社会に出てるんですから」

「そうですけれどね」

安斎さんは不自然な感じで言葉を濁した。

「桜井君は卒業したらどうするつもりなんですか」

「ぼくですか」

「あと二、三ヶ月もすれば就職活動が始まるじゃないですか。人生の分岐点ですよ」

「まだ、何も決めてないんですよね」

東京に帰るのだろうな、とぼんやり考えることはある。けれども、どんな職種に就くのか、どんな目的を持って働くのか、まったく考えていない。社会に振り分けられ、拡散していく砂粒のひとつ。大学卒業後にぼくが迎える人生とは、そういった漠然としたイメージがあるだけだ。具体的な将来などいっこうに見えてこない。

「桜井君はまだ若いんだから、いくらでも選択肢があるじゃないですか」

「たしかに選択肢はありますよ。しかも、次男なんで、どこでどんな職業に就いたってかまわないって両親から許しは出てるんですよね。だけど、いまがまさに人生を決める分岐点だ、と言われても実感が湧かなくて」

「仕事を選ぶということと、生き方を選ぶということが、重ならないんでしょう？」

「そう言われると、そんな気もします」

自分がどんな人生を送るのかわからないのに、とにかく仕事は選べとせっつかれているような気持ちになる。

「難しいところですよ」

と安斎さんがつぶやく。結婚のために仕事をやめて盛岡に戻ってきたにもかかわらず、その結婚自体が白紙になった安斎さんの言葉には、やはり重みがあった。

大正時代に作られた番屋のある角を曲がる。ハイカラさを感じさせる木造洋風の番屋だ。望楼はいまでも消防団が火の見櫓《やぐら》として使っているらしい。

安斎さんが懐かしげに番屋を見上げて立ち止まる。ぼくも並んで目線を上げる。

「あら、佐川さんとこの」

と声がした。見ると、西村《にしむら》のおばさんが愛嬌《あいきょう》のある笑みを浮かべて立っていた。西村さんは石の花と同じ通りに面するリサイクルショップの店長だ。

「新人さんです」

と安斎さんを紹介すると、西村さんは笑いながら言った。

「あらそう。いい店見つけたわね。あそこは時給が安いけれど仕事は楽だからね」

「ひどいこと言ってくれますねえ」

「何言ってるの。本当のことでしょ。本当のことはあらかじめ知っておいたほうがいいに決まってるでしょう。まあ、新人君も高い時給が欲しくなったら、いつでもうちにおいで。稼がせてあげるから」

「西村さん、それじゃ引き抜きですよ。いくらアルバイトがすぐやめちゃうからって」

西村さんが経営しているリサイクルショップは仕事がきついと評判で、すぐアルバイトが逃げ出してしまうのだ。

「大丈夫よ。ちゃんと大切にするから。ねえ、どう？」

すると、安斎さんが生真面目な顔をして答えた。

「検討させていただきます」

西村さんが声をあげて笑う。

「真面目な人じゃないの。ますます欲しくなったわ」

「駄目ですよ、引き抜きは」

「わかったわよ。じゃあまたね。社長によろしく言っておいて。そのうち遊びに行くから」

「ただ遊びに来ないで、何か買ってくださいよ」

「それはおあいこでしょ」

西村さんは軽やかに手を振って去っていった。それを会釈しながら笑顔で見送る。

「仲がいいんですね」

と安斎さんが訊いてくる。

「ご近所さんですからね」

実家を離れて、知人がひとりもいない盛岡に来て三年が経とうとしているいま、西村さんのように気安く話せる年上の人ができたことが嬉しい。自分で切り開いて、自分で築き上げた人間関係という感じがする。

「西村さんは石の花の常連さんなんですよ。でもですね、噂では社長本人が目当てで店に来てるっていう話もあるんです。西村さんは独身ですし」

「独身なんですか。五十歳くらいですよね」

「ええ。父親の仕事を手伝っているうちに婚期を逃したとか」

「しかし、あの店長さんも老けましたね」

「え?」

思わぬ安斎さんのひと言に、驚いた。

「西村さんのことを知ってるんですか」

「知ってるというか、小学生のころ、あのリサイクルショップによく行ってたんですよ。ぼくの家はここから近いですから」

「へえ。それなら、石の花も知ってたんですか」

「よく行ってました。もう二十年前になりますね」

「びっくりですね。二十年前の石の花を知ってるなんて」

「あのころ、小さな水晶だったら三百円くらいだったかな。だから、週三百円の小遣いを貯めて石を買ったりしてね。それから、初めて見る不思議な石たちに囲まれて過ごすのが、とても楽しかったのをおぼえてますよ」

石の花が石を売る店としてオープンしたのは、二十年前と聞いている。だから、安斎さんはオープンしたての店に通っていたことになるのだろう。

「社長のことも知ってたってことですよね」

「社長はぼくのことをおぼえていなかったみたいですけれど」

「昔の社長ってどんな感じでした？」

「こわかったですよ」

「体が大きいからですか」

小さいころ、体が大きい人と面と向かうだけでもこわかったおぼえがある。

「たしかに、昔から社長は大きくて威圧感がありましたよ。でも、こわかった理由はそれだけじゃなかったんです」

「それは、どんな？」

「社長は店番してるあいだ、ひと言も話さなかったんですよ。いつ行っても、むすっとしたままで」

「愛想が悪かったってことですか」

「ええ」

「いま社長はにこにこ笑って店番してますけど……」

無愛想な社長など、想像できない。たとえ二十年前だとしても。

「でも、ぼくが小学生のころは、社長はとにかく笑わない人で、いなければいいなあって思いながら店に行ったもんです。まあ、社長がこわくても、ぼくはおばちゃんが好きでしたからね。きれいなおばちゃんに会えればそれでいいやって」

「おばちゃん?」

「おばちゃんというのはいけませんね。あのころ、あの人は三十歳くらいだったろうから、ちょっと歳のいったきれいなお姉さんという感じですかね」

「誰のことですか」

そう訊き返すと、安斎さんは意外そうな顔をして言った。

「社長の奥さんのことですよ」

「ハルコさんですか!」

安斎さんは在りし日のハルコさんを見たことがあったのか。十年ほど前に胃癌で亡くなったというハルコさんを。

ハルコさんが亡くなったことを伝えると、安斎さんは途端に青褪《あおざ》めた。

「そうだったんですか……。驚きました。本当に知りませんでした」

安斎さんはまるで自分に落ち度があったかのようにつぶやく。

「そりゃあ、知らなくて当たり前ですよ。十年前といったら、安斎さんはもう東京に行ってたはずですから」

「いや……」

安斎さんはよほど落胆したのか、短く言葉を切った。

「奥さんはきれいでやさしい人でしたよ。かつてバレエをやっていたらしくて、普段から背筋がぴんと伸びてましたね。ときどきはポーズを取ってくれましたよ。これがアチチュード、これがアラベスク、なんてね」

安斎さんは片足で爪先立ちになり、もう一方の足を不恰好に後方に伸ばす。奥さんの見せてくれたバレエのポーズを真似てみせるつもりらしい。しかし、一秒も保たずにバランスを崩した。

「あの狭い店内でバレエのポーズを？」

「そうですよ。片足で爪先立ちになって、もう片方の足を後ろにピーンとまっすぐ上げるんです。それでも、奥さんがバランスを崩したことは一度もありませんでしたね。本当にきれいでした。細い手足がすらりと伸びて、微動だにしないんです。まるで、奥さんひとりが地球の重力から解放されているみたいでした」

「見てみたかったですね」

ぼくは想像の中で、石の花の店内に立つひとりのバレリーナを思い描いた。

「奥さんは、ぼくが初めて女性として意識した人だったんです。早い話が初恋の人だったんですよ」

と安斎さんは照れた。

「石の花に通ってたことを社長に言っていないですよね」

「ええ」

「明日、話してみましょうよ」

「それはやめて欲しいんですよね」

「どうしてですか」

「こんなことを言うのは恥ずかしいんですが、いまだに社長がこわいんですよね。向かい合うと言葉が出なくなっちゃうんですよ。子供のときの気持ちに戻っちゃうのかもしれません。だから、小さいころのこわさを忘れるために、社長とは大人どうしの視点でつき合いたいんですよ」

「でも……」

「お願いします」

安斎さんは深く頭を下げた。

「わかりました……。顔を上げてください」

「すいません」

「その代わりと言ってはなんですけど、またハルコさんの話を聞かせてくれませんか。社長ってハルコさんのこと全然話したがらないんですよ」

「それなら、いまひとつ思い出したことがあります。お店で奥さんとふたりきりになったとき、こっそりと教えてもらったことがあるんです」

「こっそりと？」

「はい。実はですね、石の花は奥さんの要望で始めた店なんですよ。宮沢賢治のファンだった奥さんが、鉱物を売る店を開くのが長年の夢だったらしくて」

「そうだったんですか」

「それから、奥さんはこんなことも言ってました。社長はこわそうに見えるかもしれないけれど、とてもやさしい人なのよって。石売りの夢を叶えてくれた、世界でいちばん大切な人なのよって」

石の花の開店秘話を初めて知った。石の花の、くすんだ木肌を見せる柱も、古色に彩られた漆喰《しっくい》の壁も、社長と奥さんの仲睦まじい日々を眺めていたのだろう。

「社長は、ハルコさんが望んだ店を、そのまま守り続けているんですね」

「そういうことになりますね」

ぼくはしみじみとした気持ちになった。

「やっぱり安斎さんは、二十年前に石の花に来ていたことを社長に話すべきですよ。きっと、懐かしがってくれますよ」

せっかくハルコさんの思い出を共有しているのだ。社長にも伝えたほうがいい。

「だから、それは勘弁してください。ぼくとしては、思い出は思い出のままにとっておきたいんです」

安斎さんは引き下がる気配をまったく見せなかった。

「そうですか。残念です……」

無理強いすることはできなかった。

2

十二月に入ってから、雪は毎日降り続いた。寒さも日増しに厳しくなっていく。軒下に並ぶ氷柱《つらら》は、気づけば数十センチにまで伸びているという有様で、店内から窓に下がる氷柱を見れば、怪獣の口の中に入るような心地がする。

朝の七時、仙台への出張販売に出かけた。とうとう安斎さんの出番となった。東北自動車道を南下していく。仙台宮城インターチェンジまでは約百八十キロだ。

「大丈夫ですかね、ぼくの運転で」

と何度も繰り返しながら、安斎さんはワゴン車のハンドルを握る。サイドミラーにちらちらと何度も目をやる。かえってそのほうが危なっかしい。

「いいんだよ、ゆっくり走っても」

後部座席の社長が安斎さんにアドバイスする。

「わかりました」

「桜井が初めて運転したときなんか、びびっちゃって高速を六十キロで走ったんだぞ。それも雪のない夏の路面だっていうのにな」

「それは免許取ったばっかりだというのに、金田さんに無理やり運転させられたからですよ」

助手席から社長を振り向いて抗議する。社長は悪い、悪い、というふうに笑ってみせる。そして、社長の隣にいつも陣取っていた金田がいないことに、わかっていたはずなのにはっとさせられる。

金田は大学を中退し、警備会社に就職した。いまはその研修中。三十時間以上の警備員教育を受けなければ、正社員になれないらしい。

都合二年半ほど、金田といっしょに働いたことになる。彩名との一件も含めて、あまりいい関係を築けなかった。そのことが金田がいなくなったいま、急に悔やまれるようになった。

「金田さん大丈夫ですかね。ちゃんとやれてますかね」

と社長に訊いてみる。

「どうだろうな。研修は大変だって聞いてるが、金田が自分から踏み出したんだ。やり遂げて欲しいよな。それに、ちゃんと正社員になれば一号警備につけるらしいからな」

「一号警備ってなんですか」

「ビルとかデパートとか病院などの施設警備のことだよ。二号が道路工事現場や建設現場で働いている警備員さん、三号が現金運搬の護送とかで、四号はいわゆるボディーガードだ。それで、一号の常駐警備のほうが、二号よりは楽だろうからな。特に冬の盛岡じゃ」

「そうですね」

「そうだ。安斎君も紹介してやろうか？　仕事まだ見つからないんだろ？　まだ人員募集しているぞ」

社長は安斎さんに話を振る。

「いえ。ぼくは体力がないので警備はちょっと遠慮させていただきます」

と安斎さんは丁重に断った。

仙台宮城で高速道路を降り、仙台の中心部を目指した。すると、高速道路を降りて緊張が解けたらしい安斎さんが、ぽつりともらした。

「懐かしいなあ」

「なんだい、安斎君は仙台に詳しいのかい」

社長は聞き逃さなかった。

「いや、あの」

と安斎さんはしどろもどろになる。

「詳しいの？　詳しくないの？」

「詳しいです」

「どうして」

安斎さんは困ったように首をひねった。なかなか言葉が出ない。

「まあ、無理にとは言わないが」

と社長が言うと、かえって慌てふためいて安斎さんは言った。

「大学生のとき、仙台に遠距離恋愛の相手がいたんです。いまは別れてしまいましたが」

「遠距離恋愛か。つらかっただろう」

「それで、東京から新幹線に乗ってよく仙台まで来ていたんです。よくと言っても、月二回くらいでしたけれど」

「月二回だって多いだろう。電車代も高くつく。新幹線だと往復二万くらいかな」

「そのくらいです」

「よく一介の学生がそんなに金を持ってたものだ。月に二回も仙台に来るということは、一年に五十万近く使ってたってことだろ？」

「ぎりぎり捻出していたんです」

安斎さんの大学卒業後の進路を知っているぼくとしては、口をはさまずにいられなかった。

「安斎さんは大学卒業したあと横浜で就職して、その彼女は盛岡に戻ってきたんですよね？つまり、ふたりの距離は遠くなったってことだから、さらにお金がかかったんじゃないですか。全部で十年間の遠距離恋愛じゃ」

「大変でしたよ……」

と安斎さんが頭を掻く。

「なるほどなあ。人に歴史ありってやつだな」

社長が感慨深げに言った。

「そうですね」

と社長の言葉に相槌を打つ。

しかし、惜しいと思った。もし安斎さんが昔の石の花を知っていることを社長に伝えたら、感慨深いどころじゃなくて、社長の腰を抜かせることだってできるはずだ。小学生のころの安斎さんが社長とハルコさんに会っていた過去を披露できるならば。

青葉通りに面するデパートで開催した展示販売会は滞りなく進んだ。しかし、最終日のことだ。

仕事に不慣れで疲労を隠せない安斎さんを、午前中の十一時には昼休憩に行かせた。安斎さんは、きっちりと仕事をしてくれるのだが、几帳面すぎて融通が利かないところも多々あった。あれでは気疲れするのも当然だ。

安斎さんが休憩に行ったあと、社長とふたりで接客を続けたが、客足はいまひとつ伸びなかった。そのために、ぼくも休憩に行くことになった。

せっかくなので安斎さんといっしょにお昼を食べようと思い、彼の姿を探して歩き回った。サロンのそばの飲食店を探したが、姿は見えない。しかたないので、エスカレーターでほかの階に移動した。

エスカレーターで三階まで下ったときだ。エスカレーターの先頭に安斎さんの後ろ姿が見えた。追っていくと、安斎さんは文具売り場へと入っていく。

安斎さんはサインペンやボールペンが並んでいる棚の前を、ふらふらとうろついていた。いつもの安斎さんとは明らかに様子が違う。挙動不審なのだ。

声をかけそびれていると、信じられないことに、安斎さんはサインペンを鷲づかみにし、そのままポケットに突っ込んだ。そのまま売り場を立ち去ろうとする。万引きだ。

「安斎さん」

と声をかけようとしたとき、同時に、

「ちょっとあなた」

という女性の声がした。ぼくとその女性は安斎さんをちょうどはさみ込むようにして立っていた。

女性は四十歳くらいで、デパートの買い物に来ているおばさんとなんら変わらない恰好をしている。しかし、耳にイヤホンをしていた。きっと無線用のイヤホンだ。私服の警備員に違いない。

「いまポケットに入れたものを、出しなさい」

とおばさんが言う。まずい事態だ、と思った。これから先、佐川ミネラル社はこのデパートの催事場を使わせてもらえなくなるかもしれない。

ぼくはとっさに、ひと芝居打った。

「まだ酔っぱらってるんですか、安斎先輩」

私服警備員のおばさんは、怪訝そうな顔をする。共犯と疑っているようだった。

「ああ、ほんとにすみません。先輩ったら酔っぱらっちゃって」

と朗らかにそのおばさんに話しかける。おばさんは無言で疑わしげな目をした。

「先輩と久々に再会して昼間っからデパートでビールを飲んでたら、ついつい酔っぱらっちゃいましてね。それも、大ジョッキの早飲みで勝負していたんですよ。それで、こっちが勝ったら、いつもぼくが使っているサインペンを買ってくることを条件に出したんです。そうしたら、買ってくるんじゃなくてこんなことしちゃって。ほんとすみません」

茫然自失といったふうに立ち尽くす安斎さんのポケットから、サインペンをつかみ出し、おばさんに差し出す。

おばさんは顔色ひとつ変えない。じっとぼくを見る。鋭い眼光だ。いやな汗が額に浮かぶ。しかし、ひとつだけ救いがあった。それは、安斎さんの視点が、本当に酩酊《めいてい》状態であるかのように定まっていなかったのだ。

「気をつけなさいよ」

とおばさんはぼくの手からサインペンをふんだくった。

「飲みすぎに気をつけます。それでは」

ぼくは急いで安斎さんの腕をつかんで歩き出した。

「今度やったら、警察に通報するからね」

おばさんは押し殺した声で言った。ぼくの嘘など簡単に見抜いたようだった。

安斎さんとファーストフード店に移った。そのあいだずっと安斎さんは無表情のままだった。それが自分のしたことに対する後悔のため、というのならばまだ話はわかる。しかし、ファーストフード店のカウンターに行った安斎さんは、淡々とした口調で、

「チーズバーガーセットに烏龍茶《ウーロン》のM」

と注文をこなしたのだ。食欲はしっかりとあるらしい。それがひどく腹立たしかった。

「何をやってるんですか。自分のやったことをちゃんとわかってるんですか」

席に着いてから安斎さんをなじった。しかし、安斎さんは何も答えずに、黙々とチーズバーガーを食べ続ける。いったいどういうつもりなのだろう。神経質そうに見えて、じつは厚《こう》顔《がん》無《む》恥《ち》な人なのだろうか。

「社長に迷惑がかかったら、どうするつもりだったんですか。他人の迷惑を考えたりしないんですか」

と詰め寄る。すると、安斎さんはひとつびくんと痙攣した。目が一瞬白目を剝く。驚いてあとずさりする。すると、いきなり吐いてしまった。周りのテーブルから、きたない、という悲鳴があがる。

「安斎さん？」

本当に何がどうなっているのか、ぜんぜんわからなかった。

社長には安斎さんの万引きの一件を報告しなかった。体調不良のために食べた物を戻してしまった、とだけ伝えた。風邪だろうという話に落ち着き、安斎さんはアルバイトを休むこととなった。そして、仙台から帰って一週間後、安斎さんが石の花にやってきた。夕暮れどき、社長が外出しているあいだのことだ。

店にやってきた安斎さんはひどく陰鬱な顔をしていた。お互い挨拶を交わしたが、安斎さんは視線を落としたままだった。話しかけづらくて、黙ったままカウンターの止まり木に並んで座った。耳の奥に鉛を入れられたかのような重い沈黙に包まれる。

耐えきれなくなって、ぼくから切り出した。

「コーヒー飲みませんか」

「お願いします」

安斎さんはカウンターの木目を見つめたままつぶやいた。

厨房にはコーヒーの入れられた魔法瓶が置いてある。社長が出がけに作っていったコーヒーが入っているのだ。白いカップにコーヒーを注ぎ、安斎さんに出した。

「おいしいです」

コーヒーから立ちのぼる湯気の中、安斎さんの表情がやわらいだように見えた。

自分の分のコーヒーを注ぎ、安斎さんの隣の止まり木に座って飲んだ。

「アレキサンドライトって高価な石なんですよね？」

唐突に安斎さんが言った。なぜアレキサンドライトの話題を持ち出したのかわからなかったが、

「ええ、もちろん」

と答える。アレキサンドライトとは、金緑石《きんりょくせき》という日本名を持つクリソベリルの亜種だ。

「アレキサンドライトについてぼくもいろいろと調べてみたんですが、どの本を読んでも珍しい石と書いてありました。本当なんですか」

「珍しいですよ。変色性を持ってますからね」

「太陽や蛍光灯のもとでは緑色をしてるけど、火や白熱灯では赤い色に変わるってやつですよね？」

「はい。名前もいいですよね。皇帝の名前を冠してるんですから。ぼくらアルバイトのあいだではアレキと呼んでます」

アレキサンドライトは十九世紀にロシアのウラル山脈で発見された。昼間太陽のもとで緑色をしていた石が、夜ろうそくの灯りのもとでは赤色をしていた。これは奇妙な石だと騒ぎになり、時のロシア皇帝ニコライ一世に献上されたのだ。そして、献上された日が皇太子の誕生日であったために、その名にちなんでアレキサンドライトと名づけられたのだという。皇太子はのちの皇帝アレキサンドル二世だ。

「いまどのくらいの値段がするんですか。それも、ロシアの原石だと」

「ロシア産の原石ですか？　よくわからないですね……。宝石のロシアン・アレキサンドライトもいまや入手困難の幻の宝石ですから、原石なんて市場に出てないと思いますよ」

「幻ですか……」

「ロシアのアレキは色変わりの原因になるクロムの含有量が多いんです。アレキは色変わりが明らかなほど高価ですから、ロシアのものは高いんですよ」

なぜアレキの話を持ち出してきたのだろう。いぶかしさに首をひねる。そして、アレキの話を聞く安斎さんの瞳は変に熱を帯びているように見えた。一週間前の仙台での一件を思い出し、思わず身震いする。

店内が暗くなってきたので、灯りを点《つ》けるふりをして、止まり木から腰を浮かせた。

「いまから二十年前のことです」

安斎さんがぼくを呼び止めるように言った。

「以前、ぼくが小さいころ石の花によく来てたって言いましたよね」

「はい」

「仙台でかばってくれた桜井君には、本当のことを言います。二十年前、ぼくは石の花からアレキサンドライトを盗んだんです。万引きです」

唖然としていると、安斎さんは続けた。

「学校帰りに石の花に寄ってみたら、社長の奥さんが店番していたんです。あの日、奥さんは緑色の石をぼくに見せたあと、こう教えてくれました。これはロシアのアレキサンドライトという珍しい石なのよ、わたしの思い出が詰まった分身みたいな石なのよって。それから奥さんはアレキサンドライトにキャンドルランプを近づけて、緑から赤への色変わりを見せてくれたんです」

安斎さんは傍らにあったセカンドバッグを開けた。そして、その中から白い紙の小箱を取り出す。小箱は手垢にまみれて茶色く変色していたが、それは石の花がいまでも使っている小箱と同じ物だ。

「どうぞ」

と小箱を渡される。小箱をカウンターの上に置き、そっと蓋を開けた。

「なんていう……」

あまりに立派なアレキでぼくは言葉を失った。

大きさは約一センチ。六角板状をしている。色は成熟味を感じさせる青みの緑をしていて、透明度も高い。亀裂も見当たらないし、インクルージョンと呼ばれる含有物も少ない。素晴らしすぎる。まさに、皇帝の前に引き出されたような畏怖《いふ》を感じた。

「どうぞ、手に取って見てください。といってもぼくのものではないんですが」

安斎さんが強張った笑顔で言う。

頷くことは頷いたが、なかなか手が出ない。安斎さんはとんでもないものを盗んだものだ。万引きというレベルの話ではない。これは立派な窃盗だ。もし、このアレキが安斎さんの言う通りロシア産だとしたら、とてつもない値段がつく。

意を決して箱の中のアレキを手に取る。強い存在感を持つ外見に反して、石らしいひんやりとした感触がする。アレキを高く掲げてキッチンの蛍光灯に透かしてみた。厳《おごそ》かな光を宿しているように見える。これはたしかに自分の懐に入れたくなってしまう最高級品だ。

試しに、そばにあったペンライトでそのアレキを照らしてみる。驚きで目眩《めまい》をおぼえた。ペンライトの光を浴びたアレキは、鮮やかな赤に色変わりをした。劇的な変化だ。

「二十年前のあの日、ぼくは赤く色変わりしたアレキサンドライトを見て、本当に奥さんの分身だと思ったんです。アレキサンドライトの生き生きとした赤は、奥さんの血を宿しているためのように思えて、どうしても欲しくなってしまったんです」

血を宿したアレキ。ぼくもそんなふうに思えて、全身に鳥肌が立った。

アレキを盗んだ安斎さんへの怒りは湧いてこない。それより、なぜいまごろになってアレキを持って石の花に戻ってきたのか、その理由が気になる。もう二十年が経っている。しらを切ればいいはずだ。

「クレプトマニアってわかりますか」

安斎さんがうつむいたまま言った。

「いいえ」

「病的な窃盗癖をそう言うんです」

仙台のデパートでの万引き事件を思い出した。たしかに病的という言葉が当てはまった。

「自分で盗《と》りたいと思って盗っているわけではないんです。衝動が抑えられないっていうわけでもないんです。気づいたら盗っていた、という感じなんですよ」

「無意識のうちに物を盗ってるってことですか」

「ええ。盗ったことさえおぼえてないときがあります」

葛藤も罪悪感もないということか。

「ぼくは小学生のとき、ひどいいじめられっ子だったんです。コンパスで刺されたり、カッターで脅されたりするのは当たり前でした。そのうち、徹底的に無視されるようになって、すれ違っただけでも臭いと騒がれるようになって……。間違って肩が触れたときなんて大変ですよ。気も触れんばかりの声で叫ばれたりしてね」

「ひどいですね」

「蛆虫《うじむし》ですよ」

「蛆虫？」

「あのころ、ぼくは蛆虫の気持ちがよくわかりました」

やりきれなさに、言葉をなくす。

「そんなぼくが憂《う》さを晴らすことができる唯一のこと。それが、万引きだったんです」

安斎さんは力なく笑ってから、続けた。

「この前、リサイクルショップの店長さんと会いましたよね？」

「西村さんですね」

「ぼくはあのリサイクルショップでも万引きをしていたんです。だから、店長さんを知ってたんです。それから、石の花でも石を盗っていました」

ぼくはつい顔をしかめた。しかし、安斎さんはそれに気づきもせず、組んだ自分の手を見つめて話し続けた。

「あれから二十年あまり、ぼくは千点以上のものを万引きしてきました。いまはもう盗んだものに興味はないし、盗むこと自体に快感も解放感もありません。それでも盗み続けているという状況なんです。どうしてこんな自分になったのかも、まったくわかりません。ただただ苦しいんです。けれど、ひとつだけはっきりとわかっていることがあります」

「なんですか」

「このアレキサンドライトを盗んだとき、強烈な絶頂感を植えつけられたんです。なんといっても奥さんが自ら分身とまで言った石ですからね。ぼくは憧れていた奥さんそのものを盗んだような気がして、すごい興奮しました。卒倒しそうなくらいでしたよ」

安斎さんの声は上ずった。

「どうしてもやめられないんですか」

「やめるとか、やめないとかの問題ではないんです」

「病院に通うってのはどうですか。心の病気だというのなら」

「カウンセリングには通ってるんです。まあ、それもうまくいってないのは、桜井君の見ての通りです。ぼくはまだ知らず知らずのうちに物を盗っているし、自分が盗んだことを認めようとすると体が拒みます。この前、吐いてしまったみたいに」

「そういうわけだったんですか……」

「結婚が破談になったって言いましたよね？」

「ええ」

「彼女が仕事に専念したがったのが原因だって言いましたよね？」

「はい」

「あれも嘘なんですよ」

「嘘？」

「結婚話が流れたのは、ぼくが万引きで会社をクビになったからなんです」

安斎さんは恥ずかしそうにコーヒーを啜った。

「ぼくにとって彼女はできすぎた女性でした。ぼくが窃盗癖で苦しんでいるのを知っていて、受け止めてくれるような人でした。ときにはひどく叱られもしましたよ。病気を免罪符にしちゃいけないとか、症例をいちいち挙げてきて、病気と思い込んでいるだけで病気じゃないんだとか。厳しかったですね……。けんかもしました。けれども、彼女はそれだけぼくのことを真剣に考えてくれてたんです」

「やさしい人ですね」

「やさしかったです……。ぼくは大学に入ってから過食で苦しむようになって、食べては吐くようなことをしてましたけど、彼女はそんなぼくのそばで励ましてくれてたんです。だから、彼女のために窃盗癖をなんとか治そうと思って、必死に努力しました。その甲斐あって、横浜で就職したころは万引きはやめられていたんです」

頷いてみせると、安斎さんは悲しそうに首を振って言った。

「でも、結婚話がまとまって、盛岡に戻ってきてからが最悪でした。車のセールスマンとして再就職してみたら、ノルマがきつかったり、職場の雰囲気に馴染《なじ》めなかったりで、苛々してしまって。それで、つい……」

「万引きしてしまったんですね？」

安斎さんはがくりと首を折った。

「すぐにクビになりましたよ。苦しくて、恥ずかしくて、頭がごっちゃになってるうちに窃盗癖に歯止めが利かなくなって。盗んでは捕まるような状況になってしまったんです。彼女もさすがにがっかりしたらしくて、結婚はなかったことにしてくれないかって」

コーヒーカップを持つ安斎さんの手は、細かく震えていた。

「ぼくはなんとしても窃盗癖を治したいんです。治して、彼女とやり直したいんですよ」

安斎さんは呻《うめ》くように言った。ぼくは静かに頷く。

「治すためにぼくが思いついたこと。それが、アレキサンドライトを奥さんに返すことだったんです。ぼくに盗む喜びを植えつけたともいえる奥さんの分身を直接本人に返せば、何かが変わるんじゃないだろうかと期待してたんですが」

「でも、ハルコさんは……」

「ええ……。何度か客として石の花に来たときに、奥さんがいないからおかしいなとは思ってたんですけど」

安斎さんがうちのアルバイトに入ったのは、ハルコさんの行方を知りたいがためだったのかもしれない。

「桜井君に、奥さんが亡くなっていることを教えてもらってからは、せめて社長に返そうと思ったんですが、こわくて言い出せなくて」

「社長はこわくなんかないですよ。心底いい人ですって」

ぼくはくだけた口調で言ってみた。

「いや、こわいですよ。どう怒られるかわかったもんじゃないですよ」

「そりゃあ、叱られるでしょうけれど、なんとか勇気を持ってアレキを返せませんか」

安斎さんは両目をつぶった。そして、十秒ほどしてから目を開ける。

「あの、桜井君」

「はい」

「言いにくいことなんですが、決心が固まったらアレキサンドライトについてはぼくから社長に打ち明けます。きちんと謝りもします。だから、この件はまだ社長に黙っていてくれませんか」

真剣な瞳でぼくを見る。自分自身と闘おうとする意志を感じた。信じてもいいと思った。

「わかりました」

「ありがとうございます」

首尾よくいって欲しい。アレキの返却も、破談になったといっている彼女とのことも。ぬるくなったコーヒーを啜った。社長のコーヒーは冷めてもうまかった。

3

夜の街をぶらついた。アルバイトの帰りだ。まっすぐアパートに帰るものさびしさに、遠回りしてわざと街中を歩く。

アーケード街を歩き散らした。雪は降っていないが風が強く、時として地吹雪が舞った。すれ違う人々が首を縮こめて歩いていく。

歩けども歩けども、クリスマスソングが絶えず聴こえてくる。アーケード街に面するショーウィンドウは光に満ち、サンタクロースの人形をそこかしこで見た。金田は言っていた。街中のクリスマスソングを聴くとさびしくなる、と。まったくもってその通りだ。

雪衣が蛍石《ほたるいし》を彼氏にせがんだのは、ちょうどいまごろだったのだろうか。そう思うと、ますますさびしくなった。

大通りは一方通行のために、車が渋滞して道を埋め尽くしていた。うんざりした顔でハンドルを握るドライバーたちを眺めてから、空を見上げる。風が強いために空には雲がなく、冬にしては珍しく星が鮮やかだ。けれども、星がきれいであることを告げる人はいまのぼくにはいない。

スクランブル交差点で立ち止まり、見るともなしに向こう側を見た。

「あ」

白い息とともに声がもれた。知っている顔があった。硬直して息を呑む。雪衣がいた。

雪衣はその茶色い髪を風になびかせながら、じっとこちらを窺っていた。細身の黒いコートに、黒いブーツという出で立ちだ。

手を振ろうかとためらっていると、雪衣はこちらに背中を見せて駆け出した。

「雪衣！」

信号が青に変わるまで待ちきれず、ぼくは交差点に飛び出した。たくさんのクラクションを浴びながら道を横切った。そして、細い裏通りをひとブロック走ったところで、雪衣に追いついた。

走ったために、ぼくも雪衣も息が荒い。真っ白な息を吐く。彼女は半身で立って目を伏せた。まだ逃げようとしていた。

「どうして逃げるの？」

「嫌われてると思って……」

「そんなことないよ」

「でも、わたしは桜井さんのことを彼の代わりにしてたんですよ。嫌われて当然じゃないですか」

雪衣は下を向いたまま言う。

「そりゃあ、さすがに落ち込んだよ。けど、嫌ってるわけじゃないよ」

「やさしいこと言わないでください。わたし、ずるい人間なんですから」

「そんなふうに自分を責めちゃ駄目だよ」

「どうして自分を責めないでいられるんですか。わたしが彼を殺したんですよ。わたしが彼の人生を短くしてしまったんです。それなのに、桜井さんを彼の代わりにして喜んで会いに行って、桜井さんの心を踏みにじって……」

雪衣が急速に心を閉ざしていくように感じた。

「ぼくに対してすまないと思っている雪衣の気持ちは充分に伝わったよ。だから、もういいから。それに、雪衣が自分を責めることを、死んだ彼だってきっと望んでないよ」

「望んでいるに決まってますよ。彼が採ってくれた蛍石を見るたびに、彼の恨みを感じるんです」

「雪衣の手に蛍石がちゃんと渡って、彼は喜んでいるかもしれない」

「気休めはやめてください！」

裏通りの隅々にまで雪衣の声が響く。彼女はぼくから目線を逸らし、拒絶の姿勢を崩さない。

道行く人たちが、ぼくと雪衣を好奇の目で眺めていく。痴話げんかをした恋人どうしくらいにしか見えないのだろう。

「少し歩こうか」

と誘った。雪衣は一度ためらってから小さく頷いた。

中津川に出て、中ノ橋を渡った。橋を渡ったところに旧盛岡銀行本店がある。東京駅の設計で有名な辰野《たつの》金吾《きんご》と、その教え子である岩手出身の建築家による赤レンガの西洋建築で、やはり東京駅に似ている。

左手に中津川を見下ろしながら、ゆっくりと歩いた。隣を歩く雪衣は、かつてのベールに包まれた雪衣ではない。しかし、知りたいと思っていた彼女のすべてを知ることで、かえって距離が生まれてしまっていた。

ぼくは雪衣が石の花に来なかったあいだのことを話してやった。類家さんが無事に市役所に合格したこと、金田が大学を中退して警備会社で見習いとして働いていること、安斎さんという新人さんが入ったこと。さすがに、安斎さんの万引きにまつわる話は教えられなかったが、それ以外で店に起きたことならばなんでも話してやった。日常の取るに足らない話題で、ぼくと彼女のあいだにある溝を埋めたいと思った。

「安斎さんが言うには、石の花は社長の奥さんの望みで作られた店らしいんだ。先立った奥さんが石売りの店を開くのが夢だったらしくてさ」

石の花が開店に至るまでの話をしてやると、それまで黙っていた雪衣が、

「ということは……」

と小さくつぶやいた。

「うん？」

「ということは、社長さんは奥さんの夢を、奥さんが亡くなられたあとも、大切にしてきたってことですよね」

雪衣は立ち止まり、中津川の黒い川面を見つめた。ハルコさんの思い出とともに十年を過ごした社長と藤沢を亡くした自分を、比べているのかもしれない。

「彼が死んだのはわたしのせいなのに、彼に怒りを感じてしまうときがあるんです」

雪衣は自らを咎めるかのような口調で言った。

「怒り？」

「はい……」

「どんな？」

「蛍石を採ってきてってせがんだのは、たしかにわたしです。だけど、無茶をしろなんて言ったわけじゃないんです。それなのに、彼は雪の降る山の中に入っていって……。そんなことをしたら危険だって普通わかりますよね？　もう高校生だったんですよ。だから、わたし、ときどき無性に彼をなじりたくなるんです。彼が無茶をしなければ、わたしがこんな苦しい思いをすることはなかったのにって」

きっと雪衣は藤沢との死別を、まだ受け入れられていないのだ。

死の現実を受け入れなければならない時期に、藤沢に似たぼくと出会ってしまった。ぼくという代用品が現れたのだ。そのために、喪失の悲しみから立ち直る過程を、狂わせてしまったのかもしれない。だから、藤沢がこの世を去って三年が経ついまでも、雪衣は藤沢の死の原因を自分に求めたり、藤沢に怒りを感じてしまうのかもしれない。

「殺した張本人のわたしが、殺してしまった彼に怒りを感じたりもする。わたし、もうこんな自分に耐えられないんです」

「それなら、いっしょにいてあげるから」

「無理、ですよ……」

雪衣は驚いてぼくを見たあと、唇だけで短く笑った。

「無理？」

駄目ではなくて、無理とはどういう意味か。

「無理なんです。わたしと桜井さんがいっしょにいることは」

「なぜ？」

雪衣は一度言いよどんでから、小さな声で言った。

「わたし、桜井さんのこと好きです」

突然の告白に、すっと息を吸う。肺が冷たい空気に満ちる。しかし、混乱せずにいられない。雪衣がぼくに抱かれたのは、ぼくが藤沢の代わりだったからではなかったのか。

「さんさの夜、桜井さんに好きだって言われて、本当に嬉しかったです」

「うん」

落ち着こうとして、平静を装って返事をした。

「わたしが石の花に通っていたのは、彼に似た桜井さんがいたのがきっかけでした。でも、わたし、お店に通ううちに、いつのまにか桜井さん自身に会うのが楽しみになってたんです。桜井さんは、わたしが自分のことをなんにも話さなくっても、やさしくしてくれましたよね？わたし、そういうやさしさに触れたくて、お店に行くようになってたんです」

喜んでいいはずなのだが、思いがけぬ話の展開に喜びの感情は湧いてこない。

「でも、こういう桜井さんへの思いって、彼を裏切ってることになるんです」

「え？」

「さんさの夜、桜井さんに抱きしめてもらって本当に嬉しかったです。けど、すぐに彼を思い出して苦しくなりました。彼を裏切ってしまったって。わたし、あんなに苦しいのは、もういやなんです」

雪衣は悲しみに心を侵食されきったかのような弱々しい笑みを浮かべる。

「だから、わたし、あの夏のことは大切な思い出として心にしまっておきます。もう二度と桜井さんとも会いません」

「勝手に話を進めないでよ。じゃあ、ぼくのことを好きだっていう気持ちは？」

「あきらめます」

と雪衣は即座に答えた。

「あきらめるだなんて……」

「しかたないですよ」

「どうしてさ？」

「だってわたし、いつも彼に伺いを立てているんですよ」

「伺い？」

「自分のやっていることや考えていることが正しいかどうかを、彼に訊いてるんです」

「もしかして、ぼくと雪衣がいっしょにいることを、死んだ彼が許してくれないってこと？」

「そうです。だから、無理なんです」

今夜も雪衣は真っ黒な装いをしていた。死別の痛みにまだ心がとらわれていることを表していた。

雪衣の肩越しに、星々の瞬《また》きが見えた。牡牛座、双子座、オリオン座と冬の星座がひしめいている。そして、それらを追うようにして、真珠のような真っ白な光を放つシリウスが、ゆっくりと昇ってきていた。

「いつまでも、心の中の彼に伺いを立てるわけにはいかないでしょ？」

「わかりません」

「償いが終われば、伺いも終わるんでしょ？」

「彼がいいと言ってくれるのなら」

「それなら、待つよ」

「そんな、いつになるかなんて全然わからないのに……。もしかしたら、わたしは一生許してもらえないかもしれないのに」

「それでもいいよ。ずっと待ってるから」

ぼくは決然として言った。指切りのために小指を差し出す。雪衣はためらってぼくの指を見た。

「信じて」

と見つめると、雪衣はおずおずと白い小指を絡めてきた。彼女の細くて冷たい小指から、かすかな願いが伝わってくる。待っていて欲しい、と。

4

明くる日、佐川ミネラル社は出張の予定が入っていなかった。だから、会社のワゴン車を貸してもらうことができた。社長には、雪衣の友人が引っ越しをするために車が必要なのだと嘘をついた。もし、本当のことを言ったら、絶対に許してくれないだろう。非常識だ、と頭ごなしに怒られるだろう。蛍石を採ってくるなんて本当のことを言ったら。

待つ、と雪衣に誓ったにもかかわらず、ぼくは待つことができなかった。藤沢は冬の雪山に蛍石を採りに行くような無茶をした。だが、彼はそこまでして雪衣への思いの証しを立てようとしたわけだ。

浅はかな自己満足だとわかっている。青くさい衝動だとも承知している。けれども、藤沢に負けるわけにはいかない。そして、雪衣の心から藤沢が消えるまで、彼女のそばでやさしげな顔で待ち続けるなんてぼくの性分に合わないのだ。だから、藤沢と同じ条件で、競わなければならないと思った。

雪の東北自動車道を南下する。福島県と栃木県の県境のインターチェンジで高速道路を降り、目的の山へと向かった。盛岡は朝から雪が降っていたが、福島もひどい雪だった。見渡すかぎり真っ白だ。次第に不安になってくる。本当にこんな雪の山に分け入っていけるのだろうか。山の景色は、彩名と夏に来たときとは一変していた。

この時期、石を採りに行くなんて、自殺行為だとわかっている。しかし、ぼくにはひとつの公算があった。目的の鉱山跡地では、蛍石は旧坑内から採れる。だから、道さえ間違わずに旧坑まで辿り着ければ、雪が降っていても採取はできるのだ。

山の林道入口に辿り着いたのは、お昼過ぎのことだ。車から降り立つ。ひどく寒い。今季いちばんの冷え込みだとテレビが言っていた。積雪量は三十センチくらいだろうか。風が横殴りに吹いている。雪は渦を巻きながら降ってきていて、いっこうにやむ気配がない。地面は雪煙が舞っている。視界が白くかすむ。太陽はいま空のてっぺんにあるはずなのに、雪雲に覆われてまったく所在がつかめない。

夏とは勝手が違う。林道入口で思わず怯《ひる》んだ。延々と続く処女雪に足がすくむ。自分がとんでもない間違いを犯していることに気づく。かつて藤沢が死んだ場所なのだ。その現実をあらためて眼前に突きつけられる。

「くそ」

と強く叫んでみた。声は風にさらわれてすぐに掻き消され、あとは風の轟《とどろ》きばかりが聞こえてくる。

「くそ」

自分を鼓舞《こぶ》するためにもう一度叫ぶ。そして、林道入口の鎖をくぐって、林の中へ足を踏み入れた。

大振りなクヌギやコナラの下を行く。目的地までは五、六キロの道のりを沢沿いに歩けばいい。冬だから沢は枯れ、雪の中に埋没して見えないが、雪の起伏でその所在はだいたい見当がつく。

昼間だというのに、林の中は暗い。しかし、木々のあいだからのぞく空はやけに白い。冬の山は極端に言えば白と黒の二色しかなくて、まるで水墨画の世界に入ってしまったかのようだ。

藤沢の轍《てつ》を踏むわけにはいかない。だから、一応万全の準備はしてきた。類家さんから借りた登山靴を履《は》いてきた。昨夜のうちに、友達と軽く雪山に行くから、と嘘をついて借りてきたのだ。それから、手袋はフリースのものの上に、ゴアテックスを内装したナイロン製のものをはめている。服の上下も防寒対策はバッチリだし、フルフェイスのニット帽も用意した。あとは体力勝負ということだ。

鉱山跡地を目指してひたすら前進する。雪を踏み潰しながら進むのだが、なかなか前に進まない。輪かんじきでもあればよかった。

やがて林道が尽きて、視界が広がった。空はどこまで見渡しても雪が降っている。ちょうど山あいの底に立っていて、右を向いても左を向いても雪に覆われた白い山だ。

なぜ、自然と対峙するとき、人はおののきを感じてしまうのだろう。ぼくは強風に煽られながら、こわくなった。心細くなって携帯電話を取り出してみた。電波は届いていなかった。引き返したい衝動に駆られる。けれども、

「負けるか」

と自分を叱咤して歩き出した。

いちばんの難所である四メートルほどの砂防ダムをよじ登る。ダムのコンクリート部分を登るのは難しいために、山際のコンクリートの切れ目を選んで登る。それでも、かなりの体力を使い、登り終えてからはしばし仰向けになって休んだ。鉱山跡地まで五、六キロのはずだったが、雪のために時間も体力もかなり消耗していた。

砂防ダムを過ぎてからは目印になるものがないために、青いビニールテープを用意してきた。鏨《たがね》に結んで雪面に置く。こうしておけば藤沢のように迷うことはない。

ビニールテープを継ぎ足し継ぎ足ししながら進む。空も足元も真っ白で、方向感覚を失う。振り返ってビニールテープを見てみると、頼りなげに青いラインが続いている。

「頼んだぜ」

とつぶやいてから、さらに前進した。そして、一時間が経ったとき、やっと目的地の鉱山跡地に辿り着いた。

山の斜面が立ちはだかる。鉱石とはならない品質のよくない石を捨てたズリと呼ばれる場所だ。山の斜面を覆うようにして、数センチ大のズリ石がびっしりと転がっているために、植物は生えていない。そして、そのズリ山のさらに上に、目指す旧坑はある。

体に鞭《むち》打ってズリ山の上を目指す。斜面を這いつくばるようにして登っていく。息が切れて体は汗だくなのに、吹きつけてくる風は肌が剝かれるかと思うほど冷たい。その温度差が体力を奪っていく。

斜面を登りきったときには足腰はふらふらだった。剝き出しになった露頭《ろとう》が見える。久々に岩肌を見た。そして、窪地の先にぽっかりと口を開ける黒い旧坑を見つけた。夏に見たときは宝が隠された洞窟の入口のように見えたが、冬のいま、入ったら二度と出てこられない地獄の入口のようだった。

旧坑内に入ってライトを点ける。岩塊の転がる荒涼とした光景が、ライトの中に浮き上がった。ハンマーで砕かれた石片が散在している。雪が降る前に採取に来た人たちが残していったものだ。ぼくもリュックサックからハンマーを取り出し、岩塊を割った。槌音が狭い坑内に響き渡る。

そして、一時間ほどハンマーを振るっていると、二センチほどの蛍石を見つけた。緑色の良晶だ。ミネラライトを取り出し、その蛍石に紫外線を当てる。すると、その蛍石は青くてやわらかな光をまとった。

「おお……」

期せずして声がもれた。儚《はかな》い青の光に心が奪われる。この蛍石ならば、雪衣に胸を張って持って帰れる。安堵に包まれて、蛍石を眺めながら休憩した。

旧坑を出た。再び雪で真っ白な世界に対峙する。方角なんてまったくわからない。藤沢が道に迷ったのも頷ける。地面に続くビニールテープがまさに生命線だった。

滑落に注意しながら斜面を下る。下りながら脛《すね》までまとわりつく雪の多さに閉口する。爪先にのった少量の雪さえ重たく感じられた。車を停めた林道の入口まではとてつもなく遠い。

疲れにうなだれつつ、来た道を引き返した。嫌気がさすたびに、ポケットから蛍石を取り出して眺める。なんとか雪衣に届けたいと思う。その思いで、また前進できた。

砂防ダムのところまで戻ってきた。このままのペースだと、日没までに車に辿り着けないかもしれない。時間を短縮するために、ダムのコンクリート部分を滑っていこうと思った。角度は急だがそちらのほうが早い。途中には段もある。そこでいったん止まれば危なくはない。

ダムの壁面にへばりつくようにして、足を下ろしていく。しかし、予想していた足場を踏み損なった。一気に両手に体重がかかる。腕は体を支えられるほど余力を残していなかった。手が滑ってダムの壁面から離れた。一瞬、宙に浮いたかのような感覚をおぼえる。三メートル近い高さで、ぼくは浮いていた。

落ちた。

ダムの下の雪面に叩きつけられた。それでも、体は止まらず、ダム下の斜面を転がっていった。自分がくの字になっているのか、エビ反りになっているのかもわからない。もんどりうって落ちていく。

死ぬ、と思った。大地と空の白が、木々の黒と瞳の中でぐるぐると混じり合い、マーブル模様を描いていた。そして、斜面の終わりに立つクヌギにぶつかって止まった。その際、とっさに右足で木の幹に踏ん張った。しかし、それがかえってよくなかったらしい。仰向けに倒れたときには、足の痛みで脂汗が出てきた。折れたな、と思った。

ダムを見上げると、次から次へと雪を降らす雪雲が見える。このままではいけない。そう思って体を起こそうとした。

「ぐわっ」

思わず悲鳴をあげる。上半身を動かしただけなのに、右足の痛みが全身に走り、意識が遠のきかける。毛穴という毛穴に針を打ち込まれたかのような痛みだ。

すぐに朦朧としてくる。まぶたを閉じる。いままで雪雲に覆われているために暗いとばかり感じていた雪空が、とても明るく感じられた。空も大地も等質の白い明るさで満ちていくように思える。

ふと、藤沢のことが頭をよぎった。そいつはぼくと同じ顔をしている。そして、この世ではないどこかへ誘っている。

ポケットをまさぐり、蛍石を取り出す。蛍石は静かにぼくを見つめていた。ぼくも蛍石を見つめ返すが、次第に視界が揺らいできた。

「雪衣……」

意識が闇に落ちる寸前、あどけない雪衣の顔が思い浮かんだ。

助けてもらう夢を見た。警察官がぼくを揺り起こし、社長や雪衣の声がぼくの名を呼ぶ。

「病院」

という言葉が連呼されて、泣き出しそうな雪衣の顔がぼくを覗き込む。何か話そうとするのだが、眠たくてしかたがない。だから、せっかく彼女に会えたというのに、ぼくはまたまぶたを閉じてしまった。

「蛍石」

なんとかそのひと言を話したつもりだったが、声になっていないかもしれない。

夢は脈絡がないままに続く。右足を誰かが見ている。あまりにも痛くて、意識がはっきりとしてくる。まるで、プールの底から、仰向けに水面に浮き上がるような感覚。ふと気づく。これは夢じゃない。痛覚がぼくを現実へと呼び起こす。

「痛い」

と言って目を覚ますと病院の診察台にいた。やっと理解する。助かったのだ。

安心するとまた眠った。そして、二度目に目を覚ましたあと、レントゲンを撮られた。

「折れてますね」

と医者がレントゲン写真を前に説明してくれた。足の関節の外果《がいか》骨折だという。そして、地元の病院に戻ってからの骨接合手術を勧められた。まだ頭がぼんやりしていて、なぜか金銭面のことが頭をよぎる。大学生協の共済に入っていたからなんとかなるだろう。

診察室の時計は夜の八時を指していた。都合三時間くらい、意識を失っていたようだ。

シーネで足首を固定してもらう。それから、松葉杖で診察室を出た。松葉杖は買い取りらしく、要らぬ出費だな、と思いながら出ると、社長と雪衣が廊下で待っていた。なんと詫びていいのかわからずにたたずんでいると、社長が目の前までやってきた。そして、いきなりでかい掌で頰を張られた。痛みは頰から足先まで電流のように伝わって、気が遠くなる。しかし、その瞬間、ぎゅっと抱きしめられた。とんでもない痛みの中、愛されてるんだな、なんてことを考えた。

「心配かけてすみません」

「折れてるのか」

「ええ」

ぼくは自分の足首を指差した。

「外果骨折か？」

詳しいな、と思いながら、

「はい」

と答える。すると、

「小言はあとでな」

と社長がその手を放してくれた。

「今日、雪衣ちゃんが桜井を訪ねて店に来たんだよ。それで、おまえが嘘をついて車を借りていったことがばれたんだ。それ、おかしいなってことになって、おまえの携帯に連絡したが繫がらない。だから、類家に電話してみたら、福島に山登りするって聞いてるって言うじゃないか。いよいよあやしいな、と思ってたら雪衣ちゃんが言ったんだ。蛍石を採りに行ったんじゃないかって。それで、急いでやってきたというわけさ」

社長の後ろで雪衣はうつむいた。

「おれもここに来るまでに、雪衣ちゃんの彼について教えてもらったよ。彼のことがあったから、雪衣ちゃんは桜井が蛍石を採りに行ったと思いついたそうだ。まあ、とにかく、おまえは雪衣ちゃんに感謝しなくちゃいかんな」

社長はそう言うと席を外した。

きっと社長が叱って雪衣が慰める、という役割ができているのだろうと思った。しかし、雪衣はちっとも慰めてくれなかった。すごい剣幕で怒られた。

「いったい何をやってるんですか、桜井さんは」

「ごめん。蛍石を採ってこようと思って」

「どうしてですか。ほんと心配したんですよ」

「藤沢と同じ条件で何かを競わなくちゃ駄目なような気がしたんだ」

「競う？」

ポケットをまさぐる。

「あれ？　ない」

「何がですか」

「採ってきた蛍石がないんだ」

はっと思い出す。意識を失う寸前、蛍石は握っていた。しかし、それがない。ということは落としてきてしまったということだ。

雪の上に置き忘れられた蛍石を思い描く。白い大地に、半透明の緑色が一点取り残されている。

「しまった。ほんと馬鹿だ。いったい何しに行ったんだか」

がっくりと肩を落とす。全身から力が抜ける。足の痛みがいまさらのようにきりきりと疼いた。

うなだれて、緑色をしたリノリウムの床を見つめる。すると、雪衣が寄り添ってきて、ぼくの背中に手を回した。その表情は見て取れない。

「骨折り損だったよ。まさに言葉通りにさ」

そう言うと、雪衣は首を振った。洟《はな》を啜《すす》る音が聞こえる。彼女は泣いていた。

「でも、ひとつわかったことがあったよ」

「なんですか」

「以前雪衣は言ってたよね？　藤沢は最後まで雪衣を恨んでいたに違いないって。形見の蛍石には恨みが込められてるって。けれど、それは違うと思うんだ」

「どうしてですか」

「雪の上で倒れて気を失う寸前、雪衣のことを思い浮かべたよ。そうしたら、なんだかほっとしたんだよ。だからさ、藤沢も最後の瞬間、雪衣を思い出して、いとおしさに包まれていたんじゃないかな」

「でも……」

雪衣は体を離した。白い頬は涙に濡れていた。

「いや、きっとそうだったと思うよ。そうじゃなかったら、彼は最後に蛍石を握りしめたりしてなかったと思う。雪衣を恨んでいたら、蛍石なんか放り出していたさ」

雪衣の唇は震えていた。まばたきするたびに涙がこぼれた。

「雪衣は彼が死んだのは自分のせいだって苦しんでいるけれど、そうしたことを彼は望んでないよ。それから、彼に怒りを感じるって言ってたけど、彼だって雪衣に謝ってたはずだよ。無茶してごめんて」

涙ながらに雪衣は頷く。

「雪衣がいまいちばんしなくちゃいけないことは、彼から大切に思われていたことを、きちんと抱きしめることだよ」

雪衣の泣き声が、病院の暗い廊下に響いた。

5

盛岡の市民病院での手術は、三十分程度で終わった。ドリルやらボルトやらで、手術というよりは工作みたいだった。一週間ほどで退院することができるという。

入院すると、佐川ミネラル社の面々はすぐに見舞いに来てくれた。骨折に至るまでの経緯は、社長が伝えてくれた。もちろん、雪衣と藤沢に関する話は伏せたうえでだ。

いちばん最初に駆けつけてくれたのは、類家さんだった。類家さんは病室に入ってくるなり、苦笑まじりで切り出した。

「おまえの雪衣ちゃんへの思いの強さにはおそれいったよ。でも、ベクトルが間違ってないか」

「ほっといてくださいよ」

ぼくも苦笑で返すしかなかった。

「おまえが無茶苦茶なやつだって前からわかってたつもりだったけど、ここまで無鉄砲とはな……。山岳部の友達と軽く冬山を歩いてくるっていうから登山靴貸してやったのに。嘘つきやがって」

「すいません」

「馬鹿だな、おまえは。ほんと馬鹿だな。馬鹿だ、馬鹿だ」

類家さんはしばらくのあいだ何度も、

「馬鹿だ」

と繰り返した。けれども、その言葉には温かみがあった。ぼくのことを心配してくれていた類家さんのやさしさを感じた。

「しかしさ、どうしておまえはそんな短絡的なんだろうな」

類家さんはおかしな動物を観察するかのようにぼくを眺める。

「あの、一応いろいろと思い悩んで、考えに考えてから、答えを出してるつもりなんですけど」

「じゃあ、どういう思考回路してるんだよ。考えに考えたら、雪が降る中を蛍石なんて採りに行かないだろう」

「はあ……」

「でも、その単純さがいいのかもな」

「単純さがいい？」

「わざわざ蛍石を採りに行ったことで、雪衣ちゃんも惚れ直したんじゃないのか？　というより、惚れ込んだだろうなあ、きっと」

「いやあ、どうだか……」

「何照れてんだよ」

「そういうわけじゃないんですけどね」

ぼくと雪衣の関係は、進展したわけでもないし、壊れてしまったわけでもなかった。何もかも曖昧になってしまって、ぼく自身、雪衣にどう接したらいいのかわからないのだ。

類家さんは面会時間ぎりぎりまで、ぼくの話し相手になってくれた。そして、帰りがけに笑いながら言う。

「足にボルトが入っていても腹筋くらいできるだろ？　きちんと鍛えておけよ。足が治ったらすぐにボクシングの練習をするからさ。桜井にはまだアッパーを教えてないんだよ。全部教えてからじゃないと、盛岡を去るのが心残りなんだ」

類家さんが卒業するまで、残りあと三ヶ月あまりだ。そのあいだに完治するのは無理な話だった。

さびしくなって、まだまだ盛岡にいてください、と甘えてしまいそうになる。しかし、ぼくはベッドの上でファイティング・ポーズを作って言った。

「毎日家に閉じこもって卒論書いている類家さんになら、アッパーなんかなくたって充分ですよ。片足のままだって勝てるんじゃないかな。なんなら、いまここで勝負してみます？」

「やめとくよ」

と類家さんが笑う。

「桜井って変にしつこそうだからな。好きな女の子のために雪山に行っちゃうくらい」

「だから、言ったじゃないですか。好きになったら一直線だって」

「馬鹿だな」

と類家さんは笑ってから帰っていった。

入院して二日目、今度は安斎さんが見舞いに来てくれた。安斎さんからは朗報が届いた。安斎さんは別れた彼女と連絡を取るようになったのだという。

「よかったじゃないですか」

と祝福すると、

「桜井君のおかげですよ」

と安斎さんは言う。

「へ？　なんでですか」

「桜井君が好きな子のために、折れた足を引きずって蛍石を採りに行ったと聞いたので」

「いや、蛍石を採ってから足を折ったんですけど……」

どうやら話が大きくなっているらしい。

「どっちにしたって、桜井君はすごいですよ。女の子のために、そこまでできるなんて。ぼくも桜井君の勇気を見習って頑張ろうと思うんですよね」

安斎さんの鼻息は荒かった。

「社長にアレキは返せそうですか」

唐突だったが、そう切り出してみた。すると、安斎さんはがくりと肩を落とした。

「いいえ。まだ、ちょっと言い出せそうになくて……。もう少し、あともう少しだけ猶予をくれませんか」

「いや、焦らなくていいと思いますよ。焦ったってしかたないこともありますし」

ぼくはベッド脇の抗生剤を指差し、それから、自分の折れた右足を指差す。

「のんびりやりましょうよ」

と声をかけると、安斎さんは、

「すみません」

と頭を下げた。

社長の見舞いは見舞いというよりも、説教のために病院へやってくるという具合だった。

後回しになっていた小言を目いっぱい喰った。それが、ほぼ毎日続いた。

同室の人たちに小言を喰らうところを見られるのがいやで、間仕切り用のカーテンを閉めるのだが、そうすると社長は六人部屋であることを忘れて、かえって声を荒らげた。

どうやら社長はぼくを叱っているうちに興奮してしまうらしく、昨日は、

「二十歳過ぎてるっていうのに、自分がどんな無茶なことをやろうとしてたか、わからなかったのか！」

と怒鳴られ、今日は今日で、

「おまえみたいなやつに石を採りに行く資格はない！」

と怒られた。しかし、社長は帰り際になると、必ずやさしくなった。

「早く治るといいな。治ったらうまいコーヒー飲ませてやるから」

などと最後には必ず言い置いていってくれるのだ。社長はぼくに対して本気で怒ってくれて、本気で心配してくれていた。感謝で頭が上がらなかった。

雪衣は毎日必ずやってきてくれた。タオルをゆすいでくれたり、雑誌を買ってきてくれたり、こまごまとした身の回りの世話を焼いてくれた。

心なしか雪衣は以前よりも明るくなったように思える。ときどき、もの思いに耽《ふけ》っているのか、椅子に座ったまま動かなくなることがあるが、暗い表情はしていない。

藤沢の死に対する後ろめたさや負い目が消えて、彼に素直に思いを捧げているように見えた。やっと穏やかな喪失感に浸ることができたのかもしれない。

「雪衣にこんなふうになんでもしてもらえるなら、一週間なんて言わずにいつまでも入院してたいけどなあ」

花瓶の水を替えてくれていた雪衣に話しかける。

「何を甘えたこと言ってるんですか」

「でも、いまって至れり尽くせりの状況じゃないか。これであと病院のメシさえうまければ、ずっとこのままでもいいかなって」

「駄目ですよ。桜井さんにはちゃんと退院してもらって、いっしょに行ってもらいたいところがあるんです」

「どこ？」

「それは、まだないしょです」

「もったいつけるなあ」

「退院するときに、いや、いつになるかわからないけれど、もう一度あらためてちゃんとお願いします」

雪衣はやや神妙な面持ちをした。

「どこ？」

と食い下がってみたが、

「それよりも、これ」

と雪衣は紙の小箱を取り出した。佐川ミネラル社のものだ。

「店に寄ってきたの？」

「そうです」

「なんの石を買ったの？　見せて」

箱に手を伸ばそうとすると、雪衣は掌をぼくに向けて遮った。

「では、桜井さんに問題です」

「問題？」

「はい」

「わたしが買ってきた石はなんでしょう？」

「ヒントは？」

「日本の産地だと、秋田の協和町ですね」

「アメシスト」

「違います。海外だとコンゴとか」

「アフリカか……」

「炭酸塩鉱物です」

「あ、わかった。孔雀石《くじゃくいし》でしょ？」

「当たりです。さすがですね」

と雪衣は微笑む。

「だってさ、炭酸塩鉱物ってかなりのヒントだよ」

「そっか……」

と雪衣は箱を開けた。五センチほどの孔雀石が現れる。きれいな緑色をしていた。

孔雀石は銅の二次鉱物だ。古くは粉末状にして顔料として使われていたそうで、クレオパトラもアイシャドーとして使っていたらしい。

「そういえば、わたしのお母さんも孔雀石のイヤリングしてました。わたしが小さいころでしたけど」

「へえ」

と何気ないふりを装って、雪衣の言葉に耳を傾ける。彼女は少しずつだが、自分の身辺について語るようになってきた。

佐々木《ささき》雪衣。それが、彼女の本当の名前だった。家は盛岡市の南部に位置する都南《となん》という地区であって、ぼくが通う大学のそばにある高校を、卒業していた。

「丸くて、緑の縞《しま》模様がきれいに出たイヤリングでした。わたし、そのイヤリングを気に入ってて、お母さんにないしょでこっそりつけたりして」

と雪衣は笑う。

少しずつ雪衣の素性が明らかになるたびに、以前はまるで幽霊と会っていたかのような心地がする。

社長が見舞いにやってきた。手には頼んでおいたスポーツ新聞がある。

「お、雪衣ちゃんもいるのか」

と社長は相好《そうごう》を崩す。

「こんにちは。いまお茶いれますね」

「ちょっと待って。雪衣ちゃん」

と社長が呼び留める。

「はい？」

「せっかく桜井と雪衣ちゃんがそろっているから、おれからふたりに言っておきたいことがあるんだ」

「いったいなんですか。あらたまっちゃって」

ぼくは笑いながらまぜっかえした。しかし、社長はその言葉に取り合わず、ぼくと雪衣の顔を交互に見てから口を開いた。

「妻のハルコを失ってから、ちょうど十年が経つんだ」

そのひと言で笑みを引っ込める。社長自らハルコさんのことを語るなんて初めてのことだ。雪衣も空気が伝わったのか、居ずまいを正した。

「最初に癌が見つかったときは早期の発見だった。だから、胃を半分くらい摘出するだけですんだんだ。だけど、再発したときには、肝臓などのほかの臓器にも転移してしまっていてな、何度か手術もしたんだが、最後には手術を受ける体力も残ってなくて」

ぼくと雪衣はほぼ同時に相槌を打った。

「ハルコに先立たれたあと、おれはほんとなんにも手につかなくなっちまったんだよ。三年くらいはとにかくぼうっと暮らしてた。男らしくないことはわかってたけど、毎日毎日涙が出てきちゃってな。眠る寸前まで泣いていたくせに、目を覚まして一秒後には涙を流してたりしてさ」

社長は悲しい苦笑いを浮かべる。

「後悔があとからあとからいくらでも思いついて、未来のことなんかこれっぽっちも考えられなかった。もしかしたら、ハルコを違う病院に連れていって、違う治療を受けさせていたら、もう少しいっしょにいられたのかもしれない、なんてさ……。十年が経ったいまだから言えるけれど、あのころ、おれは妻のあとを追うことを毎日考えてたんだよ」

「……わかります、なんて簡単に言っちゃ駄目なんでしょうけど、わかります」

雪衣がきまり悪そうに言った。社長はそんな雪衣を慈しむように見た。

「なあ、雪衣ちゃん。人って誰もが、生きている人間と死んだ人間っていうふうに分けたがるよな。いとも簡単に、しかも、絶対の壁があるみたいにな」

「ええ」

「でも、おれは妻が死んだあと、そうした生と死のあいだにある境ってやつをうまく受け止められなくて、長いあいだ苦しんだんだよ。生死の境なんて意味はない。大切な相手が生きていようが死んでいようが、その人への思いは続いている。やさしさも慈しみも愛も微笑みもいとおしさも、何もかも続いてる。そんなふうにな……。そう思うだろ？」

「はい」

「でも、おれは最近やっとわかったんだ。十年経ってやっとさ」

「何がですか」

「都合のいい解釈だと思ったら笑ってくれよ」

ぼくと雪衣は同時に首を振った。

「生死の境を越えて、それでも続いていく気持ちがあるというのならば、生死の境を越えたさよならがあってもいいんじゃないかと思うんだよ」

雪衣がうつむく。社長の言葉を詭弁《きべん》として拒もうとしているのだろうか。それとも、死んだ藤沢にさよならなど告げられない、と思いを新たに噛みしめたのか。

「まあ、これはおれの考えだ。無理に押しつけるつもりはないよ」

社長は雪衣の肩にそっと手を置いた。雪衣はうつむいたまま静かに頷いた。


退院して一週間後のことだ。

その日は、月のよく出た寒い夜だった。

三年近くも盛岡に住んでいると、わかるようになることがある。それは、雪の匂いだ。雪が降り始めると、カーテンを開けずとも嗅ぎ当てることができた。

しかし、それは本当に嗅覚が匂いの粒子をとらえるのではない。雪が降り始めたとき独特の湿り気を、鼻全体で感じるのだ。それを雪の匂いとぼくは呼んでいる。

ぼくの住むアパートは築十五年の古い木造アパートだ。台所のたてつけは特にひどく、隙間風が吹き込む音がときおり聞こえる。こんな部屋だから、雪の匂いにはとても敏感なのだ。

携帯電話の着信音で目を覚ます。寝ぼけた頭で電話に出る。雪の匂いがするな、と思いつつ、携帯から聞こえてくる声に耳を澄ます。珍しいことに、金田からの電話だった。

「どうしたんですか。こんな夜中に」

眠ったのは午前二時のことだ。

「いま、おまえ家にいるのか？」

と慌ただしげに金田が言う。

「はい。いますけど」

「じゃあ、すぐに石の花に行け。火事なんだ」

「え？」

いっぺんに目が覚めた。

「紺屋町のほうで火事だって警備の仲間から聞いたから、消防署に問い合わせてみたんだ。隣の家から出火した火が燃え移ったらしいんだ」

驚きで体が震える。

「早く行け、桜井。おれは今日夜勤だから外に出られねえんだ。だから、状況がわかったら、必ず連絡しろ」

最後には金田は怒鳴っていた。電話を切ったあとタクシーを呼び、コートを着てアパートを飛び出した。外ではやはり、雪が降っていた。

タクシーに乗り込み、紺屋町に向かう。すると、石の花に近づくにつれて、煙が立ち昇っている様子がはっきりと見えた。紫色の雪雲と白い煙が混ざり合って、異様な光景だった。煙の中には大きな火柱が立って、空を焦がしている。

石の花はもっと遠いはずだ。炎は店よりも手前に見える。店がある通りとは違うんじゃないだろうか。金田は間違った情報を流してきたのだ。誤報に違いない。そう祈るように心の中でつぶやく。

何台もの消防車が通りを走っていく。火事現場まで乗りつけられないというので、手前で降ろしてもらった。そこからは松葉杖をついて歩く。痛いなんて言っている暇はない。そして、石の花まで辿り着いた。

炎に包まれていたのは、まぎれもなく石の花だった。隣家は完全に焼失した状態で、類焼した石の花も、梁《はり》を残すばかりでほとんど燃えてしまっていた。それでも炎は踊るようにうねっている。物が燃える音と建物が崩れる音が鳴り響き、火勢が強いために、巻き上がる火の粉は通りをはさんだ反対側の建物にまで及んでいた。

多くの消防車が消火作業にあたっていた。消防のホースが地面を走っていて、消防車からの無線は大音量でひっきりなしに流れている。野次馬が大挙して押し寄せてくる。ほとんどの人が寝巻き姿だった。

「社長」

燃える店の前で呆然と立ち尽くす社長を見つけた。その肩を、リサイクルショップの西村さんがぎゅっとつかんでいた。

「桜井か……」

社長は無表情のまま言った。

「社長」

と言ったきり、なんの言葉も浮かんでこない。すると、

「折れた足で無理してくるやつがあるか」

と社長はぼくの足を心配してくれた。それから、

「燃えちまったなあ」

とぽつりと言った。

梁が焼け落ちて、けたたましい音をたてた。あの炎の中にはたくさんの石たちがいるはずだ。火に弱いエメラルドやオパールは、きっと駄目になってしまうだろう。そして、水に弱い岩塩《がんえん》やセレナイト（透石膏《とうせっこう》）も駄目になってしまうだろう。火事の温度は千度を超えるという。鉱物に色づけをする温度よりもはるかに高い。みんな変色してしまうだろう。

雪は降り続いている。それなのに、火はいっこうに消えなかった。そこへ類家さんと安斎さんがやってきた。金田から連絡が行ったのだろう。やはり類家さんも、

「社長」

と言ったきり、立ち尽くした。

社長はぼくらアルバイトを前にして、穏やかな口調で言った。

「おれはまだいいよ。店と住んでいるところは別にあるんだから。でも、お隣さんは家が焼けちまったから大変だよ。まあ、なんにせよ、お隣さんもみんな逃げることができたらしくてさ、怪我人が出なかったんだから、それに越したことはないよな。ちゃんと火災保険に入っているからさ、このあとお金も出るんだし」

西村さんが社長の傍らで頷いてみせる。

しかし、それが社長の本心からの声であるはずがなかった。石の花は、ハルコさんが望んだ思い出深い店のはずだ。お金が入るからいいというようなものではないはずだ。

燃え盛る炎を睨みつける。見物人たちが、火の粉とまるで同じように見える煙草の火を、平然と手にしていることに苛立ちをおぼえる。携帯電話のカメラで火事の様子を収めようとしている連中を、ぶん殴ってやろうかとも思った。しかし、必死にこらえる。いちばん悲しいはずの社長本人が、取り乱しもせずに燃える石の花を見つめていたからだ。

石の花は全焼だった。焼け跡は見るも無残だった。木材は炭化して真っ黒になっていて、店内にあったプラスチック類はすべて融けていた。窓際に置かれていたテーブルセットも燃えてしまっていて、思い出がすべて焼け出されてしまったかのように感じた。

石たちも目を覆うばかりの惨状だった。輝安鉱《きあんこう》などの融点の低い金属鉱物は融けてしまい、琥珀《こはく》やダイヤモンドなどは燃えてしまった。気泡や水泡などを含んでいた石たちは、高熱によって膨張した気体の圧力で破損していた。宝石となる石たちは、色変わりしていたり、色自体を失ってしまったりしていた。無事でいられた石などほとんどなかった。石の花という花畑は焼き払われたのだ。早くも雪に覆《おお》われ始めた焼け跡を見て、虚無感に包まれる。

火事のあと、多くのお得意さんや取引業者が、社長を励ますために事務所を訪れた。石の花の裏に建っていた事務所は、耐火性の鉄骨プレハブ製だったために、被害は壁を焦がすのみに留まっていた。

連日、ひっきりなしに客の訪れがあった。ぼくと安斎さんとで客のもてなしをした。忙しくて、クリスマスも正月もあったものではなかった。だが、そうした雑事に追われることで、石の花を失った悲しみから目を逸らすことはできていた。

「社長、新しいお店を建てるのはいつなんだい？」

はるばる山形からやってきてくれた加藤《かとう》さんが尋ねる。加藤さんは山形で高校の教師をしているきっぷのいいおじさんだ。山形方面に赴いたときは、必ず駆けつけてくれる。

「さあ、どうですかねえ。いまひとつめどが立たないですからねえ」

社長は頭を掻きながら答えた。

店をいつ建て直すのか？　社長を訪ねてくる誰もがこの質問をした。しかし、社長がその期日を明言したことはない。どうも店の再建を渋っているように感じられる。

「出張も休むって聞いたけど、本当かい？」

と加藤さんが訊いてくる。

「そうですね……」

と社長は歯切れが悪い。出張販売の予定も、いまやすべて白紙となっている。

「やっぱり店を建て直さないと、出張になんかおちおち行ってられないか」

「まあ、そんなところですかね」

「うちのほうじゃ、社長がやってくるのを楽しみにしてる石好きがたくさんいるんだよ。だから、お店のほうを早く建ててもらってだな、また巡業に来て欲しいわけだ」

加藤さんが力説するが、社長は何も答えずに苦笑いを浮かべた。すると、近所に住んでいる田辺《たなべ》のじいさんが、社長に詰め寄った。

「早く店を建て直して欲しいんだがなあ。そうじゃないと、おれはさびしくてしかたないよ。石の花で佐川君のコーヒーを飲みながら石を眺めるのが、おれの唯一の楽しみだったんだから」

田辺のじいさんは社長の石友であって、社長を佐川君と呼ぶのだ。

「それはありがたい話ですね」

社長は面映《おもはゆ》いのか、また頭を掻いた。

「何よりも、佐川君の石を見る目は誰よりも信頼できるからね。佐川君が海外に買いつけに行くときも、安心して金を預けられるってもんなんだよ」

「おだてても何も出ないですよ」

「おだててなんかないよ。佐川君を頼りにしてる石好きは、おれ以外にもたくさんいるはずだよ。みんな営業再開を心待ちにしてるに違いないよ」

たしかに、田辺のじいさんが言うように、営業再開を望んでいる人はたくさんいた。佐川ミネラル社には毎日のように励ましの手紙が届く。延べ百通は超えているだろう。そして、そのどれにも、営業再開を待ち望んでいるという趣旨のことが書かれていた。

佐川ミネラル社は多くの人に愛されている会社だった。社長が石売りをして回ることで、石を楽しむことの素晴らしさを根づかせていたのだ。

「いい報《しら》せを待ってるからな」

と加藤さんも田辺のじいさんも帰っていく。社長はドアまで見送り、

「今後ともよろしく」

と手を振って明るく送り出した。しかし、その背中からは石の花を失った喪失感がありありと窺えた。

社長が振り向く。ちらりと目が合う。

「よし、おれらも帰ろうか」

と社長がつぶやく。その言葉からはまるで覇気を感じられなかった。

一月も十日が過ぎて、客の訪れも一段落したころのことだ。安斎さんがアルバイトをやめた。

「すみません。アレキサンドライトは必ず返しに来ますから」

と安斎さんは何度も繰り返して事務所を去っていった。今度こそ本腰を入れて職を探すのだそうだ。佐川ミネラル社がいちばん大変な時期にやめていくことに、ぼくは少なからず怒りをおぼえた。そして、アレキを返す勇気がなくなって、どさくさにまぎれて逃げるのでは、と疑ったりもした。だが、営業再開も給料の支払いも不透明ないま、安斎さんを引き留めるわけにはいかなかった。

事務所はぼくと社長のふたりきりとなった。彩名も志帆も金田も安斎さんもみんな去った。類家さんもまもなく盛岡を去る。そして、石の花はもはやない。まさかこんなときが来るとは思ってもみなかった。

社長の様子がおかしくなったのは、それからまもなくのことだ。社長は事務所に引きこもるようになった。

もともとひとりで酒を飲むような人ではなかったのに、昼間のうちからウィスキーを飲んだ。窓際に置かれた革張りのソファーに身を沈め、ストレートのままがぶがぶと飲む。そして、心ここにあらずといった感じであって、何を話しかけても生返事《なま》だった。

二十年間守り続けてきた石の花が燃えたのだ。ハルコさんとの思い出が灰になったのだ。社長が負った心の傷は、相当深いものに違いない。すぐに店を再建する気になれないのも道理だと思った。

ところが、そのまま一週間を経ても、社長は生活をあらためなかった。荒《すさ》んでいく一方だった。ウィスキーも飲みたくて飲んでいるようには見えない。社長の目から意志の光が衰えていくのを感じる。まるで、別人のように見えることがあった。

夜、事務所に立ち寄ってみた。灯りは点いていなかったが、窓にテレビの青い明滅が映っていた。

ドアチャイムを鳴らしたが返事はない。鍵は開いていた。

「こんばんは」

と声をかけつつ事務所に入る。中はアルコールの匂いで満ちていた。テレビが大音量でつけっ放しになっていて、社長はソファーで俯《うつぶ》せに倒れ込んでいた。右手がだらりと垂れ下がっていて、床には空っぽのグラスが横倒しになっている。酔い潰れて眠ってしまったらしい。

「社長。こんなところで寝ると風邪ひいちゃいますよ」

と社長を揺り起こす。ストーブはついているが、事務所内は冷えきっている。昨夜は最低気温がマイナス十度を下回った。今夜も相当の冷え込みになるだろう。下手をすれば室内だってマイナス零度以下になる。

「社長。起きてくださいよ」

松葉杖をつきながら、眠る人間を起こすのは、なかなか面倒な所作だ。

「おお、桜井か」

社長の息は、顔を背けたくなるほど酒くさかった。

「今日はまだ家に帰らないんですか？　帰るならタクシーを呼びますよ」

「まだいいよ」

「このままだと朝までソファーで寝ちゃいますよ」

「かまわないさ」

「駄目ですよ。風邪ひきますよ」

「ひかないよ」

社長は眉間に皺を寄せて黙った。機嫌を損ねたのかと思って身構えていると、社長は鼾《いびき》をかき始めた。

テレビのボリュームを落とし、ため息をつく。テーブルには酒壜《さかびん》と缶詰しか置いていない。ろくなものを食べていないようだ。

こうした社長の様子を、とてもじゃないが類家さんや雪衣に教えられない。特に雪衣だ。彼女は石の花を失った社長の胸中を慮《おもんぱか》って、事務所を訪れたいと言ってくれた。しかし、忙しいからと偽って断った。先立った人の思い出にしがみつく社長を、彼女に見せたくなかった。

空き壜とゴミをかたづけていると、その音で社長が目を覚ました。

「かたづけなくていいよ」

おっくうげに社長が言う。

「いや、ちょっとですから」

「ちょっとならば別にやらなくていいじゃないか」

「まあ、なんとなくですよ」

「押しつけがましいことはやめてくれよ」

カチンときた。そして、心底悲しくなった。黙っていると、社長は体を起こし、床に転がっていたグラスを拾う。またウィスキーを飲むつもりらしい。

「まだ飲むんですか。今日はもうやめておいたほうがいいんじゃないですか」

「何が今日は駄目だよ。どうせ明日も駄目だって言うんだろ」

社長はぶつぶつ言いながらウィスキーを注いだ。すっかり自分の殻に閉じこもっている。あおるようにしてウィスキーを飲む姿を、呆然と見守った。

ぼくにとって社長は理想の大人だった。大らかで邪気がなく、幼いころ自分が目指した大人にいちばん近かった。だから、弱さを露呈する社長を見るのは、つらくてしかたがない。大人の心の脆さを痛感する。生死の境を越えたさよならがあってもいい、と語っていたあの社長が、ここまで激しい落ち込みを見せるなんて。

ドアをノックする音が響いた。

「はい」

と返事をすると、西村さんが入ってきた。西村さんはときどき社長を心配して事務所にやってきてくれていた。

「あら、桜井君いたの」

「たまたま立ち寄ってみたんです」

西村さんはぼくの姿を眺めてから言った。

「松葉杖ついてたまたま？　わざわざじゃなくて？」

「たまたまですよ」

と西村さんを招き入れた。

西村さんは社長の座るソファーの向かいにパイプ椅子を置いて座った。

「どうしちゃったのよ、社長。そろそろこういう生活を切り上げなくちゃならないんじゃないの？」

社長は何も答えなかった。西村さんはぼくを見て、

「新しいお店の開店に向けて、準備を始めるべきよね」

と同意を求めてくる。

「ええ、まあ」

と答えると、西村さんは社長に聞こえよがしに言った。

「桜井君も、ええ、まあ、だなんて中途半端なことを言ってないで、社長にびしっと言ってやりなさいよ。飲んだくれの日々は終わりにしてくださいって」

「そうですね」

社長に気兼ねして、返事が小声になってしまう。社長はウィスキーをあおってから、ばつの悪そうな顔をした。伸びた無精ひげに白いものが混じっているため、貧相な印象を受ける。

「どうするの？　いいかげん返事をちょうだいよ」

と西村さんが社長に迫った。社長は首をひねった。

返事とはいったいなんのことだろう。ぼくは話の成り行きを見守った。

「ねえ、社長。やる気があるんだかないんだか、それくらいははっきりしてよ」

「うん……」

「何が、うん、なのよ。結局また答えは保留？」

「うん」

「うん、ばっかりじゃわからないわよ。まったく腑抜《ふぬ》けちゃってさ。いいかげんにしなさいよ」

「まあ、西村さん」

ぼくはあいだに入らずにいられなかった。

「あら、桜井君はこんな社長の肩を持つの？」

「いや、なんというか……」

社長の底知れぬ悲しみを思えば、厳しく責めることはできない。

「こういうときに、男は駄目ね」

と西村さんは床に叩きつけるように言った。何がどう駄目なのかよくわからないが、とにかく社長を謗《そし》りたいという気持ちは伝わってくる。

「また来るわ。ちゃんと考えておいてね。これが最後の通告だからね」

西村さんはぼくを見て咳払いをした。外へ出ろ、ということらしい。

松葉杖でよろよろと事務所の外まで出ると、西村さんが手荒くドアを閉める。そして、腰に手を当てて言った。

「ほんと参ったわね」

「でも、社長は大切なものを全部燃やされちゃったんですから」

「大切なものは、ここにあるはずでしょ？」

と西村さんは自分の胸を親指で指差す。

「それはそうなんですけれど……」

「いつまでもハルコちゃんのこと引きずっちゃってさ」

「あの、さっきの話なんですけど……」

「何よ。さっきの話って」

「返事をくれとかなんとか」

「ああ、あれね。火事のすぐあと、もし社長が新しく店を建て直すというのなら、資金の面でもアイデアの面でも協力するって言ってあったの」

「そんな話があったんですか」

「でも駄目ね、社長。返事をくれないの。まったく魂が抜けたみたいになっちゃってさ、情けないったらありゃしない。桜井君もさ、親身になって心配してるのは偉いと思うわ。だけど、肩入れしすぎて深刻になりすぎちゃ駄目よ。社長を甘えさせるのも駄目。わたしに言わせれば、いい大人が学生の桜井君に心配をかけてる時点で失格よ」

「社長にはずっとお世話になってますから。借りもありますし」

「借り？」

「ええ」

彩名が盛岡を去るとき、社長はぼくと彩名がふたりきりになるように取り計らってくれた。あのときの借りをぼくはまだ返していない。

「義理堅いのね」

「義理ってわけでもないんですけどね」

「じゃあ、やさしいのよ」

ぼくは少し照れた。

「それなら、西村さんこそやさしいじゃないですか。社長に石売りをもう一度やろうとうながすなんて」

「あら、わたしは社長に商売を持ちかけてるだけよ。それなのに社長がぐずぐずしてるから腹が立ったの」

西村さんは厳しく言い放つ。しかし、言葉とは裏腹に、社長を気遣っていることは充分伝わってきた。

「暇ができたら社長の返事をもらいに行くから。まあ、わたしも忙しいから、いつになるかわからないけどね」

西村さんはそう言い残して帰っていった。やっぱり、やさしい人だと思う。

事務所に戻ると、社長はウィスキーのボトルを傾けて、最後の一滴をグラスに落としているところだった。

「西村さんから聞きましたよ」

そう語りかけたが、社長はこちらを見向きもしない。もの悲しそうな顔をしてボトルを置いた。

「また商売を始めるなら、西村さんが手伝ってくれるそうじゃないですか」

「でもなあ」

もごもごと社長は言った。

「何か不満があるんですか」

「もういいんだよ」

「何がもういいんですか」

「だって、もうなんにもなくなっちゃったわけだからさ」

と社長はグラスに手を伸ばした。

「また一からやり直しましょうよ」

「おまえにはわからないよ」

と社長は笑った。人を拒む笑いだ。もはや悲しいかどうかさえ、問題ではないように見えた。

「桜井。もう今日は帰ってくれ」

社長はウィスキーを嚙みつくように飲んだ。何かもっと話すべきことがあるはずなのに、ぼくは何も言うことができなかった。

連日、図書館に通っている。冬休み明けに卒業論文のテーマを提出しなくてはならないためだ。

図書館は二階が正面入口となっている。松葉杖にはつらい図書館だ。なんとか階段を上り、図書カウンターまで辿り着く。そして、閉架図書へ入る手続きをした。閉架入口に置かれた入庫者記入帳には、ひとりの名前も書かれていない。つまり、窓ひとつない暗い閉架にぼくひとりが入っていくことになる。

閉架に入り、階段を使ってさらに下のフロアに降りる。松葉杖の音が鳴り響いて気まずさを感じるが、自分ひとりじゃないかと開き直って、どかどかと降りた。

どのフロアにも見渡す限りの書架がある。普段は人の目に触れることもない煤《すす》けた本たちが何万冊と並んでいる。その黴《かび》臭さは気になるが、外界から隔絶されたこの静かな世界は、居心地がいい。

剝き出しのブロック壁に沿って、古びた木製の机がいくつか置いてある。そこに座って参考になりそうな文献を読み耽った。没頭することで、ここ最近の社長にまつわる悩みから解放されるのだ。

二時間ほどして、気分転換のために書架をぶらぶらと歩いた。

書架には全国の大学の研究紀要が並び、さまざまな学問分野の研究書や資料集が並んでいる。自分の専門分野の学術雑誌を見て歩いていると、その奥に、まだ書架が続いていることに気づいた。

奥の書架は本の題名から察するに自然科学系のものらしい。これ幸いと思い、鉱物関連の本はないだろうかと物色する。すると、『岩手の鉱物』という題名が目に留まった。盛岡市内のみちのく印刷出版部が企画編集した郷土出版物だった。

本を開いてすぐに唸《うな》った。和賀仙人《わがせんにん》鉱山のアメシストや、玉山《たまやま》金山の山金《やまきん》や、久慈《くじ》の琥珀などが、とても美しい写真で紹介されている。写真からは、鉱物本来の色や光沢、それから質感まで再現しようと心を砕いているのが伝わってくる。

さらにページをめくると、崎浜《さきはま》のリチア電気石《でんきせき》が載っていた。一般に宝石のトルマリンといえば、リチア電気石のことを指す。『岩手の鉱物』には濃緑色をした柱状の美しい結晶が紹介されていた。いまや三陸海岸沿いにある崎浜は、リチア電気石の幻の産地となっている。崎浜漁港の堤防工事の折、リチア電気石が産出する鉱床を、堤防の材料として使ってしまったからだ。

それからしばらく時間の経つのも忘れて読み込んだ。岩手に希産鉱物の種類が多いことを再認識させられた。なんといっても岩手という県名にまで岩の字が入っているくらいだ、なんて冗談まじりに考えつつ、何度も読み返した。一冊の本にこんなにも夢中になるのは久々だった。閉架書庫の片隅に埋もれさせておくにはもったいない本だ。奥付を開くと、初版発行はいまから二十年前とある。

満足しつつ、巻末の編者のプロフィールを開いた。大学の教授や助教授、高校の地学教師などが編者として名前を連ね、編者近影が載っていた。二十年前にも石を愛する人々がいて、一冊の本を編むまで情熱があったのかと感心する。ふと、そのとき、ひとつの写真に目が釘づけになった。それは、編者の写真ではなく、鉱物標本を提供した夫婦の写真だった。写真の下にはこう記してある。

〈鉱物をお貸しいただいた佐川夫妻〉

二十年前の、うちの社長と奥さんのハルコさんの写真だった。

写真の中の社長は、すでに太っていた。いまよりも髪の量がだいぶ多い。きっと安斎さんが小学生のころに見たという社長の姿だ。そして、その隣に寄り添うハルコさんは、安斎さんが言っていた通り、きれいな女性だった。

スタイルがとてもいい。しゃっきりと背筋を伸ばして立つ姿は、まさにバレリーナという感じだ。すらりと伸びた細い首は白鳥を思わせる。髪はひっつめにしてあって、それがまた似合った。そして、社長との組み合わせは、まさしく美女と野獣という印象がある。

こんなきれいなハルコさんが、鉱物ショップをやりたい、と言い出したら、誰だって発奮して有限会社のひとつも興してしまうだろう。

急いで図書カウンターに行き、『岩手の鉱物』の貸し出し請求を出した。巻末に載っている社長夫妻の写真を、社長に見せようと思いついたのだ。石の花は燃えてなくなってしまったけれど、社長とハルコさんの思い出は形を変えつつも、こうして残っている。そのことを知らせたかった。

バスを乗り継ぎ、雪が舞う中を松葉杖をつき、なんとか、事務所まで辿り着いた。

ドアチャイムを押す。だが、反応がないために、例のごとく勝手にドアを開けて中に入った。電気が点けられていないために薄暗い。アルコールの匂いが鼻をつく。社長はソファーに座ってうなだれていた。ぼくが入ってきたことに気づきもしない。

「社長」

と呼びかける。

「おお。桜井か……」

社長は虚ろな目をしていた。

「社長に見てもらいたいものがあるんですよ」

ぼくは単刀直入に切り出した。

「見てもらいたいもの？」

「はい」

鞄《かばん》から『岩手の鉱物』を取り出し、社長に手渡す。社長は表紙を見ただけで、

「懐かしいな。よくあったな。この本」

と気づいた。

「大学の図書館の閉架にあったんですよ。二十年くらい前の本ですよね」

喜んでもらえると思い、口元に笑みが浮かびかける。しかし、社長は本を開こうとしなか

った。不審に思ったが、ぼくは続けた。

「本に載ってる社長とハルコさんの写真を見せてもらいました。ハルコさんの顔を初めて見ましたよ。きれいな人ですね。びっくりしました。スレンダーで、背筋がぴんと伸びていて、いかにもバレリーナという感じで」

「ちょっと待て」

社長は『岩手の鉱物』を突き返してきた。何か気に障るようなことを言っただろうか。

「妻がバレエをやってたことを、桜井に話したことがあったか」

「いえ」

「西村さんから訊いたのか」

「じゃあ、誰から訊いた？」

「違います」

社長の声には怒気が含まれていた。

「本に載ってる写真で想像して」

「嘘をつくな！」

社長の胴間声《どうまごえ》が事務所に響き、ぼくは身をすくめた。

「人の過去を勝手に持ち出してくるなんて、どういうつもりだ。出すぎた真似をするな」

絶句した。社長がハルコさんの話題を好んでいないことはわかっていた。けれども、ここまで拒絶されるとは思わなかった。

「すいませんでした」

やっとのことで謝ったが、社長は無反応だった。

「帰ります」

悲しくなって事務所を出た。事務所の中の暗さに目が慣れてしまっていたために、雪に覆われた白い世界はやけに眩しい。目眩《めまい》のようなものをおぼえる。

目を細めて雪空を見上げた。切れ間のない雪雲がどこまでも空に広がっている。もしも、ハルコさんを連れてこられるならば。『岩手の鉱物』を小脇に抱え、叶うことのない夢想にしばし浸った。

6

一月は何がなんだかわからないうちに終わっていた。

ぼくは毎日事務所に通った。性急に立ち直ってもらうことを求めて通ったわけではない。何かしらの慰めを社長に与えられたら、と願いながら通った。

社長はウィスキーを片手に一日を過ごした。酔って事切れたかのように眠りに落ち、目を覚ましてはトイレで吐き、ソファーに戻ってはまた飲んだ。泥酔して床にひっくり返ることはしょっちゅうだ。ぼくの折れた右足は完治までにまだまだ遠く、体重をかけることさえできない。だから、床に倒れた社長を起こす作業はひと苦労だった。

　ソファーで眠りこける社長を毎日見ているうちに、わかったことがある。孤独のそばも、また孤独なのだ。そして、その孤独の中で考える。いまのぼくは社長に何をしてやれるだろうか。

　大通りの喫茶店へ向かった。雪衣をコーヒーとチーズケーキがおいしい喫茶店に誘ったのだ。

「足の具合はどうですか」

　喫茶店の小さなテーブルに向かい合って座ると、雪衣は心配げに訊いてきた。

「よくないね……。一時間に二、三度だけどすごく痛くなるときがあるよ。鈍痛ってやつ。鬱血しちゃって足の腫れも引かないし」

　雪衣はぼくの痛みを想像したのか、顔をしかめた。

「安静にしていないからですよ」

「わかってるけどさ」

「リハビリにはちゃんと通ってます？」

「一応ね。でも、いまちょっと忙しくて」

「店番も出張もないのにですか」

「まあ、いろいろと忙しいのさ」

　あくまでも社長のことは伏せておきたい。

「雪衣は免許は順調？」

と訊いて話を逸らす。雪衣は運転免許を取るために、自動車教習所に通っているのだ。

「やっと二段階です」

「無理しちゃ駄目だよ」

雪衣から自動車学校に通うことを告げられたとき、春を待ったほうがいいと勧めた。二月の自動車教習など危なくてしかたがない。停止線だって見えないはずだ。けれども、彼女は通うことを頑なに主張した。早く免許を取って、骨折したぼくを車に乗せたいらしい。そんな目的だから、ぼくはますます心配なのだ。

「無理してるのって、桜井さんのほうなんじゃないですか」

なぜか雪衣が不服げに言った。

「どういうこと？　無理なんかしてないよ」

「嘘」

と雪衣は唇をとがらせる。

「嘘なんか言ってないよ」

「桜井さん、いまわたしに何か隠してますよね？」

言葉に詰まる。泥酔してソファーに横たわる社長の姿が頭をよぎった。

「隠し事なんかしてないよ。なんでそんなこと言うの？」

「だって、いまの桜井さんは、蛍石を採りに行ったときと同じ顔してますよ。心に何か隠してるときの顔です」

雪衣の洞察力に舌を巻きつつ、

「考えすぎだよ」

と笑って逃げた。

「桜井さんは、わたしに対してはなんでも話せ、みたいなことを言っておきながら、自分が抱え込んでいることは話してくれないんですよね……」

「そうかな？」

「そうですよ。自分ひとりでなんとかしようとして駆けずり回るタイプですよ。悩みとか人に絶対に打ち明けないで」

雪衣の口調はさびしげだ。ごめん、と心の中でつぶやいた。彼女の指摘通りかもしれない。ひとりよがりな人間であることはぼくも自覚している。けれども、人の悲しみや苦しみに気づいてしまったとき、ぼくはぼくだけでなんとかしてあげたいと思ってしまうのだ。他人に知らせたり、仲間内で相談することはしたくないのだ。

ホットコーヒーとチーズケーキがやってきた。コーヒーの芳《こう》ばしい香りで、心がなごむ。

「おいしそうでしょ？」

と雪衣に笑いかける。彼女は水を注《さ》されたような顔をしてから、表情をやわらげた。

「はい……」

雪衣の目尻にふわりとしたやわらかさが漂う。そして、コーヒーをひと口飲んだ彼女は言った。

「あ、おいしい」

「なかなかでしょ」

「でも、やっぱり社長さんのコーヒーが恋しいですよね」

と雪衣はカップをソーサーに置いた。カップとソーサーがぶつかって、さびしげに鳴る。

「そうだね……」

社長のコーヒーを飲んで心なごませていた日々も、いまや遠く離れてしまった。石の花を訪れた人々の誰をもなごませたあのコーヒーをもう一度飲みたい。

ふと、思いつくことがあった。

「うん」

と声に出してひとり頷く。

「なんですか」

と雪衣は怪訝そうに言う。

「このあと、買い物につき合ってくれる？　ちょっと大量に買い物をしたいんだよ」

「いいですけど、何を買うんですか」

「雪衣のおかげで、思いついたことがあるんだよ。そのための買い物さ」

銀行に行き、なけなしの貯金を下ろした。そして、菜園《さいえん》にあるデパートに向かう。県内でいちばん大きなデパートだ。

地下の食品売り場に行き、豆とミネラルウォーターを買った。豆はガテマラを選んだ。社長はガテマラのすっきりとした味わいを好んでいた。ミネラルウォーターはフランス産のものを大量に買い込む。コーヒーは水で決まると聞いている。

「コーヒーをいれるんですね」

買い物カートに入れる豆やらミネラルウォーターを見て、雪衣も察しがついたようだ。

「その通り。社長のためにね」

いままでみんなの心を慰めて、なごませて、励ましてきたコーヒーを、今度は社長のためにいれようと思いついたのだ。

「社長さんはいまコーヒーをいれていないんですか」

「コーヒーをいれる器具は、みんな焼けちゃったからさ」

事務所には流しと小さなガスコンロがある。だから、コーヒーをいれるための器具一式があれば、毎日だってコーヒーをいれることができる。

階を移動しながら、手挽きミル、サーバー、布フィルターと買いそろえていく。注ぎ口が細くなっているドリップポットも買った。

エスカレーター脇のベンチで腰を下ろす。やはり、長いあいだ歩いていると、右足首が痛くなってくる。

「痛みます？」

「ちょっとね」

「あの、やっぱりわたしも事務所に行って桜井さんを手伝ってもいいですか」

「いや、いま事務所忙しいから」

「だから、手伝うんじゃないですか」

「コーヒーくらいひとりでいれられるよ」

「でも、桜井さん、足痛そうだし」

「ときどき痛くなるだけだから」

「わたしも役に立ちたいんです」

雪衣は譲らない。やさしくて融通が利かない。ぼくの周りにはこういった人が集まるようになっているのだろうか。

「充分役に立ってるよ」

ゆっくりと言い聞かす。

「ほんとですか？」

「ほんとだよ。支えてもらってる」

社長との窒息しそうな日々も、雪衣と会うことで乗り越えられている。彼女は新鮮な空気をぼくに運んでくれる。

「雪衣に支えてもらってるよ」

もう一度、心を込めて言った。

「ほんとですか？」

と雪衣は同じ言葉を繰り返した。しかし、今度はぼくの感謝は伝わったらしく、彼女ははにかんでうつむいた。

明くる日より、事務所でコーヒーをいれることがぼくの日課として加わった。

社長とぼくのふたり分のコーヒーをいれて、ソファーの前に置かれたガラスのセンターテーブルにカップを運ぶ。

ソファーでうたた寝をしている社長を揺り動かし、

「どうぞ」

と声をかける。社長はもそもそと体を起こし、カップに手を伸ばした。そして、ひと口啜る。

「うまい」

社長がぼそりと言う。しかし、喜びはちっとも湧いてこない。なぜなら、社長はコーヒーを飲むたびに「うまい」と言ってくれるのだが、飲み干したことは一度もなかった。

デスクの回転椅子に腰を下ろし、自分の分のカップに口をつけた。口に含んですぐ感じるはずのまろやかさがなかった。ガテマラ特有の清冽な酸味もないし、喉ごしのよさもない。そして、強烈な苦味がある。社長の「うまい」は確実に嘘なのだ。

苛々しながらコーヒーを飲む。なぜうまくいれられないのか、さっぱりわからない。

「うまいね」

と言って社長がテーブルにカップを置いた。そして、呆けたように何もない中空を見る。

もう手をつける気配を感じない。

まずいならまずいと言って欲しい。残されたコーヒーを流しに捨てるとき、情けなくてしかたがない。

毎日、試行錯誤を繰り返しながら、コーヒーをいれ続けた。お湯の温度や抽出時間に気をつけてみたり、お湯と豆の量を調節してみたり、コーヒー粉を蒸らすタイミングを変えてみたりしてみた。しかし、かつて社長が作ってくれたおいしいコーヒーにはほど遠い。

社長の口から本当の「うまい」を言わせたい。ぼくは意地になって事務所に通い、コーヒーをいれることを繰り返した。コーヒーをいれる目的が、社長の心をなごませるためのものであったのに、いつしか社長にひと泡吹かせてみたいというものにすり替わっていった。そのことに気づいて、ふとドリップポットを持つ手が止まってしまったこともあったが、社長に会うたびに感じていた気の塞ぎも、雲散していることに気がついた。

十日が過ぎたころのことだ。朝、図書館に行く前に、事務所に立ち寄った。

社長は昨日も家に帰らなかったらしい。ソファーで眠る社長は、昨夜ぼくが毛布をかけてやったままだ。

センターテーブルには、コーヒーカップが置きっ放しになっている。昨夜、帰りがけにいれて、社長に出していったものだ。カップの中を覗いてみる。やはりコーヒーは残っていた。

「うまいね」

と社長は言っていたが、あのひと口だけで、飲むのをやめてしまったのだろう。カップの縁はほとんど汚れていなかった。毎日のように、うまいね、と言われるが、そのたびに辱《はずかし》められているような気がしてしまう。

がっくりと肩を落とす。しかし、妙に悔しくなって、さっそくガスコンロでお湯を沸かした。

カレンダーを眺めると、バレンタインデーまであと少しだった。二月。つまり、雪衣と出会って一年が経ったことになる。激動の一年だった。去年のいまごろは、一年後に社長と事務所でふたりきりになっているなんて予想だにしなかった。

沸騰したお湯をドリップポットに注ぐ。温度計で測るとちょうど九十度。布フィルターにコーヒー粉を入れ、「の」の字を書くようにして湯を注いだ。全体を湿らせ、一分ほど蒸らす。挽きたてのために、粉がふわっと膨らんだ。

溢れないように注意しながらお湯を注ぎ、ちょうどひとり分のコーヒーがサーバーにたまったところで、布フィルターを外した。

寒い事務所内に、コーヒーの湯気が立ち上る。

「さて」

とつぶやいてから、温めておいたカップにコーヒーを注ぐ。猫舌のぼくはおそるおそるコーヒーを啜った。

駄目だった。ガテマラのすっきりとした酸味が出ていなかった。苦味ばかりなのだ。

自分でも驚くくらい深いため息が出た。

「はあ……」

「水だよ」

と社長の声がした。びっくりしてソファーを見る。社長は上半身を起こしてこちらを見ていた。

コーヒーをいれるぼくをいつも胡乱《うろん》げに眺めるだけの社長が、なぜ今朝に限って声をかけてきたのだろうか。いぶかしさに、つい斜に構えてしまう。

「水が悪いっていうんですか」

「そうだよ。しかしながら、ほんとまずいコーヒーを作ってくれるな」

むっときた。ぼくだって毎日好きでまずいコーヒーをいれているわけではないのだ。しかし、自分の怒りに、ふと違和感をおぼえる。

「まずい……？」

「ああ。まずい」

社長はソファーから立ち上がった。社長は「うまい」とは言わずに、「まずい」と言った。つまり、社長はぼくのコーヒーにやっと正直な評価を下してくれたのだ。ぼくは複雑な喜びに包まれる。

「ミネラルウォーターを見せてみろ」

冷蔵庫からミネラルウォーターのペットボトルを取り出し、社長に渡した。

「フランス産じゃないか。これじゃ駄目だよ」

「どうして駄目なんですか」

「ミネラルウォーターには二種類あるんだよ。カルシウムやマグネシウムなどのミネラル分の含有量で、二種類に分けられるのさ」

「二種類？」

「ああ。ミネラル分が多い硬い水と、ミネラル分が少ない軟らかい水。野球のボールの硬式と軟式じゃないけれど、硬水と軟水って呼ばれてるのさ」

社長がペットボトルを突き返してくる。

「桜井が買ってきたそのミネラルウォーターは硬水なんだよ。硬水を使ってコーヒーを作ると、苦味が強くなる傾向がある」

「だから、何度作っても苦味がきつかったのか」

「ガテマラのようにすっきりとした酸味が特徴の豆は、軟水を使ったほうがよかったってわけだ」

社長は薬缶に水道水を入れて、ガスコンロにかけた。

「日本の水道水は軟水なんだよ。だから、一度沸騰させてカルキを飛ばしさえすれば、充分おいしいコーヒーを作れるんだ」

「あ、はい……」

社長と並んで立ち、コンロの青い炎を眺めた。

「すまなかったな、桜井」

急に社長が言った。心がしんとなった。

「いや、別に……」

いままでぼくがコーヒーをいれていても、社長はなんの関心も示さなかった。それなのに、なぜ急にアドバイスなどくれるのだろう。

困惑していると、社長がデスクの上を指差した。ぼくはすべて合点がいった。デスクの上には一枚の便箋が広げられており、その上に見覚えのある小箱が載せてあった。かつて、安斎さんに見せてもらったアレキが収められた箱だ。

アレキはハルコさんが分身とまで言っていた石だった。その石が社長のもとに返ってきたのだ。石の花の焼失とともに、ハルコさんの思い出がすべて消えたわけではなかった。あのアレキが、社長を立ち直らせるきっかけとなったに違いない。

「昨日の夜、安斎君が来たんだよ。話があるからって」

アレキのことはいっさい与《あずか》り知らぬことになっている。ぼくは首を傾《かし》げてみせる。

「安斎君はおれがちょうど眠りかけているときに来たんだ。だから、返事もしなかったんだよ。そうしたら、安斎君は帰っていったんだ。でも、夜中にもう一度来たみたいだな。朝起きてみたら、その置き手紙があった。読んでみな」

「はい」

便箋は安斎さんらしい細かくて几帳面な文字で、びっしりと埋め尽くされている。手紙の内容は、かつて安斎さんがぼくに打ち明けてくれたことが、洗いざらい書かれていた。

万引きの病気が治らないこと、結婚のために治そうと努力していること、幼いころに石の花や西村さんのリサイクルショップを訪れていたこと、在りし日のハルコさんに会っていたこと、ハルコさんが初恋の人だったこと、アレキを盗んだこと。

さらに、ハルコさんの言葉も、口調を忠実に再現するかのように逐一書き込まれていた。

〈あの人はとてもやさしい人なのよ、石売りの夢を叶えてくれた、世界でいちばん大切な人なのよ、と奥さんが嬉しそうに語っていたことを、ぼくはいまだに忘れることができません〉

といったふうに。そして、たくさんの謝罪の言葉のあと、

〈いつでも呼び出してください、お叱りは受けるつもりです〉

という一文で締めくくられていた。

「今日の午後にでも、安斎君を呼び出して欲しいんだが」

と社長が言う。

「安斎さんを叱るわけですか」

「いや、違うよ。感謝を述べたいんだ」

「感謝？」

「ああ、感謝だ」

お湯が沸いて、薬缶の笛がピーピーとけたたましく鳴る。

「安斎さんがハルコさんの分身であるアレキを持ち出していたおかげで、火事にもあわずにすんだ、という感謝なわけですね」

ぼくは心得顔で言った。

「まあ、それはもちろん、そうなんだが……」

社長はガスコンロを止めて、薬缶を手に持った。お湯をドリップポットに移したあと、コーヒー粉を布フィルターに入れる。

「桜井」

「はい」

「妻のハルコのこと、もう少し詳しく聞いて欲しいんだ。いいか？」

思いがけない申し出に、驚きつつ、

「はい」

と返事をする。

「よし」

と社長は短く言ってから、ゆっくりと語り出した。

「おれがハルコと東京で出会ったとき、あいつには婚約者がいたんだよ。婚約者はおれの友達だった。だから、結婚式の半年くらい前にハルコを紹介されたんだ。だけど、おれはハルコにひと目惚れしちまったんだ。おれはいわゆるバレエ顔に弱くてな。そのうえ、ハルコには華があった。で、最後には婚約者からさらっちまったんだよ」

『岩手の鉱物』に載っていたハルコさんの姿を思い出す。社長がひと目惚れするのもよくわかる。しかし、婚約者から奪うなんて。

「何をどうしたら、かっさらうようなことになるんですか」

「きっかけはハルコの足の骨折だったんだよ」

ついつい自分の折れた右足首に目が行く。

「ハルコは小さいころからバレエひと筋の人生だったんだ。中学卒業と同時に上京して、渋谷にあるバレエスクールに通って、高校を中退してイギリスにバレエ留学して、帰国してからは東京のバレエ団に入って」

「プロバレリーナだったんですね」

「ああ。だが、ハルコは足首を骨折しちまった。たしか結婚式の一ヶ月前だった。足首が内側にぐっと反るような形で着地したらしくてな。靭帯《じんたい》を捻挫していたのに、無理したためらしい。桜井と同じ外果の骨折だよ。螺旋《らせん》骨折と言ってた」

なるほど、社長が骨折に詳しかったわけだ。

「ひどい骨折だった。ハルコはバレエをやめざるをえなかったんだ。そして、あいつは故郷の盛岡に帰りたがったんだよ。だけど、婚約者のおれの友人は、東京を離れる気なんてさらさらなかった。だから、踊れなくなったハルコは、結婚を控えているっていうのに孤独だったんだよな。それで、おれに相談してきた」

相槌を打つと、社長は続けた。

「ハルコにひと目惚れしていたおれは、一も二もなく誘ったさ。いっしょに盛岡に行こうって。おれも膝を悪くしてラグビーをあきらめた苦い経験があったから、バレエを断念せざるを得ないハルコの気持ちは痛いほどわかったし、あいつも心の支えを欲しがっていた。だから、ふたりで盛岡に逃げたのさ」

「それが三十年前ってことですか」

「そうだ。そのあと、裏切り者だのなんだのって後ろ指を差されたが、なんとかハルコといっしょになった。そして、ハルコの親父さんから土地を買い受けて、喫茶店を始めたんだよ」

「波瀾万丈ですね」

「いまとなっては、我ながらよくあんな無謀なことができたもんだって思うよ」

「社長も無鉄砲な人だったんですね」

親近感が湧いた。

「だがな、ハルコといっしょになってから、おれは後悔したんだ……」

「せっかくいっしょになったのにですか」

社長は苦い笑みを浮かべてから言った。

「子供ができなかったんだよ」

「子供ですか……?」

「十年経ってもできなかった。だから、病院で診てもらった。そうしたら、ハルコはなんの問題もなかった。悪かったのは、おれだった。精子を造る機能に問題があったらしくてな。その原因はわからないらしいんだが」

ドリップポットのお湯をコーヒー粉に注ぎながら、社長は続ける。

「ハルコとの結婚をほんと悔やんだよ。もしおれがそそのかしたりしなければ、ハルコはおれの友達とそのまま結婚して、子供のいる幸せな家庭を築けていたかもしれない、なんてな」

「そんなの、もしもの話ですよ」

「わかってる。だけど、ハルコに貧乏くじを引かせたような気がしてなあ……。だから、おれは必死になって働いた。あいつの夢だった石売りの店を開いてやるためにさ」

「石の花が開店するまでに、そんな経緯があったんですか」

「まあな」

と社長は遠い目をする。

「でも、店を開いてやってからも、引け目というか負い目みたいなものは消えなかった。ハルコはおれに幸せだって言ってくれたけど、その言葉も信じることができなかった。おれへの気遣いじゃないかって疑心暗鬼になって、ハルコとうまくいかないときもあったんだよ」

安斎さんは言っていた。二十年前の社長はいつでも無愛想だった、と。安斎さんの作り話ではないかと疑っていたが、本当だったようだ。

「おれのわだかまりは、あいつが癌を患《わずら》ってからさらにひどくなった。そして、ハルコがこの世を去ったあと、わだかまりは永遠に晴れないものになっちまったんだよ」

石の花が燃えてなくなるとともに、ハルコさんの思い出もなくなった。ぼくは単純にそう考えていた。しかし、社長が石の花を失った意味は、もっと複雑だった。喪失感の中に、後悔や悲しみが螺旋のようにねじれて絡み合っていたのだ。だから、社長は新しい店の準備に乗り出せなかったのだろうし、ハルコさんについて触れられることに厳しい拒絶を見せたのだろう。

「でも」

とぼくは安斎さんの手紙を社長にかざした。手紙の中の一文を思い浮かべたからだ。きっと社長のわだかまりを軽くしただろう一文を。

〈あの人はとてもやさしい人なのよ、石売りの夢を叶えてくれた、世界でいちばん大切な人なのよ、と奥さんが嬉しそうに語っていたことを、ぼくはいまだに忘れることができません〉

社長が頷く。

「だから、安斎君を呼んで感謝したいんだ」

「わかりました。連絡してみます」

「よろしく頼むよ」

と社長はサーバーからカップにコーヒーを注いだ。そして、サーバーを置いてから、ぼくに深々と頭を下げた。

「桜井には面倒かけて悪かった。心から感謝してる」

「いいんですよ。やめてくださいよ」

「いや、本当にすまなかった」

「社長には借りがありますから」

「借り？」

「彩名が東京に行くとき、彼女とバス停でふたりきりになれるように取り計らってくれたじゃないですか」

「そんなたいしたことじゃないだろう。それなのに……」

社長は目頭を押さえた。

「おれは弱いなあ」

「しかたないときもありますよ」

「いや。自分が情けない。それに引きかえ、桜井は強くなった。特に、彩名ちゃんと別れたあとは。悲しみの中で身につけた潔癖さ、というやつだな」

「え……？」

「桜井から感じるようになったものさ」

「弱かったから、正しさにすがるしかなかっただけですよ」

「それが普通できないものなんだよ」

褒められて変に汗をかいた。手の甲でこめかみを拭うと社長は言った。

「もう一度、石売りをやろうと思うんだ。西村さんに協力してもらってな。できたら、桜井にも手伝って欲しい」

「もちろんですよ」

微笑むと、社長はいれたてのコーヒーが入ったカップを差し出してきて言った。

「ありがとう。それからな、桜井がいれてくれたコーヒーは水以外は完璧だった。店を再建したあと、跡を継いで欲しいくらいにな」

カップから、ガテマラらしい甘い香りが漂った。


午後、安斎さんが事務所に現れた。社長は窓際のソファーに座り、センターテーブルをはさんで、ぼくと安斎さんはパイプ椅子に座った。

テーブルの上には社長がいれてくれたコーヒーが三つ並び、温かげな湯気が立ち上った。

社長は朝ぼくに話したハルコさんとの馴《な》れ初《そ》めを、安斎さんにも話して聞かせた。そして、話し終えたあと、箱の中からアレキを取り出して言った。

「このアレキはな、ハルコがソ連に行ったときのものなんだよ。おれと出会うはるか前の話さ」

「ソ連っていまのロシアですよね」

「そう。ハルコはイギリス留学を終えたあと、レニングラードに行ったんだ。いまはサンクトペテルブルクと呼ばれている街に」

「でも、どうしてソ連に？」

「憧れのバレエ団があったんだよ。だから、三ヶ月くらいレニングラードに留まって入団の機会を窺ったんだ。だが、結局駄目だった。バレエ団は門戸を開放していなかったし、ハルコの技術も足りなかったらしくて」

「厳しい世界なんですね」

「ハルコは志半ばで帰国した。それで、このアレキはレニングラードから日本に帰る数日前に、人助けをしたことでもらったのさ」

「こんな上等のアレキを？」

「ああ。ハルコがプーシキン劇場の脇を抜けて、川に向かって歩いていたとき、すぐ前を歩いていたおばあちゃんが突然倒れたんだ。だから、ハルコは急いで助けを呼んだ。おばあちゃんはすぐに病院に運ばれて一命は取り止めた。だが、右半身が動かなくなってしまったらしくてな……。心筋梗塞だったらしい」

　頷くと、社長は続けた。

「それから後日、ハルコはそのおばあちゃんに呼ばれたんだよ。お礼がしたいからって。だから、ハルコは見舞いに行ったんだ。そしてそのとき、おばあちゃんに身の上話を聞かせたんだよ。バレエのためにレニングラードまで来たが、無駄に終わってしまったことを。そうしたら、おばあちゃんから踊るように頼まれたらしくて」

「踊るように？」

「そう。だから、ハルコは踊ってみせたのさ。ベッドに寝ていたおばあちゃんは、ハルコの踊りを見てえらく感激したらしくてな。お礼としてアレキをくれたんだそうだ。動けなくなった自分の分まで踊ってくれって。おばあちゃんは踊るのが大好きだったそうなんだよ」

このアレキはそんな来歴を持つ石だったのか。ハルコさんの夢の折り返し地点を、このアレキは見てきたということだ。ハルコさんが分身とまで言うのも無理はない。

「すみませんでした。そんな大切なものを盗んでしまって」

安斎さんは椅子から立ち上がって、これ以上下げられないというほど頭を下げた。

「いや、もういいんだ。安斎君。頭を上げてくれ。小さかったときのことだ」

「罪は罪ですから。本当にすみません」

「もう謝らないでくれ。おれは君に感謝してるんだよ。安斎君の手紙で、おれは心が軽くなった」

安斎さんが椅子に再び腰を下ろすと、社長はペンライトを用意した。そして、アレキを照らす。アレキは生き生きとした赤に色づいた。

「なあ、安斎君」

「はい」

「このアレキは君が持っていてくれないか」

「滅相もない！　奥さんの大切な思い出の品じゃないですか」

「だからこそ持っていて欲しいんだ。ハルコを初恋の相手として選んだ君に」

「いや、しかし」

「これはおれからのお願いなんだ」

安斎さんは困ったようにぼくを見る。

「いいんじゃないですか。信用してもらってるんですから」

そう言うと、安斎さんは大いに恐縮しながらアレキを受け取った。穏やかな空気が事務所に流れる。

「社長。午前中の話の続きなんですが」

とぼくは切り出す。

「なんだい？」

「店舗を再建するのなら、今度はどんな名前の店にするんですか」

「石の花だ」

社長は即答した。

「気分を変えるために、店の名前を変えるっていうのもいいと思うんですけど」

「いいや。石の花という名前には思い入れがあるんだ。三十年前、喫茶店を開くときに、おれとハルコがけんかしながら付けた名前だからな」

「三十年前？　ということは、喫茶店のころから石の花という名前だったんですか」

「そうだよ。何かおかしいか」

「石売りの店を始める際に、カラフルな石が花畑みたいに並んでいるから、石の花と名付けたんだとばかり思ってました」

「違うよ。ロシアのバレエ作品に『石の花』というのがあるんだよ」

「そうなんですか？」

とぼくと安斎さんは声をそろえて訊いた。

「いまから百年くらい前に、バジョーフというウラル地方生まれの作家がいたんだが、ウラル地方に伝わる伝説や民話から物語をいくつか作ったんだ。そのひとつが『石の花』なんだ。映画や絵本にもなってる。そして、その物語を元にしたバレエ作品もあるのさ」

「あの、石の花ってなんのことなんですか」

と安斎さんが訊く。

「ロシアには孔雀石で作った民芸品があるんだよ。『石の花』の主人公もそうした石細工を作る男なんだ。そして、その主人公は孔雀石で花を作ろうとしたんだ。石が持つ生命力を殺さないようにしながら、人工の石の花に命を吹き込もうとしたのさ」

社長はコーヒーを啜った。そして、思い出し笑いを浮かべつつ言った。

「三十年前、喫茶店を開くときに、店の名前はロシアのバレエ作品から取りたいってハルコが言ってきかなかったんだよ。愛の伝説とかジゼルとかさ。でも、店の名前は大切だからおれも譲れなくてな、揉めに揉めてけんかになったんだよ。そして、最終的に決まったのが石の花だったんだ」

7

四年前、佐川ミネラル社のアルバイトに入ったときには、まさか最後まで勤めあげるとは思わなかった。

大学の卒業式が終わってすぐ、ぼくは石の花に向かった。再建された石の花に。

ここ数日、天候に恵まれたために、アスファルトに雪は残っていない。おかげで女の子たちは袴や草履を雪で汚さずにすんだし、ぼくはスクーターに乗って石の花に向かうことができた。

上ノ橋を渡り、タクシー会社のある角を曲がる。手には卒業証書を入れた筒のみだ。多くの卒業生が、サークルやら研究室やらの後輩から花束を渡されていたが、四年間佐川ミネラル社にどっぷり浸かっていたぼくは、当然のごとく誰からも花束をもらえなかった。

石の花の正面にスクーターを乗りつける。新しい石の花は西村さんのコンセプトに則って、こぢんまりとしているが静かで落ち着いたカフェとして生まれ変わった。

白い壁は清潔感があり、床やテーブルや椅子は木製で安らぎを与えてくれる。もちろん、カウンター席もあって、厨房には社長が立つ。

窓はより大きくなった。そのために、店内の印象は以前よりも開放的になった。昼間の白い光の中、ゆっくりと読書をするのにふさわしい。

奥はあえて照明を落としてあって、落ち着いた雰囲気を醸し出している。そこには石の標本棚と展示台が配されていて、以前と変わらぬ理科室を思わせる風情がある。そして、石の常連さんや石を求めて訪ねてきてくれた人のために、かわいらしい緑のひとり掛けソファーがふたつとローテーブルが用意してあり、ぼくもそこでくつろぐことが多かった。

「いま、式が終わりました」

とドアベルを高らかに鳴らしながら、店内に入っていく。

「おかえり」

と社長が厨房の中から言ってくれる。カウンターのいちばん奥の席には、西村さんが座っていた。ぼくも止まり木に腰を降ろす。

「久しぶりね。桜井君。会社の研修のほうはどう？」

と西村さんが訊いてくる。

「まだ、始まったばかりなんでなんとも言えませんね。それに、とにかく慌ただしくって」

「卒業式前に研修を始めちゃうなんてね」

「ええ」

「まあ、そのうち落ち着くでしょ」

「でも、落ち着いたら不安になるかもしれないですね……」

「桜井君なら大丈夫よ。佐川ミネラル社でさんざんこき使われても四年間耐え抜いたんだから。ね？　社長」

西村さんは頬杖をついて、社長を見る。

「まあな」

と社長は苦笑いだ。

「しかし、まさか最初から東京営業所とはな」

と社長は話を戻す。

「しかたないですよ」

「どのくらいで盛岡に戻ってこられそうなんだ？」

「研修が終わってすぐ戻ってくる人もいるそうなんですけど、そうじゃない場合はいつまで東京に居残るのかわからないらしくて」

「あら」

と西村さんがもらす。

「桜井がもうちょっと公務員試験の勉強を頑張ってればな」

社長のぼやきに、ぼくもうなだれる。

ちょうど一年前のことだ。ぼくは雪衣のために盛岡に残ろうと心に決めた。社長のようにひとりの女性のために、盛岡に住んでみようと決意したのだ。だから、類家さんから公務員試験の問題集を譲り受け、生まれて初めてと言っていいほどがむしゃらに勉強した。そして、県庁、市役所、郵便局、それから、公務員に準ずるすべての試験を受けまくった。

だが、結果は惨憺《さんたん》たるものだった。どれひとつとして一次試験も通らなかった。慌てて岩手県内の民間企業の試験もいくつか受けたが、芳しい結果には至らなかった。焦れども手の打ちようがない。呆然とするうちに、大学生活最後の夏は終わっていた。

「うちで働けばいいじゃないか」

と社長は常々言ってくれていた。けれども、ぼくは自分の力で将来を切り開いてみたかったのだ。石の花を去っていったみんなのように。

そんななか、なんとかひと筋の光明を見出せた会社があった。それが、『岩手の鉱物』を刊行したみちのく印刷だった。

どうやら、面接のときに『岩手の鉱物』の話題を出したことがよかったらしい。岩手では一九八〇年代初めに鈴木石《すずきいし》が見つかった。二十一世紀に入ってからはわたつみ石やカリーク閃石《せんせき》が鉱物として承認された。だから、そうした新しい鉱物を載録して、新しい岩手の鉱物の本を出版してみてはどうか、とぼくは述べてみたのだ。

二度の面接を経たあとの秋の終わり、みちのく印刷から内定をもらうことができた。企画営業としての採用だった。これで、盛岡に残ることができる。雪衣も社長もおおいに喜んでくれて、祝杯をあげてもらった。

ところが、とんだ盲点があった。

みちのく印刷は本社社屋も工場も盛岡市内にその建物を構えているのだが、東京の恵比寿《えびす》に営業所があったのだ。そして、研修はすべてその東京営業所で行われることになっており、新人の中にはそのまま東京に配属される者もいるとのことだった。特に、都内出身のぼくはその確率が高いらしく、さも当然とばかりに話をしてくる先輩社員もいた。

「雪衣ちゃんも残念がってるだろ？」

と社長がコーヒーを出してくれる。

「ええ、まあ」

「遠距離恋愛なうえに、いつ帰ってこられるかわからないなんてな」

「でも、安斎君みたいな場合もあるじゃない」

横から西村さんが言う。

「そうだよな。遠距離恋愛の果てに一度は別れたのに、最後には結婚したんだからな。そばにいいお手本があるってことだな」

と社長が笑う。

去年の春先、安斎さんは別れた彼女とよりを戻すことができた。そして、先月とうとうゴールインしたのだ。仕事も塾の講師にありつけた。評判もいいらしい。

「桜井君も雪衣ちゃんといっしょになる可能性はまだまだあるってことよね」

「冷やかさないでくださいよ、西村さん」

「ところで、その雪衣ちゃんと会わなくていいのか。明日には盛岡のアパートも引き払っちゃうんだろ？」

と社長が心配してくれる。

「だから、ここで待ち合わせなんです」

「は?」

「雪衣とは石の花で待ち合わせなんですよ」

「何も明日盛岡を去るってときに、ここで待ち合わせしなくても」

「いや、わざわざここにしたんです。雪衣とは石の花で出会ったんですから」

社長は妙に嬉しそうに笑った。

「それで、ふたりで待ち合わせてどこに行くんだよ」

「墓参りに」

そのひと言で、藤沢の墓参りに行くのだと社長はわかってくれたらしい。

「そうか……」

とやさしくつぶやいた。

足を折って入院しているあいだ、雪衣はいっしょに行って欲しい場所があると言っていた。それは退院したあとも、その後一年間も明かされぬままだった。だが、ぼくが盛岡を去る期限がはっきりしたとき、彼女はやっと覚悟を決めて切り出してきた。いっしょに藤沢の墓前に行って欲しい、と。

そろそろ雪衣との約束の時間だ。そう思って腕時計に目をやると、ドアチャイムが鳴った。社長も西村さんもいっせいに入口を見た。そして、誰もが目を見張った。

「こんにちは」

と雪衣が言う。

「ああ」

挨拶を返さなければならないのに、言葉が喉につかえて出てこない。それほど、驚いた。

雪衣は真っ白なピーコートを着ていた。中に見えるのはフロントにフリルのついた白いコットンブラウスだ。そして、そして、スカートは斜めにチェックが入ったワインレッドのものをはいている。

いつもの黒い服装ではない。

雪衣の心の喪が明けようとしているのだ。

「おかしいですか」

と雪衣がはにかむ。

雪衣と初めて会ったときのことを思い出した。白い服を着ている彼女を見てみたい、とあのときのぼくは思った。そして、二年前の見立て通り、白い肌の雪衣に、白い服は似合った。

感慨に耽っていると、西村さんに背中を平手で張られた。何か返事をしなさいよ、ということなのだろう。

「かわいいよ」

そうとしか言えなかった。

雪衣は恥ずかしいのか、ほんの一、二秒ほど微笑んだまま目を閉じた。どう説明したらいいかわからないが、彼女の心がぼくらの生きているこの世界と、いま強く結びついたように感じた。

盛岡の寺町には二十もの寺院が密集している。藤沢の墓はそのうちのひとつの寺にあった。

雪衣が運転する車に乗って、霊園に向かった。

「入学の準備は終わったの？」

とハンドルを握る雪衣に尋ねる。

「ぼちぼちですね」

雪衣は盛岡の短大の入学試験に合格した。その短大では、医療や福祉関連の資格が取れるそうなのだが、彼女は保育士を目指すことにしたのだ。

「子供みたいな雪衣が、子供の面倒を見る側になるなんてね」

とからかってみる。しかし、雪衣は余裕のある笑みを浮かべてから、

「まったくですよね」

とこぼす。最近、ぼくのからかいに動じなくなってきた。

「保育士を目指そうと思ったのも、桜井さんの影響なんですよ」

「そうなの？　初耳だけど。保育士を目指せなんて言ったっけ？」

「そうは言ってませんよ。わたし、もともと子供は好きだったんです。それで、桜井さんが蛍石について話してくれたときのことがきっかけで」

「何か言った？」

「光る石は子供たちが初めて見る自然の神秘じゃないかなって」

「うーん。言ったかも。でも、それがなんで？」

「わたしも、自然の神秘を見せる側の人間になりたいって思ったんです。光る石に顔を輝かせて喜ぶ小さな子供たちが見たいって」

雪衣はやわらかに笑った。

車を降りたあたりから、雪がちらつき始めた。空は真っ青だ。それでも、きらきらと輝きながら雪が降ってくる。天気雨ならぬ天気雪。こうした天気は、東京に行ったら見ることはできないだろう。見上げる空までいとおしくなった。

霊園に入っていく。雪衣は通い慣れているのか、迷わずに歩いていく。並んでいる墓石は、雪をかぶったものがまだ多い。

「ここです」

と雪衣が立ち止まった。藤沢家代々の墓は、白いみかげ石の立派なものだった。

雪衣は墓石の雪をはらった。雪に埋もれた供物台や香炉を掘り出し、花立に花を供える。

「なんで人は石をお墓に選ぶんだろう」

雪衣がつぶやく。

「なんでだろうね」

「何千年も前から、亡骸《なきがら》を石の棺《ひつぎ》に入れるような風習はあったんですよね？」

「うん」

「人の死の歴史って石と密接な関係があるのかもしれませんね」

雪衣はやりきれなさを漂わせた。

「でも、生命が石から生まれるという伝説もあるんだよ。ギリシャ神話にもあるし、孫悟空なんかもそうでしょ？　だから、石は命が最後に還っていく場所というふうにも考えられるけど、命が生まれる母体というふうにも考えられるんじゃないかな」

「始まりにして終わり、終わりにして始まりっていうやつですね」

「そうだね。それから、きっと石は安息への願いをいちばん託しやすいものなんじゃないかな」

「安息……」

と雪衣は藤沢の墓石を見つめた。

雪衣は線香をあげたあと、長いあいだ墓前にしゃがんで掌を合わせた。彼女の小さな背中は動かない。藤沢に何を語りかけているのだろう。

しばらくしてから、

「どうぞ」

と雪衣が立ち上がる。線香をあげてから合掌する。ぼくが言うべき言葉は、ひとつしかない。

雪衣のことは、まかせてくれ。

厳粛な気持ちに包まれて、しばらく掌を合わせたが、ぼくはそのひと言しか繰り返さなかった。

合掌し終えてから、雪衣に振り向いた。彼女は空を見上げていた。大きく胸を反らして、空のいちばん高いところを探しているかのように見える。

ぼくらはやっと始まる。そう思いながら、雪衣の白い横顔を見つめる。彼女が穏やかな顔でこちらを向いた。

解説

松樹剛史

この、読後感の心地よさはなんなのだろう。

美しい結末を迎えた物語への感動。それだけで胸は一杯だというのに、プラスアルファがある。いいモノを読ませてもらった、という満足感が、胸の奥でふくれ上がって仕方がない。こんな贅沢極まりない現象がどうして起こるのか。物書きのはしくれとして、その秘密を探っていきたいと思う。

本作『君に舞い降りる白』（二〇〇四年、集英社『あなたの石』改題）は、第十五回小説すばる新人賞を獲得した関口尚の、記念すべき受賞後第一作である。石を売るアルバイトの大学生、ぼくこと桜井修二の繊細な恋の物語が、岩手県盛岡市を舞台に全三章にわたって綴られている。

第一章「さよならの水晶」は、修二のバイト先である〈石の花〉に、透き通るほど肌の白い女、雪衣《ゆきい》が訪れたところから幕を開ける。いささか風変わりなものの、ときおり自分のことをいとおしそうに見つめる雪衣に、修二は惹かれるものをおぼえる。しかし、二人のやりとりを目撃した同僚の類家に冷やかされると、自分が人を好きになるはずがない、と修二はかたくなに反論した。一年前、先輩アルバイトである彩名との交際を苦い形で終えた修二は、もう二度と恋はしないと誓うほど、心に深い傷を負っていたのである。

第二章「とまどいの蛍石」は、〈石の花〉に現れた夏休み限定の短期アルバイト、志帆に引っ掻き回されるストーリー。美貌だが奔放な性格の志帆は、雪衣との交際を曖昧に続ける修二に憤慨して、一計を講じる。夏祭りに二人を誘って、互いの気持ちをはっきりさせようと考えたのである。志帆の強引なやり方に閉口しつつも、まんまとその目論みに乗せられた修二は、雪衣との距離を急速にせばめるのだが……。

第三章「思い出のアレキサンドライト」は、雪衣の本心を知った修二の苦闘を本筋として、悪癖で世界を狭くした新人バイト安斎の苦悩、さらには不幸なアクシデントによって閉鎖に追込まれる『石の花』の苦境といったふうに、苦しみが怒濤の如く押し寄せる波瀾万丈の章である。

作家、関口尚の冴えたセンスを実感できる箇所は、作中にいくらでも存在する。たとえば、際立つ個性と女としてのリアリティを両立させた、各章のヒロインたちの人物造形の巧みさ。彩名を救うため、志帆を守るため、ボクシング初心者の修二が技術を駆使して戦うシーンの臨場感。雪衣に対して思いの証を立てるため、修二が厳寒の雪山へ挑むシーンの緊迫感。

そして私がなにより特筆すべきと思うのが、物語の中心に据えられている〈石の花〉の使い方のうまさである。

〈あやしい石を売る仕事だったらどうしよう、なんて思いながら面接に来たんだよ〉

そう修二も冗談めかして話しているが、石を売るアルバイト、と聞いてピンと来る人は少ないだろう。

〈アルバイトとして働いている佐川ミネラル社は、石の展示販売会を開く有限会社だ〉

〈そして、そのアンテナショップが、いまぼくが店番をしているこの店だ。その名も石の花という〉

といった情報を追加されても、やはりピンとは来ないだろう。店内に二百種ほど並べられている鉱物の名前とその特性を、どれだけたくさん、どれだけくわしく述べていったところで、状況はあまり変わらないはずである。

煌《きら》びやかな宝石を扱うアクセサリーショップでもなく、神秘的なパワーストーンを扱う店でもない。佐川ミネラル社の業務は大半の人々にとって縁遠いものであり、そのアンテナショップである〈石の花〉は、未知の世界に他ならなかった。

だが、作者は〈石の花〉に以下のような設定を与えている。

〈石の花の店舗は、社長がもともと開いていたコーヒー喫茶を、鉱物ショップとして改装したものなのだ。そして、二十年経ったいまでも、天井から吊るされたムーディーなペンダントライトを使っているために薄暗い〉

しかも当時の名残として、キッチンやカウンターの止まり木が店内には現存している、というのである。窓辺にはテーブルセットも残されていて、馴染みの客や修二たちアルバイトが、時折そこでくつろいだりする。

たちまちのうちに、親近感の持てる〈石の花〉の様子が目に浮かんだのは、私だけではあるまい。

けれど作者はその一方で、〈石の花〉に以下のような設定も与えている。

〈別にいいじゃない。どうせお客さんなんてめったに来ないんだし〉

〈朝からひとりも客が来ない〉

繁盛している店ではなかった。雪衣の来店時も他の客はいつもゼロで、おかげで修二はマンツーマンで応対することができている。さらに〈石の花〉には町並みに埋もれるようにひっそりと建っている、という描写もなされており、これは新規の客がなかなか立ち寄らないことを示している。

それらの事象から浮かび上がるのは、社会から孤立気味の〈石の花〉の姿だろう。

だがしかし、一たび足を踏み入れれば、

〈コーヒー喫茶のマスターであった社長がいれてくれるコーヒーは絶品だ。社長が喫茶店を廃業したいまでも、コーヒー目当てに通ってくるお客さんがいるくらいだ〉

といったふうに、居心地のいい空間が広がっている。

私が〈石の花〉に抱いたイメージ。それは隠れ家だった。少数のスタッフと常連客だけが利用を許される、家庭とは異なり世間とも異なる、安息の隠れ家である。

人は人とのつながりを求め、自己の世界を広げていく。それはうまくいくこともある。けれど世界にはトゲがあり、踏み方次第で動けなくなることもある。

修二の苦い失恋を始め、本作の登場人物はみな悲しい過去を持っている。三人のヒロインから脇を固める人物まで、ほぼ例外なく心の傷痕を疼《うず》かせている。そんな人々が織り成す物語（しかも悲しい過去が定期的にカミングアウトされる）であれば、読み進めるのが苦痛になってもおかしくない。けれど、本作は読みやすい。重たい雰囲気に読者が疲れてしまうような状況には、決して陥ることがない。先へ、先へとどんどん読み進めることができる。

それはなぜかと考えれば、〈石の花〉という安息の隠れ家に、現在の登場人物が無事たどり着いていることが大きいだろう。その事実があるからこそ、作品の色調が暗くなりすぎずに済むのである。言い換えるなら、〈石の花〉は読者にとっても安息の場として作用しているわけで、このことは読後感の心地よさにも少なからず影響している。

だが、注意が必要である。作者はすべての登場人物を、最終的には〈石の花〉から追い払うのだ。バイト生活を続けることを望んだ金田にも、佐川ミネラル社での活動に重きを置くあまり、大学では空気のような存在になっていたらしく、卒業式で花束をくれる後輩が一人もいなかった修二にも、さらには社長の佐川にも、隠れ家である〈石の花〉での生活に、作者は区切りをつけさせている。その方針は断固たるもので、一切の容赦がない。

人とのつながりを求めれば、そこに悪意の介在があろうとなかろうと、人は傷つき、傷つけられる。衝突したり、逃避したり、追跡したり、玉砕したり、人間同士の接触はもとより争いに近い。本作の登場人物は自己の体験によって、そのことを身に染みて理解している。自分専用の個室に閉じこもれば、その苦しみから解放される。自分の思いを十全に満たしてくれる場所は、結局のところ自分の胸中にしかない。ただ、人とのつながりを完全に断つのは容易なことではない。自分以外を全部捨て去る覚悟があるのかどうか、決断を迫られるからである。その責任の重さもまた、苦しみに他ならない。

ゆえに、彼らは隠れ家に引き寄せられた。傷つくのは避けたい。身内の人間とのつながりは残したい。知らない人間だけを排除したい。隠れ家にじっと潜んでいれば、それらの課題が無理なくクリアされる。

なのに、修二は決意する。

〈ぼくは自分の力で将来を切り開いてみたかったのだ。石の花を去っていったみんなのように〉

隠れ家の存在はありがたい。人生の救いにも充分なり得る。けれど隠れ家という一つの場所に居付くようになると、そこでの営みはやがて過去の繰り返しへと成り果てる。生み出されるものは皆無となり、自分でも気づかぬうちに、なんの覚悟も固めないまま、己が世界に埋没する。

みんなが〈石の花〉に集まって終わる物語。それは申し分のないハッピーエンドに映る。対して〈石の花〉から離散するという幕切れは、いささか不安を残すようにも映る。

だが、違う。隠れ家を離れられずに終わる物語には、そのままそこから抜け出せないという不安が残る。一方、傷つきながらも前に進む勇気を得て、知らない世界に足を踏み出すという物語の幕切れは、その後に待ち受ける輝かしい成果を想像させる。

この、読後感の心地よさはなんなのだろう。

美しい結末を迎えた物語への感動。それにプラスして、作者のニクい演出によってもたらされた、登場人物は未来も幸せであるという確信が、その正体ではないだろうか。

関口 尚

空をつかむまで

市町村合併を控えた、北関東のとある海岸近くの村。村に住む中学三年の優太・姫・モー次郎は、ひょんなことからトライアスロン大会に出場するはめに——。第二十二回坪田譲治文学賞受賞作。

集英社単行本

集英社文庫　目録（日本文学）

庄司圭太　修羅の風　花奉行幻之介始末
庄司圭太　暗闇坂　花奉行幻之介始末
庄司圭太　獄門花暦《ごくもんはなごよみ》　花奉行幻之介始末
庄司圭太　火　札　十次郎江戸陰働き
庄司圭太　紅　毛　十次郎江戸陰働き
庄司圭太　死神記　十次郎江戸陰働き
城島明彦　新版　ソニーを踏み台にした男たち
城島明彦　新版　ソニー燃ゆ
白石一郎　南海放浪記
城山三郎　臨3311に乗れ
新宮正春　陰の絵図(上)(下)
新宮正春　島原軍記　海鳴りの城(上)(下)
辛酸なめ子　消費セラピー
真保裕一　ボーダーライン
真保裕一　誘拐の果実(上)(下)
水晶玉子　自分がわかる、他人がわかる　昆虫&花占い

関川夏央　昭和時代回想
関川夏央　石ころだって役に立つ
関川夏央　新装版　ソウルの練習問題
関川夏央　「世界」とはいやなものである　東アジア現代史の旅
関口　尚　プリズムの夏
関口　尚　君に舞い降りる白
瀬戸内寂聴　ひとりでも生きられる
瀬戸内寂聴　私　小　説
瀬戸内寂聴　女人源氏物語　全5巻
瀬戸内寂聴　わたしの源氏物語
瀬戸内寂聴　あきらめない人生
瀬戸内寂聴　愛のまわりに
瀬戸内寂聴　寂聴　生きる知恵
瀬戸内寂聴　いま、愛と自由を
瀬戸内寂聴　一筋の道
瀬戸内寂聴　寂庵浄福

瀬戸内寂聴　寂　聴　巡　礼
瀬戸内寂聴　晴美と寂聴のすべて1（一九二二～一九七五年）
瀬戸内寂聴　晴美と寂聴のすべて2（一九七六～一九九八年）
曽野綾子　アラブのこころ
曽野綾子　狂王ヘロデ
デビット・ゾペティ　いちげんさん
高樹のぶ子　ゆめぐに影法師
高　倉　健　あなたに褒《ほ》められたくて
高　倉　健　南極のペンギン
高嶋哲夫　トルーマン・レター
高嶋哲夫　M8《エムエイト》
高　杉　良　管理職降格
高　杉　良　小説　会社再建
高　杉　良　欲望産業(上)(下)
高野秀行　幻獣ムベンベを追え
高野秀行　巨流アマゾンを遡《さかのぼ》れ